ZHANTAI

陈 刚◎著

百花洲文艺出版社
BAIHUAZHOU LITERATURE AND ART PRESS

图书在版编目（CIP）数据

站台 / 陈刚著. -- 南昌：百花洲文艺出版社，2025. 5. -- ISBN 978-7-5500-6045-6

Ⅰ. I247.7

中国国家版本馆 CIP 数据核字第 2025Q7S098 号

站台

陈刚　著

出 版 人	陈　波
责任编辑	郝玮刚　蔡央扬
封面设计	辉汉文化
出版发行	百花洲文艺出版社
社　　址	南昌市红谷滩区世贸路 898 号博能中心一期 A 座 20 楼
邮　　编	330038
经　　销	全国新华书店
印　　刷	雅艺云印(成都)科技有限公司
开　　本	880 mm × 1230 mm　1/32　　印张　9
版　　次	2025 年 5 月第 1 版
印　　次	2025 年 5 月第 1 次印刷
字　　数	200 千字
书　　号	ISBN 978-7-5500-6045-6
定　　价	68.00 元

赣版权登字　05-2025-183

网　　址　http://www.bhzwy.com

图书若有印装错误，影响阅读，可与承印厂联系调换。

岁月如流费琢磨河山苍莽文
端阳再读遍一句亦留连把酒清樽
骚杜康压九歌展在国殇三笑
思飞星且为今日风云笔底舟
青一脉天

旧作癸卯年重录
自得斋 汪刚

端　午

岁月如流鬓染霜，
河山苍莽又端阳。
每临逝水伤心事，
还把清樽酹杜康。
屈（子）九歌忧故国，
牧之三哭思开皇。
且看今日昌明世，
笔底丹青一脉香。

——陈刚

目　录

饮酒歌

一

一九九三年，我在禾嘉公司做业务经理。那时候，全民都下海经商，印一张名片加了个经理头衔，显得很有范儿，所以呢，我也从机关下海做生意了。

十二月底的一天，公司的老总任家邦对我说："大头啊，现在随城的糯米行情还不错，趁年前去搞十来车皮回来，有些赚头啊。"

已是三九天了，老任的嘴里呵出一口白气。我刚出过一趟远差，不想走了。我说："任总，你还是另找人去吧，我这几天感冒了，头晕。"

任家邦说："这阵儿哪还有人啊，再说这事还是要你才搞得定。"

我抬头看看他，分奖金时候咋没想到我的好呢？窗外有个女人走过，我的目光被吸了过去。这个女人白皙丰满，但我并不认识。随着公司生意一天天火爆，我见到这样的女人也越来越多了。任家邦甩了一支烟给我："老金那边我们通过几次电话了，人你也是熟的，过去也就是个把星期。回来我放你大假，找个好地方去放松放松。"

墙上的挂钟"当"地响了一声，我抬起头，5点整，快下班了。那时候人还年轻，还想奔点事业前程，当然不能和老板翻脸。况且，老任也是从机关下来的。

"你没有开玩笑吧，"我伸了个懒腰，"还真想找个地方放松放松啊。"

"放心放心，事情办成了，地方随你选。"任家邦松松垮垮的脸上绽开了花，"到时把老婆一起带上，补你个新年假期。"

我看着任家邦皮多肉少的脸，它已经不是那么讨人嫌了，这几句话多少让我觉得愉快。我也笑了，"放心吧，我一定尽力。"我抬头看看墙上的挂钟，"你让办公室给订张票吧，我明天就走。"

火车到达随城站，已经是傍晚了，天空阴沉着，寒风呼啸，又要下雪了。

老金穿了件绿色军大衣，头上戴顶绒线帽，站在车站的铁栅栏外向我挥手。老金开了家粮油经销公司，我们是曾经打过几次交道的。我走出检票口，老金从我手上接过提包，说："还顺利吧，车没晚点。"

"还好还好。"我敷衍着老金，掏出烟来点上一支，给了老金一支，"抽根烟走吧。坐了十几个小时的火车，腿都有点麻木了。”

老金也点了烟，很有滋味地吸了一口，“我们先去吃饭，完了再送你去旅馆，都不远，很方便的。”

抽完烟，老金把我领到站前广场上，让我等一会儿，他去挪车。不大会工夫，老金骑着一辆嘉陵摩托过来，让我上车。我心里掠过一丝不快，大冬天坐这个？老金像是看透了我的心思，嘻嘻笑道：“很近，几分钟就到了。”

我跨上摩托车后座，老金一扭把手，摩托车冲了出去，一阵寒风瞬间洞穿了我的衣裤。

跑了十几分钟，老金把摩托车靠在一家饭馆门口，然后把我领进里间。推开门，里面烟雾浓重，已经坐了一桌人了。老金同大家嘻嘻哈哈打招呼，然后向大家介绍我，又介绍那些人，都是他的朋友，老金哇啦哇啦说一扒拉，我脑子有点蒙，一个也没记住。

菜上齐，老金提杯，“今天欢迎四川来的客人，盛总，我先走一个。”说完，干了杯里的酒。

我看看桌上的人，加老金和我，有十个人，有两个女的，可能不喝，来回也就十几杯酒，应该是能够应付得了。一路上寒风刺骨，正好喝几杯暖暖身子。

我提起面前的酒杯，“感谢金总的盛情。”然后一口干了。

大家连声叫好，老金带头鼓起掌来。老金招呼大家吃菜，又特意把一盘卤拼转到我面前，让我尝他们的特色。

一圈走完，然后是我回敬一圈。酒喝得有点急，我觉得脸上有点烧。坐下吃了几口菜，对面一个穿红毛衣的女人说：“我是金总的同学，今天欢迎四川客人，我也敬一个。”

大家又一起叫好。红毛衣女人捋起袖子，满满倒了两杯酒，递给我，说：“今天大哥来咱这里不容易，我搞个双杯。”说着话，又倒了两杯，“哥，你先搞还是我先搞?”

众人怪笑起来，“一起搞一起搞。”

红毛衣笑道：“我先搞。”然后一仰脖子，把两杯酒喝了下去。

我看看左右，众人兴头正高，我也端起酒杯，连干了两杯。众人又齐声吆喝，好好好吃菜吃菜。

老金用手捅了捅身边一个留直发的女孩儿，“你也给老子敬一杯嘛。”

女孩儿一下红了脸，“我不会喝。”

老金说：“酒都不会喝，搞吗子事嘛。搞一个搞一个。”

我说：“老金，人家不会就别勉强了。”

老金站起身，抓过杯子，倒了两杯酒，放在女孩儿面前，看着我说：“我的助理，小芹。”又扭头看小芹，“搞一个，别给老子丢脸啊。”

直发女孩儿面上露出难色，看看老金，又看看我，还是端起面前的杯子说：“哥，我敬你。”然后闭着眼，一连干了两杯。喝完酒，又看着我，满脸通红，眼里蓄满了泪水。

二

我干掉面前的酒，坐下吃了一口菜，老金又说：“盛总，你喝他们两杯，喝我一杯，不够意思吧。”

众人又起哄，“就是就是，要补上，都喝双杯。”

我那时真是年轻气盛啊，我看看那个满脸通红的直发女孩儿，一下涌起一股豪气，“喝嘛，酒嘛水嘛。”

于是，又是十几杯。喝完这一轮，我才感觉整个胃里灼热翻滚，有点难受。我知道再喝下去会出问题了。

老金扭头看看我，在我们对视的一瞬间，他的脸上有一丝诡异的笑。我突然觉得心里紧张，焦躁不安。

我站起身，端起面前的杯子，“今天坐了一天车，有……点困……困了，各位慢慢喝，我先走一步。”干掉杯里的酒，我感觉手脚变得轻巧，有点失控。提了包，踉踉跄跄朝门边走。

老金起身拉住我，“盛总，再坐坐吧，一会儿我送你去旅馆。”

我也不听老金说，几步冲到门口。老金追了出来，在门口叫了一辆三轮，把旅馆钥匙塞在我手里，“那你先回，我再去招呼招呼。哎，麻木，你把他送到旅馆。”

到了旅馆，开门进房间，把包扔在床上，跑进卫生间吐了一阵，才觉得好受一些。提起水瓶倒水，却是空的。又跑到前台，让服务员送水，顺便给我弄点白糖。回到房间，喝了一杯浓糖水，胃里暖和了。打开提包，看看汇票、钱包都在。把包放在靠窗的一张床边，倒在床上和衣睡了。

睡到半夜，突然又有了响动，有人在开门，一时头皮发麻，心脏狂跳，一个激灵，从床上坐了起来。

门开了，“叭”的一声，灯亮了，白光刺眼。服务员领了一个背包的男人进来。服务员指着门边的那张床说：“就这里。”又对我说，“好了，没事了，睡吧。”

服务员带上门出去了，背包男人把包放在地上，“哗啦啦”一阵铁器响，是个卖刀的。我刚放松的神经又紧张起来。看看我床边的提包，把枕头垫高，抱着头假睡。

那个卖刀男人也不和我搭话，放了包，进卫生间忙碌一阵，便钻进被窝睡了。我却不敢睡了，抱着头，在一片漆黑的夜里睁着眼睛，开始想象可能发生的各种场景。卖刀男趁我睡去，悄悄拿走提包；或趁我不备，用被子蒙住我的头，打晕抢走提包；或者直接上来，用刀逼我交出东西……

一觉醒来，天已大亮。无风无雨，阳光灿烂，一个难得的好天气。卖刀的男人也不知什么时候走了。身边的提包还在，打开看看，东西也在。

头很痛，起床洗漱完，到楼下前台，看见老金坐在大沙发上抽烟。见了我，说：“起来啦，睡得还好吧?”

“你找的啥破地方，条件这么差，半夜还来一个卖刀的，吓我个半死。”

老金笑道：“咋还有这事，我讲好了包房的。”

走出旅馆，在路边摊上吃了碗热干面，又喝了碗豆浆，一下便觉得心里踏实起来。

吃完面，老金说：“盛总，你看你也辛苦，昨天又喝得不少。要不这样吧，我们一起去银行把汇票解汇。然后呢，我让燕儿陪你去武汉玩几天，回来就可以发货了。”

“燕儿是谁？”

“就是昨天穿红毛衣那女的，离婚了，我的同学，大方得很。”

老金一说，我想起来了，昨天晚上酒桌上喝酒那女的，“哦，是她。”

老金见我不说话，又说道：“你知道，你们这单生意是任总给我打了几个电话说下来的，没赚你们什么钱。都是老交情了，还能跑了不成？”

“老金，任总和你咋说的我不晓得。你我都是生意场上跑的人，不见货能给钱吗？你也别为难我，还是老规矩，车板交货，我立马解汇。”

老金没再说话，喊卖面的老板儿拿了两包白沙烟，丢一包给我，自己拆开一包抽出一支点上，吸了一口。说：“这样吧，我们换家旅馆，完了我让小芹陪你去看看编钟。中午你们就自己整，晚上我再招呼你。”

“那好吧。你利索点，老金，我还回去过年呢。”

“放心放心，不耽误你回家过年。”

三

中午，小芹来喊我吃午饭，找了个小餐馆随便吃了点。吃完饭，小芹站在路边喊“麻木”去编钟博物馆。

坐上三轮，我问小芹，“三轮咋叫‘麻木’呢？”

小芹嘻嘻笑，“你看嘛，前后这么多车，他管哪个啊，个人逍遥自在地慢慢划。”

果然后面的汽车狂按喇叭，三轮不让道，也不加速，依旧慢悠悠地走。我们相视而笑。

博物馆不大，展品也是复制的，没啥看头，一圈转完，有点口干。小芹说，她去买两瓶水。销售部有编钟音乐带卖，服务员说是出土编钟演奏的，便买了两盒。阳光很好，我坐在院里的长椅上抽烟。不大会工夫，小芹回来了，望着小芹婷婷袅袅的身影，我发现她还是个挺乖巧的姑娘。

小芹递给我一瓶水，“你买了编钟音乐带啦？这个好呢，很多来看编钟的都买。”

“哦，买来玩玩儿，做个纪念吧。你喜欢音乐？”

“也不是很喜欢……我们这个城市还是有历史的。编钟全世界都有名的。你知道‘随珠和璧’吧，随珠就是我们这里的。”

我摇摇头，“嗯，不知道。”

“你真不知道啊？我们这里就是古时候的随国，有一天，国王在路边草丛里看到一条受伤的蛇，他可怜那条蛇，就叫人救了它。后来，那条蛇为了报答国王，就给国王衔来了一颗很大的夜明珠。这颗夜明珠和赵国的和氏璧一起，成了天下最好的宝物。”

小芹坐在我旁边，很认真地给我讲这个典故，那神情就像一个天真烂漫的中学生。

我笑道：“你还知道得真不少啊。”

小芹露出一副羞涩的表情，“我哪知道啥呀，都是听人说的。”

“你读过不少书的吧？”

“没有，初中毕业就没读了。”

“咋不读了呢？”

“不喜欢读书，想找工作挣钱。”

“你啥时候跟着老金干的？”

“就去年。”

“做些啥呢？”

“啥都做，陪客人，带孩子，做家务。”

我觉得有点奇怪，“你是经理助理还带孩子？”

小芹睁大眼睛看着我，“是啊，金总有两个女儿，一个才断奶。”

“没请保姆？”

“没有，公司就金总和我，家里还有个老婆。其他就没人了。”

其实我知道老金的公司没啥势力，但还不知道他基本上就是一个皮包公司。

我说：“你咋不找一家大公司呢？”

小芹说：“金总原来和我们一个村的，我爸和他熟，就让他捎带着我。”

晚饭是一家鱼火锅，大冬天，吃这个倒是颇为应景。除了老金和小芹，把红毛衣也叫来了，另外还有一个男的。这个人我没见过，老金说：“燕儿你认识的，这是派出所老夏，夏所长，管我们这一片儿的。”我在心里嘀咕，吃个饭把派出所所长叫来干啥呢?

大家落座，老金让夏所长坐中间，右手是我和红毛衣，他和小芹坐左边。夏所长看着挺文雅，喝酒却爽快，几杯下去语言就开始奔放了。和我客套了几句，就转头拿燕儿开玩笑。燕儿并不气恼，嘻嘻哈哈对骂打酒战。

喝了几轮，老夏说：“今天我不行了，改天再搞。”

燕儿说：“才开始呢，就缴械投降了。”

夏所长盯着燕儿看了看，“你看我好瘦嘛，哪像你那么丰满。”

“来嘛，姐姐捂不死你。”说着，燕儿起身站在老夏背后，双手卡着脖子，“喝不喝?”

夏所长举起手来，“投降投降。”

“必须喝，不喝说不脱。”

“我讲个条件，二比一，你喝两杯，我一杯。”

“哪有这种人，比女人还窝囊废。”

“时代不行了嘛，男女才一样。”

老金说：“怕他毛啊，燕儿，二比一也要干翻他。”

燕儿扯住老夏，“小狗不喝!”

说完，倒了三杯酒，自己先干了两杯，提起剩下的一杯放在老夏面前，“喝，不喝是小狗。”

老夏缩了脖子，“汪汪汪，我是小狗我是小狗。”

燕儿左手扯住老夏的耳朵，右手提起酒杯，“小狗也要喝。”说着话，一杯酒灌进老夏嘴里。众人大笑。

老夏笑过，说：“今天遇见了母夜叉。这回是真不能再喝了。”

老金看看我，“怎么样，盛总?”

我点点头，“吃好了吃好了。”

老夏又看看老金，“咋整?”

老金说：“去吼两声，醒醒酒?”

老夏说客从主便。然后大家起身出门，钻进老夏的小面包车，奔歌厅去。

到了歌厅包间，老金又叫来两个妹子，指着我和老夏说：“好好陪两个大哥，陪好了我奖励你们。”

我说：“我就不用了，现在还头晕，我坐一会儿。”

老金说：“那不行，不能干坐。哎，我们这里妹子温柔大方，爽得很。”

我说：“真不用。要不你们玩儿，我先回去休息了。”

老金说：“那啥，行吧。燕儿，你陪哥跳跳舞吧。”

老夏和我谦让一番，就点了一首《迟来的爱》率先开唱了。

音乐一起，燕儿就上来拉我跳舞。这人长得是挺丰满，跳起舞来却一点不笨，随着舞步移动，像粘在身上一样灵活自如。她靠在我胸前，很放松。偶尔抬头看看我，喷出一股温热的鼻息。

她说："我真是喝醉了吗？"

我不知道她是真醉了还是假醉了，她的手紧紧钩住我的脖子，我们握在一起的手已经出汗了。我搂着她的腰，感觉她的身体绵软，有些微微的下坠。

跳了两曲，老金过来叫我："盛总，走外面抽根烟去。"又对燕儿说，"暂借一下你的人哈。"

我和老金坐在吧台边的沙发上，点着烟，老金说："这燕儿人不错吧？今天晚上就让她陪陪你？"

"别开玩笑，老金。"我笑道，"人家一个良家妇女，别乱来。"

"良家妇女才好呢，"老金笑着说，"你放心，我一会儿让她先送你回去。"

"真别开玩笑，老金。"

"那好，一会儿再说。说正事啊，我的货源已经解决了，最多几天就齐货。你看，盛总，是不是先把款给我打过来。"

"老金啊，你至少让我看看货吧？再说，我还得请示一下任总，听听他是什么意见。"

"任总我们才通过话，他说这边的事由你全权负责。"

"还是要看看货。回头我再给任总汇报。我一个放牛的，总不能把牛卖了吧？"

“哥们儿，就算帮兄弟一把吧。最近确实周转不灵，我再给你五厘提成怎么样?”

“老金啊，你这不是要害死我的节奏吗?算了，不谈这些了。回去吧，他们还以为我们失踪了呢。”

四

过了一个星期，老金也没和我打照面，小芹也没来。我住在旅馆里百无聊赖，望着窗外灰蒙蒙的天空，事情干不成又走不脱，白白耗费时间，心情变得灰暗又沮丧。

给任总打过两次电话，说了老金这边的情况。我对任家邦说，老金到现在还没把货落实，他资金也困难，又是年关，恐怕生意要黄，我想早点回来，等以后有机会再做。

任家帮说，老金也给他打了电话，说正在抓紧备货，很快可以搞定。任家帮又说：“我看老金这人还是比较实在的，在保证资金安全的前提下，可以先给他打部分款，尽可能把生意做成。马上要过年了，家家户户做汤圆猪儿粑，粉好销得很，抓紧发几车回来，有好几拨人都来打听了，急着要货。”

和任总通完电话，我又打老金电话，要么不通要么占线，也不知他在搞啥子。我知道，那天晚上我的态度肯定是让他心里不爽了，有啥办法呢，人在江湖，身不由己啊。其实我的信条也很简单，我不想坑人，人也别想来坑我，大家实实在在做点事，于人于己都是轻松愉快的。

终于打通老金的电话，他接起电话就给我打哈哈，然后很爽快地说：“这几天忙得不得了，也没时间管你，别多心别多心。”

我说：“不存在。你的货备齐了？”

“全部搞定，车皮计划也下来了，明天我去接你，我们一起去看货。”

放下电话，终于松了口气，心里说，但愿这次能圆满顺利。

第二天刚吃完早饭，老金就骑着他的摩托到了旅馆。粮库在 30 多公里外的一个镇上，老金让我坐在后座，也没个头盔，跑上 60 公里每小时，就感觉风沙扑面，呼吸困难。跑了近一个小时，终于到了。

老金把摩托靠在大门口，让我等一会儿，他径直往里面去了。我看看这个粮库，规模挺大，大门口挂了一块大牌子，“兴意国家粮食储备库”。

不多工夫，老金出来了，招呼我进去。站在院坝里抽了支烟，楼上下来一个留长发的年轻人，提了一大钥匙圈，挂了几十把钥匙。老金和我跟在他后面，走到一幢仓库，年轻人打开沉重的仓门，里面涌出一股霉味和药味，年轻人说：“喏，这里都是，看吧。”

这幢仓里堆满了鼓鼓囊囊的麻袋，年轻人在磅秤上拿起一支抽样签，戳进麻袋，抽出来给我们看了看，都是很好的籼糯米，他说：“放心吧，都是好糯米。”

从粮库出来，老金说：“我跟粮库主任说好了，等车皮下来，过两天就发货，不耽误你回家过年。”

我说：“好啊，这样大家都愉快。”

老金跨上摩托，让我坐稳，一轰油门，摩托车猛地向前蹿了出去，行道树纷纷后退，风沙夹杂着水雪，打在脸上生痛。

从兴隆粮库回到旅馆，我打了个电话过去，问他们还有糯米没有，想买点。管理员说他不知道，我让他去问问主任，我不搁电话等着他。一会儿，他回来说，没有了，都有人订购了。我问他谁定的，他说是金总。我放下电话，心里踏实了些。

腊月二十三，小年到了，天上飘飘洒洒地下着水雪。一大早，老金打电话，请我到他家喝一杯，吃了午饭就去发货。

我给任总打了个电话，把老金的安排报告了一下，任总说：“好好好，装车时你注意点。”

我说：“我会去车站。你看款什么时候打？”

任总说：“装完车就打了吧。”

我说：“好好。那打多少？”

任总说：“全打给他吧，反正就是几天的事，省得麻烦。”

我在市场上买了一篮子苹果，提着去老金家里。老金的家很简单，是一间大仓房隔出来的，一边是库房，一边是卧室和办公室，门口还挂着块公司的大招牌。卧室门锁着，办公室里放了一张大班桌，三只一套的人造革沙发。

老金的老婆在忙活，我和她打过招呼，把果篮递给她，她笑吟吟地让我坐下喝茶。小芹也在，蹲在门口的水龙头前洗菜，见了我，也是冲我笑了笑，然后继续埋头收拾一条胖头鱼。

我和老金坐在桌边喝水抽烟。我四下里看了看，问老金：“你孩子呢?”

老金说：“大的领着妹妹睡觉呢。”

老金老婆和小芹把一只大铁炉子抬进屋，在上面放一口大铁锅，用菜籽油和猪油炒料，炒得挺香。炒完料，加了两瓢水，然后把剁成大块的胖头鱼和五花肉放进锅里，又加了豆腐、千张、粉丝、白菜、萝卜。一会儿，锅里就咕嘟咕嘟地开了。

我和老金，还有他老婆、他女儿、小芹围坐在炉子周围。老金开了一瓶高粱白，用大瓷缸分成两缸，递了一缸子给我，说：“搞起来。”

我也举起缸子，“搞起。”

几口酒就着滚烫的豆腐下肚，浑身就暖和起来。老金脱了绒帽，头上冒出一股白气。

老金举起缸子和我碰了一下，说：“不管好吃不好吃，先整饱肚皮。”

我说：“巴适巴适。你们这里冬天比四川冷多了，这样吃暖和。”

老金笑了，“这大冬天的，我们都是贱命，还在四下里奔波。为了个啥嘛，还不是为一张嘴，为了小崽子们。”老金扫了一眼他老婆和女儿，“你看，还他妈一大堆拖累。”

老金老婆也不生气，淡淡说：“闭嘴吃你的吧，两口猫尿下肚就要胡说了。”

老金说：“就说你呢，撇腿一个女子，撇腿又一个女子，老子这份家业将来谁继承嘛?”

小芹咬着筷子头，偷偷笑起来。

老金说：“你笑啥，你也他妈一个累赘货。不看你老汉儿的面子，早把你撵走了。”

小芹不敢笑了，默默地吃饭。我看看老金这个家，心说还真不知老金有多大个家业。

吃完午饭，已经是下午一点多了。老金说时间差不多，三点开始装车，来得及。

我和老金到了货站，老金去找调度，我在站台上闲逛。快过年了，车站的货场上没多少人，几辆大解放装满了粮包，停在货场边，一堆搬运工坐在旁边抽烟闲话。半个小时左右，老金来了，说一切搞定。我和老金在站台上抽了一支烟，一个机头推着两节车皮过来，一队搬运围了上去，打开车门，准备装货，老金又掏出烟给工人散了一圈。

工人开始装车了。我拿着抽样签随机抽了几个麻袋，都是饱满的籼糯米，水分没超标，杂质也少。老金对我说：“放心吧，没问题。”

看搬运装了一会儿车，老金说：“我们去银行吧，晚了就下班了。”

我和老金去银行结汇转账，除今天的两车外，剩下的八车货款也给他了。

从银行出来，老金用摩托车搭着我往回走。老金说：“你先回旅馆里休息，我去给你弄返程车票。”

五

回到家里，已经是腊月二十五了。给任总打了个电话，休息两天再去单位。任总说“好好，你休息吧，有事再叫你”。我告诉他可能这一两天货就到了，他说知道知道。

休息了两天去单位，只有任总和办公室两个人看门，其他的人都去发货了。

在办公室里泡好茶，抽了根烟，任总就过来对我说：“回来的货走得好，在车站就发完了。”

我笑道：“还是任总领导有方啊。”

下午上班，任总当众宣布，年终奖金增加五百。大家一片欢欣雀跃。

宣布完决定，任总又对我说：“你再问问老金，剩下的几车货啥时候能到，趁着行情好，赶紧出手。”

任总走后，我给老金打了个电话，问他剩下的几车啥时候到。老金说“快了快了，正在搞车皮”。我说“你抓紧一点，过了春节行情就不一样了”。老金说晓得晓得。

但是，到春节放假，老金的货也没发过来。我又给他打电话，老金说放假了，找不到人，只有等节后再说了。

我对老金说，节后行情不一样的，还是要随行就市啊，老金满口答应。

节后上班大家都懒散，任总又把我找去办公室，说要抓紧催老金发货，拖不得，过了十五就更没行情了。

我心里搁着个事，上班天天给老金打电话。前几次打电话，老金还找出各种理由搪塞。后来，几乎就整个是一套说辞了。我感觉他在敷衍我，心里很不愉快，就让他把款退回来。老金却说他已经给人付了定金，退不回来了。我说“老金你怎么能这样，又不发货，又不退款，你这样不够意思吧！”老金那边没吭声，直接把电话撂了。

我窝了一肚子火，狠狠地吸了两根烟，觉得还是给任总明说好些。任总听了我的报告，说：“这样吧，你还是再过去一趟，这事儿拖久了不好办。”

我到了随城，直接去了老金的公司，也就是老金的家。招牌还在，门却是上了锁的。给老金打电话，还是接不通，只好找个旅馆住下来。第二天又去，门还是锁着，老金的电话还是一直打不通。我觉得老金是在躲着我，或者已经卷款跑路了。这样想着，心里有点发毛。

想起上次一起吃过饭的派出所老夏，于是就到辖区派出所去。还好，老夏在，刚吃过午饭。

我说明来意，老夏愣了一下，剔着牙说：“我也是很久没见过老金了，也不知道他忙些啥，哪还知道他的下落。”

我说：“如果见到老金，知会我一下行不？”

老夏吐了口痰，“嗯嗯嗯嗯”地应承着，“好说好说。”

从派出所出来，我又去了工商局。工商局的人说，老金的公司是正常营业，没有注销。

我在随城住了一周，天天给老金打电话，去他的公司，总是见不到人，也联系不上。我给任总报告了这边的情况，任总说：“那你先回来吧。”

我心灰意冷地回到单位，对任总说：“任总，这事整麻烦大了，看来只有走法律程序了。”

任总沉吟半晌，“走法律程序的话，就把事情整得没有回旋余地了。况且，打赢了官司也不一定赢得了钱。”

我说：“任总，你应该相信我，我没有丝毫个人利益纠缠在里面的。”

任总说：“这个我相信，你不要有其他想法。”

“任总，你看这事该咋整？”

“人家公司还在，也没说不认账，先摆着吧。不过，你还是要经常催促一下。”

六

两年后，我从禾嘉公司退出，回了机关。老任呢，他辞去了机关职务，还在那家公司当老总，做生意。我感觉他做得挺顺，派头也更大了。

回到机关后，依然继续我的小公务员生涯。每天朝九晚五，写文件开会接电话打电话，过着波澜不惊的散淡日子，而那件事却成了我的一个心结。

初秋的一天，天气还有些闷热。下午下班回家，刚走出机关大门，迎面走来一男一女，感觉两人很眼熟。那男的见了我，似乎想要躲开，但我们已经近在咫尺，躲不开了。我定眼一看，吃了一惊：男的是老金，女的是小芹。小芹的直发变成了卷发，提着个大旅行包。老金晒得黝黑，脸上冒着油汗，怀里抱一个睡熟的孩子。

老金见了我，讪讪地笑了笑，说："咋这么巧呢，碰上你了。"

我对老金的愤怒和失望已经麻木了。我的目光越过老金的肩膀，看着小芹，她有点不好意思，低下了头。我打量着老金，"你们这是……"

老金说："我们去年结婚了，今年生了个儿子。"

我叹了口气，"你们来这里干啥？"

老金说："我和任总一直在做生意的，去年有几车货，发过来大半年了，一直没收到货款。我找任总几天了，都没见着。"

听了老金的话，我长长地舒一口气，"原来是这样啊。"

肉包的小面馆

一

冬至以后，开始数九了。早晨起来，看见窗户玻璃上一层水雾，楼下花园里的灌木丛在颤抖，知道今天气温低。洗漱完毕出门，去吃碗牛肉面，然后去单位上班，这是多年来养成的习惯。经常是头一天晚上喝了酒，又抽不少烟，嘴里没味儿，早上要吃一点热辣的东西。在寒冷的冬天，坐在小面馆里，吃一碗热气腾腾的牛肉面，吃出一头汗，我觉得这才是美好一天的开始。

转过街角，看见一家新开的面馆，玻璃门上贴着“生意兴隆，财源广进”的大红对子。店堂倒还干净，一个利索的妇人在柜台边招呼客人。走进店里，看看墙上的牌子，还是要了一碗牛肉面，扫完码，吩咐妇人多加香菜。妇人朝里间喊：“牛肉面多加香菜。”伙计在灶上回应：“好哪。”找个位子坐了，掏出手机浏览。不大会工夫，伙计把面端上来了，“大哥，慢慢吃啊。”我头也没抬，胡乱应了声，把面挑转吃了一口，滋味一般，熟油辣椒不香，搁陈了。吃完面，擦擦嘴，点了支烟，又拿起手机。伙计出来收了碗筷，擦桌子，站着却没走。我抬头看他，他也看我。伙计眼里放出光来，“你是……大头？老同学!”我一愣，好眼熟啊，却想不起来是谁。“蔡大庆啊，肉包!”我想起来，中学同学，是我的同桌，帮我打过不少架。因为在课间去食堂偷吃肉包子，被厨子逮到，他就有了一个诨名“肉包”了，他的大号听来却陌生得很。肉包在围裙上擦擦手，掏出烟来发了我一支。“正抽着呢。”我举起手说。“接起接起。”肉包自己点了一支，坐在我对面，吸了一口，满面堆笑，“说你当了官儿嗒。”

“嗐，当啥官儿，下来了。”

肉包收了笑容，“犯事啦?”

“年龄到了，退下来了。”

“啊，是这样哈。你就住旁边?”

“是啊，华府苑。去年搬来的。你一直做生意?”

“做啥生意啊，跳烂坛。日子不好混，今年才顶了家面馆，和老婆一起做点小生意。”

又闲聊一会儿，互相加了个微信，然后就分手了。我走出门，迎面吹来一股寒风，便裹紧衣服匆匆赶路。肉包还在后面喊：“有空来耍哈。”

二

从一线岗位上退下来，确实轻松多了，文件少了会少了应酬也少了。每天有规律地作息，日子过得轻松。老婆怕我闷出病来，吃过晚饭，总是催促我出去走走。我生性好静，也没有觉得难受。为了不辜负她的一番善意，每天还是在附近遛一圈，回家写写字，看看电视，困了就睡，也不担心半夜来电话，一觉睡到天明。电视是一无可看，拿着遥控器乱翻。老婆就说，不好看就不看了嘛，早点睡，养点精神嘛。于是，洗漱上床，找本书闲翻。

一天夜里，正拿着书迷糊，手机骤然响起。一个激灵，睁开眼看，一个陌生号码。心里很不爽，十一点了还打电话。挂断电话，把手机扔了。脱了毛衣，钻进被窝，手机又响了。老婆推开门，探进头来，“哪个啊，半夜三更打电话?”

“管他谁，不理他。”说完把手机调成静音放到一边。

“还是接一下吧，万一真有啥急事呢。”

我现在很少有晚上的电话了，也不可能有啥不得了的大事。看看手机屏一直在闪，还是拿起来接了。

“哥，出来喝酒，有几个老同学，还有班花在。”

“你谁啊？半夜三更的。”

“哥，是我啊，肉包。”

我真的有点恼怒了，也不知道他在哪里找到我的电话。我没好气地说：“我早就不吃夜宵了，你们喝吧，我不来了。”

“哥，哥哇，我有个事找你，出来下嘛，不远，我来接你。”“我已经睡了，你们慢慢喝吧。”说完，我挂断了电话。

老婆说：“啥子人嘛，这么晚了，莫名其妙的。”

“一个同学，喊喝酒。”

“你是啥子年龄了，还喝夜酒。这些人也是，这么晚了还在外面混。”

我并没出去嘛，咋数落到我头上了？把被子拉在下巴底下，闭眼睡觉。的确是早就不消夜了，过去的消夜街，一周最少去两次，现在呢，一年都没两次。骑两轮的摩的司机几年换一茬，消夜的人也是几年换一茬，都是些伤身要命的事啊。

三

川南的冬天，阳光显得很金贵。太阳一出来，小区门口的小公园里就人潮涌动。溜达散步的，唱歌的，打牌的，玩乐器的，反正人不少。有一群打手鼓的大妈，中午也不休息，围在树荫下敲，“嘣嘣嘣，嘣嘣嘣，看白云，才看清了我自己，看山川，才看见了美丽……”她们那些歌，我都会唱了。

幸好这种好天气实在不多，我可以得到更多的安静。过完元旦，新的一年开始了。这一阵气温降到二三度了，雾霾也浓重，让人有种压抑憋闷感。老婆肺不好，受不了这种气候，她要到川西安宁河谷去晒太阳过冬。她让我陪她一起去，我父母年纪大了，身体也不太好，不好走开，她只好与几个朋友一起去了。现在呢，我又开始了单身狗的日子。每天还是按部就班地作息。有时候还特意拐到肉包的店里吃碗面，他的面味道一般，主要是觉得人熟，热络。但肉包基本上都不在，只有他老婆在忙前忙后地颠。我问他老婆，肉包干啥去了，他老婆说她也不知道，一天不着边，净忙些没名堂的事。她说话的语气十分散淡，像是说别人家的事样，想来这也是他们两口子的常态吧。店里又招了个小姑娘跑堂，他老婆从柜台降到灶台去了，煮面捞面，忙得烟火四溅。一天下午快下班了，肉包又打来电话，喊我去店里喝酒。我说“你店里卖小面喝啥子酒哦”。肉包说“哥你就不管了，来就是”。我想我也是形影相吊，去坐坐也无妨。下了班，直接去了肉包店里。店里没客人，只有肉包两口子，跑堂的小姑娘也不见了。肉包见了我很欢喜，递了烟，又让老婆给我泡茶。肉包指着老婆说：“江梅，矮我们一个年级，是原配搭子哈。”江梅把茶递给我，笑得很含蓄，“大哥，喝茶。”我也朝她笑笑，接过茶杯，坐了下来。肉包把两张桌子并拢，铺了张桌布，“将就哈，哥。”又让江梅把玻璃门关了，卷帘门放一半下来。我说“你不做生意啦?”肉包说“也没啥生意，我们清清静静喝会儿酒”。

四

肉包从柜台下面拎出一个塑料壶，里面有半壶酒。说："这是我托人从乡下搞的纯高粱酒，安逸得很，你尝一下嘛。"下酒菜也上来了，一个不锈钢托盘装的，一大盘卤猪头肉，又端上来一盘椒盐花生。肉包说："这是我亲自下厨卤的，手艺要得哟。"回头又喊江梅，"你把剩下的抄手肉馅整个萝卜圆子汤来干，吃起热和。"肉包把两个玻璃杯倒满酒，提了一杯在我面前，自己端了一杯，说，"哥，不成敬意，敬你一杯哈。"

我说："把江梅喊来一起吃吧。"

"不管她，等她整完了再过来。"

我和肉包碰了杯，喝了一口。酒很辣，确实有股粮食的焦香味儿。拿起筷子拈了块卤猪头肉，放进嘴里，软糯香浓，不柴不腻。我说肉包确实好手艺。肉包很得意，又和我碰了杯，一口喝下半杯酒去。江梅把萝卜圆子汤端上桌，撒了一把香菜，青白相间，热气腾腾，喜人得很。放好菜，她挨肉包坐了下来。

我说："肉包，毕业后你干啥去了？"

肉包说："你晓得的嘛，我就是偷了两个包子，挨他妈个处分，高中都没上，去顶替老汉儿，进了一家民政福利厂。也没㞗干几年，垮了，就到处浪。"

我说："你也是，馋成那样。"

"哥，你不晓得啊，那时候肚皮头没油水，一天捞肠刮肚，遭不住了哇。”

“过去大家都差不多。你也是，混成这个灾样儿。”

“哥，你也不要小看我，我也是嗨过的。不信你问江梅，西昌、林芝、昆明，包工程，我还是找了些钱。那个时候嘛，前后还是有几个人。再高档的歌厅，小姐还不是照点。”

江梅瞥一眼肉包，“你那些光荣历史还好意思说。没羞没臊的。”

肉包说：“这有啥子嘛，哥又不是外人，说点来助酒兴吵。所以说人倒霉呢，本来说成了家，办了个木器厂，安心过日子，前年又一把火烧屎了。”

我说：“你也够倒霉了。算了，过去的不说了。最近都没见你在店里，忙啥呢?”

江梅说：“无事忙，瞎扯淡。”

肉包说：“话不能这样说啊。最近有笔大买卖，干得成的话，我就翻身了。哥，你晓得嘛，旧城改造，老街上有几栋楼，我和一个朋友要去包下来，拆完还是有点搞头的。”

肉包又把两杯酒倒满，“哥，我晓得你下来了，你人脉还在吵，以后还要帮幺弟说一下话啊。”说完，肉包提起杯子望着我。

我知道这个时候要表硬态了，否则肉包会认为白瞎了这杯酒。我也提起杯子，和他碰了一下，说：“帮得到的一定要帮你的，老同学嘛。”肉包眉开眼笑，“我说嘛，哥就是哥嘛。”说话间，又和我碰了杯，一口干了。

我说：“我干不了，喝一半。”

肉包说：“随意随意。”

江梅说：“哥你不用和他比，酒罐儿一个，你随意。”

江梅起身把汤端回厨房热了一下，放在桌子上，又给我们碗里舀上，说：“喝点热汤，解酒。”又吃了两杯，我喝不动了。肉包就让江梅去下两碗面来吃。

吃着面，肉包又说：“哥，开春儿子要结婚了，到时候你来扎一下场子嘛，随便说几句，兄弟有面子吵。”

我说：“这是好事嘛，我到时给你凑个份子，欢喜一下。”

肉包说：“哎呀，哥你来了我就有面子了。还要求哥给我写几个字，晓得哥是书法家，字值钱。”

我说：“没关系，说了就是。”

肉包说：“哥就给我写‘大干快上生儿子，勤巴苦挣找票子’，鼓励娃儿一下。”

我笑道：“你这也太直白了嘛。”

江梅说：“哥你不要听他的，你帮我们想一下。他一个初中生，有啥子文化嘛。”

江梅又说：“脸皮厚的人就是不一样，啥子都以为自己很行。”吃完面，我起身告辞。

肉包说：“哥，今天没吃好，改天又来哈。”

五

星期天阳光很好。老婆在安宁河边和我视频，她正在摆 pose（姿势）拍照，周围一片阳光。她说那边天天大太阳，白天有近二十摄氏度，很舒服。我说这边也出太阳了，天气很好。她又说天气好就出去转转，不要一天坐到黑，窝起不动。又说现在打折，看看有啥缺的日用品，去买点。我瞧着她屏幕上翻动的大嘴巴说好好好。公园里的一排杨树脱去了夏天绿蜡般的树叶，枝干赤裸，挺立在阳光下。广场上的大妈们笑容灿烂，又跳舞又拍照，欢天喜地，姿态万千。

街上已经有些年节的氛围了，餐馆里溢出了酒菜的香味儿，男人们红着脸，勾肩搭背，偏偏倒倒，大声说话，仿佛全世界都归他管。沃尔玛也打出了打折的招牌，走进商场闲逛一圈，没有啥可买的。商场的空调开得太高，有点憋闷。走到门口花车旁，有十元三张的毛巾，买了三张。闲逛一圈回家，走到小区门口，保安把我叫住，说有人找我。我问他人呢，他说刚在这儿，一转眼不见了。我问他叫啥名字，保安一脸蒙，摇头。我说管他，随他去吧。刚要进小区门，后面却有人喊："哥，等一下。"回头一看，肉包正朝我跑过来，手里提个背心袋。肉包走拢，对我说："哥，我给你弄了个卤猪头，晓得你爱吃，我整了半天，味道巴适得很。"

我有点迷惑，"一个卤猪头，我怎么吃得了？"

“没关系，慢慢吃，这个天气坏不了。”

“嗯，你是有事吧？”

肉包有些尴尬地笑了笑，说：“还真是有点事，不过对你来说小事。”

我也笑了，“说吧，啥子事？”

“吴德彬你认识吧，也是我们的同学，现在是源头公司老总，我们的那个拆迁项目就是他管。”

“啊，知道他，不过没啥深交的。”

“也不是啥大事，让他时间上宽限点，我们钱不够，设备跟不上。还要喊他能关照一下更好。”

我想想这也不是什么大不了的事，就对肉包说：“好吧，明天我去找找他。”

六

吴德彬在开会，秘书给我泡了茶，让我在他办公室里坐会儿。年底了，会多，很正常。我坐在办公室里无聊，翻微信耍。朋友圈是个大世界，古今中外，政治经济，人文地理包罗万象。有人显摆，有人吐槽，嬉笑怒骂好耍。我的朋友圈不大，每年还要删除些，长期潜水的，莫名其妙的，火冒三丈的，撒泼骂街的都在删除之列。正翻着，肉包又来信息了，问我找吴总没有。我说正在吴总办公室，他就说好好，发来三张憨笑。等了大约三十来分钟，吴德彬回办公室了，他放下茶杯和文件夹，满面堆笑和我握手，

“哎呀，实在不好意思啊，让你久等了。”我说没关系没关系，年底事多，理解理解。事实上我和吴德彬没啥交情，只是在市里开会偶尔碰面打个招呼，点头之交而已。今天来找他，已是有点冒昧了，看到肉包两口子那灾样子，又不忍心拒绝他们，还是厚起老脸上门了。吴德彬掏出烟散我一支，说：“大哥，你是老领导了，有事尽管吩咐，兄弟照办就是了。”

“兄弟客气了。”我听了他的话还是很舒服。我就不弯山搅水，把肉包的事给他讲了。吴德彬听我说完，皱起了眉头。他哗哗地挠挠头发，又掏出烟来点上。“大哥你不晓得，这片旧城改造是个招商引资项目，签了合同的，上面下了死命令，到时交不了地要涮烦。其他事还好说，这个时间不敢延。”我说：“基本是净地了，个别地方多几天也不是大问题吧?”“大哥，这个老板层级高，说话硬得很，不好商量，到时交不了，要按延误工期算滞纳金，凶得很。”“你可不可以找他再商量一下呢?”“不得行，我们这个层级，他瞭还不瞭我呢。”话说到这个份儿上，就没话说了，我起身告辞。吴德彬也从沙发上站起来，“不好意思啊，大哥，没办成事。”说着话，他又在办公桌抽屉里拿出一条烟递给我。我推辞不下，拿张报纸裹了，匆匆下楼。吴德彬把我送到楼下，说：“这个肉包这些年一直跳烂坛，是个扶不起的阿斗，大哥还是少管他。”“我也不想管闲事，看他可怜，娃儿马上要结婚了，想着能帮就帮他一下。”“我们那些同学，就数他混得孬。哎，可怜人也有可恨处啊。”走在路上，我心里盘算，如何给肉包回话。

这时候，手机响了，接起来，是单位打来的，说下周在北京有个会，单位实在抽不出人来，问我可否代劳一下，出趟差。我想个人在家，闲着也是闲着，就答应了。挂掉电话，直接到肉包的店里。肉包还是不在，只有江梅一个人。我对江梅说：“你转告肉包，吴总说时间不好延，只能抓紧干，吴总也是无能为力了。”我把那条烟交给江梅，说“这是吴总给肉包的，你交给他吧”。江梅接过烟，对我说了些千恩万谢的话。我告诉她：“下周要出趟差，回来后再把你儿子结婚的对联送过来。”江梅说“真是让大哥你费心了，肉包回来我一定告诉他好好谢你”。说完，我们便分手了。

七

在北京开了个促进文化产业发展的会，规格很高，来了不少大领导。那两天正遇上北京雾霾天，彤云低垂，天阴欲雪，把人搞得很郁闷。会议结束，第二天的飞机，下午没事，我约了一个同事去后海闲逛一圈，人很多，大部分是如我们一般的外地人。两个人走走停停，挺累。走完一圈，找了个茶座，要了一壶茶，坐在湖边喝茶，倒是有一番惬意。看看天黑，叫服务生结账。来了一个小大姐，瞄了一眼，说，三百元。我说就一壶茶。她说知道，三百元。我们说好贵，她看我一眼，指了旁边一个灰墙小院，一个亿，贵不？啥都得花钱呢。我们不在一个频道上，彼此都觉得说不清。我开了钱，悻悻而去。

从北京飞成都，飞机刚落地，打开手机，见有几个未接电话，都是一个号码打来的，估计是有点急事。回拨过去，却是吴德彬。他说他找不到肉包了，问我知道他的下落不。我说“他不是帮你搞拆迁嘛，你咋不知道他在哪里呢?”吴德彬说，昨天晚上出了事，肉包他们的挖机把一个工人从楼上铲下来摔死了，他就找肉包，从昨晚到现在一直联系不上。我说我在北京开会，现在还没回来，不知道肉包在哪里。吴德彬“啊啊啊”地就挂了电话。挂掉吴德彬的电话，我又给肉包打电话，一直无法接通。放下电话，我心里很不是滋味。真是福无双至，祸不单行，这个肉包咋回事啊。

回到家里，我找出出差前写好的那副对联。按照肉包的意思，我大致拟了一下，“夫妻恩爱早生贵子，齐心协力同奔小康。”把对联卷好，又封了一个红包，出门到肉包店里去。我想，至少他老婆江梅还在吧，要不他们去哪里落脚安身呢?拐过街角，来到肉包的门店。卷帘门拉了一半下来，玻璃大门关着，幽暗的屋子里没有人，地上有几只空瓶子。门上的大红对联卷了边，在冷风中招摇。一把硕大的U形锁，挂在玻璃大门的不锈钢拉手上，透出一股清冷的气息。

▼

星星索

一

人们都叫我傻瓜火门眼。时间久了，我自己都忘了我的大名，这不重要，名字嘛，就是一个代号，何况我是一个卑微的烧锅炉的人。在我的记忆中，最亲切的是市场上的那些恶臭酸腐的味道，因为我打小就生活在那样的环境里，所以，别人觉得那些味道很难闻，但我却喜欢待在那样的地方。我不知道我的父亲是谁，更不知道他长什么样。我照了照镜子，我除了一双眼睑外翻的红眼睛，其他的就没什么特点了，因此我想我的父亲肯定也是和我一样平凡的人。据说我的母亲临产前还在杀鱼，那一阵她的生意正好，舍不得休息，一不留神，就早产了，把我生在了一堆死鱼烂虾里。我妈用杀鱼的刀割断了脐带，解下围腰，把我裹起放到一边，直到她卖完了鱼，才把我抱回家。

我的母亲因为不遵父母之命，嫁给了我名声丑恶的父亲，家里就和她断绝了关系。事实证明，我那未曾谋面的外祖父母是有远见的，我的浪子父亲没有因为我母亲的爱而改变，结婚当晚和我母亲同完房，就和一帮狐朋狗友喝酒打牌去了，因为牌桌上的纠纷打群架，重伤两人，有一个在送医院时死去了，他就这样毫无悬念地给人抵了命。我成了我早死父亲的遗腹子。我母亲从不在我面前提我父亲，别人说起他的时候，母亲也是面无表情，仿佛说的是一条卖不掉的死鱼。我母亲把我拴在背上两年，就放我在市场里满地跑，我饿了就回去找她，吃饱了就在市场里游荡，过着无忧无虑没心没肺的日子。我小学快毕业的时候，我妈也死了。我妈临死前对我说："我要死了，以后你就靠自己了，不要学你父亲，不要害人。"我哭了，我说"你死了我怎么办？"我妈说："不要哭，你会活下去的。"

我妈死后，房子也被人收了回去。我也不想读书了，就在城市里到处流浪，到冬天的时候，我就开始乞讨为生了。一天傍晚，我正靠在津津酒店的烟囱边打盹，被居委会的蒲大妈看见了。蒲大妈可怜我，问我愿不愿意去盐城旅馆当学徒，有吃有住的。我点头表示愿意。蒲大妈就带我去见盐城旅馆的经理。那个胖胖的经理姓蒋，是她一个远房侄子，她带着我去见他，弯着腰说了一箩筐好话。我站在蒋经理的办公室，只比他的办公桌高出半个头，蒋经理看着我硕大的脑门上稀疏的黄毛，说："他这么大一点点，能干个啥呢？"蒲大妈说："干个啥还不是你一句话，给他口饭吃吧。"蒋经理捏了捏我的胳臂，说："手上可能有点劲，就是人太木讷了。去跟赵大牙学烧锅炉吧，晚上可以睡在那里。”蒲大妈把我领到锅炉房，交给了赵大牙。蒲大妈说：“你以后就在这里，吃住都有了，勤快点，饿不死。”她又对赵大牙说，“这孩子可怜得很，你多看顾他点。”说完，蒲大妈就颠颠地走了。我望着她的背影，我想要是我妈还在，就不会让她这样费心劳神了。

我师傅赵大牙也是个矮矬子，那两片厚厚的嘴唇，还是没能包住他那两颗大板牙。他上下打量我一番，嘟囔了一句：“还是个矮子。”他让我跟他去库房，弄了一张旅馆里淘汰下来的单人床，扯了些谷草垫上。说：“好了，晚上有地方睡了。”我看着那张简陋的床，心里很高兴，我终于有了自己一个窝。我师傅见我站着发呆，又对我说：“锅炉房里冷不了。”他又给了我些饭票，说，“吃饭自己去打，记到领了工资还我。”

旅馆每天晚上七点到九点开澡堂，我和我师傅要在之前把锅炉烧热，客人们住店后一般要先吃饭，然后才去澡堂子里洗澡。我们的旅馆里没有泡澡的池子，只有淋浴。淋浴其实也算是很高档的了，大冬天冲着滚烫的淋浴，我们的客人一般都很满意，只有北方来的客人有点不高兴。我们蒋经理说：“嗯，还是要整个池子泡澡。”蒋经理是北方人，搞大三线时候来的，难怪他想整个浴池泡澡。我每天的工作主要是运煤，就是从后院的煤堆把煤挑到锅炉房，按师傅的要求往锅炉里添煤。师傅还教我看仪表，看火势。师傅说，火有不同颜色，就证明温度不一样，要会看，才烧得猛，又节约。原来烧锅炉还有很多讲究，我就很佩服我的师傅了。到了月底，我领了十八块钱，这可把我高兴坏了。还了师傅的钱，还请我师傅在津津酒店喝了一杯。我们要了半斤猪头肉，一盘油酥花生米，半斤高粱酒，师傅喝得满脸通红，说："你还是要节约点，不要乱花钱，以后还要成家立业，都需要钱啊。"

二

我和我的师傅相处得很好，他也很关照我，他说："你来了，我就轻松不少了。"我们蒋经理还经常送折箩菜给我们吃。师傅说，小孩子长身体，要有营养，多吃些。折箩菜就是宴席上吃剩下的菜。蒋经理说，这是折箩菜，味道好得很，又营养。我和师傅吃了，的确是味道好，有时还能吃到一块滑肉片，如果运气好，就会发现一片海参或鱿鱼，师傅就拈给我吃。我从没吃过这些东西，那味道是真好啊。我师傅每个星期六要回家一次，星期天下午又来，那时候，我就不会吃蒋经理送来的折箩菜了，要全部存起来，让师傅带回去。师傅回来给我说，他老婆、娃儿都说好吃，比红苕苞谷好吃多了，每个星期都盼着。"哎，好饮食把他们都吃娇贵了。"师傅说着，笑起来，眼睛都不见了，只剩下一对大板牙。

我每天的活儿其实也不累，挑煤炭到锅炉房，再把煤渣挑出去就没事了，有时师傅会让我把煤矸石择出来，怕烧坏锅炉。吃完晚饭，我就没事了，一个人到处溜达闲逛。

虽然刚吃过饭，我觉得肚子还是空的，时常发出咕咕的叫声。我经常到渊源井的菜市场偷东西吃，黄瓜地瓜番茄，见啥吃啥。渊源井是个大菜场，有很多屯菜的地方，都用篱笆围了。我悄悄从篱笆墙下面打个洞，溜进货场。夏天的时候，就挑那些红透发亮的番茄吃，吃舒服了才从小洞里溜出来。守夜的是个老头儿，有一次发现我了，跟着我就追，跑了一小会儿，他就跑不动了，蹲在地上喘粗气，嘴里还骂："狗日的小杂种，把老子的疝气惹翻了。"我手里拿了个红番茄，远远地向他晃悠："来嚯来嚯，来抓我嚯。"老头儿气慌了，可他对我毫无办法，蹲在地上问候我妈问候我爸还有我的祖宗十八代，我觉得他那样子实在好耍，反正我也没爸没妈，也不知道祖宗是哪个，你骂就是，骂的风吹过，无所谓。我经常偷了他的东西还去招惹他，让他来追我。过了一阵，老头儿见了我，就不追我了，还主动招呼我，然后拿一根刺黄瓜给我，说，如果发现有人偷他东西就告诉他，这就是奖励。以后他见了我，都会给我点吃食。就这样，我和老头儿成了朋友，没事的时候到他的窝棚里坐一会儿。老头儿说："你叫个啥呢？"我发了一下呆："都叫我火门眼。"老头儿笑了："火师，我姓高，你叫我高师吧。"有时候呢，我也悄悄带老头去旅馆洗个热水澡，洗完澡老头儿总是给我东西吃，还给我抽水烟。我第一次抽的时候没经验，抽了满嘴烟油水，哇哇地吐了一地。老头儿笑得胡子打战："狗日的，晓得好歹了吗？"有一天高老头儿不在，我拿起他的水烟练习，一抽就会了。

连抽两袋，结果抽醉了，在他的窝棚里睡了一夜。第二天回去，师傅说，烟也会醉人，抽醉了比酒都难受。酒我还没喝醉过，烟是抽醉了。那以后，我就不抽高老头的水烟了。

几年以后，我的师傅退休了。他收拾完行李，把一双反毛皮鞋留给了我。师傅对我说："你是个老实人，又没得啥子文化，混口饭吃不容易，干活路要攒劲，不要学到偷奸耍滑。"我把师傅送到车站，师傅又对我说："以后凡事只有靠自己了，好好过吧。"我目送师傅的车慢慢远去，我没控制住就流泪了。那天晚上，我没睡好，翻来覆去都睡不着，没有师傅的鼾声，我觉得这个黑夜里有点吓人。第二天，蒋经理差人把我叫到办公室，说："以后锅炉房就是你负责了。你也是成年人了，要时时小心，千万不要出事故。"我点了点头，说："我师傅已经交代过了，我会好好干。经理，我还想吃折箩菜。"蒋经理哈哈大笑，拍了拍我的肩头，说："好小子，嘴里养出馋虫来了。"然后，他又郑重宣布，从下月起，我的工资涨到二十一块。我打心眼里感激蒋经理，他还看重我，拍着我的肩膀表扬我，我肯定要努把力。

釜溪河在渊源井地头上一拐，就一路奔涌向东流去，形成一个沱湾。白天在沱湾的河岸上，有卖木材、生漆、竹器、油毡、麻绳、旧家具的，是一个很大的市场，来往的人推来挤去，吵吵嚷嚷的。到了傍晚，市场散了，有人打扫完，四周就空落清爽了。我很喜欢在那个时候坐在河边看盐船。每天装卸公司装满盐包的平板缆车从山上的仓库放下来，转运到河边码头上的盐船，然后由一艘汽船牵引着连成一串的盐船向下游驶去。那时候师傅曾经说过，从这条河里出发，盐船可以到湖北湖南，到上海，到全世界，我们这里的盐是供应全世界人民吃的。师傅说这些话很自豪，两颗大板牙都光辉灿烂。望着长长的盐船在绿色的河面划出一道白色的浪花，鸣着汽笛驶向远方，我的心中充满幻想，总有一天，我会坐着盐船走遍天涯，看最好的风景，见最好的人，吃最美的饮食。那时候，我也就不枉自为人一场了。傍晚的时候，太阳的余晖洒落在河面，河水泛起层层涟漪，满河都是金黄的鳞片。河边扳罾的人从河里收起罾网，密密的网眼上闪出片片银白色的亮光，仿佛千万只眼睛。四下里也渐渐安静下来，渊源井的菜市亮起了昏黄的街灯，有几个半大的小子在马路上追逐疯玩。这时候，我也该回去睡觉了。明天一大早就要起来烧开水，这个事以前一直是师傅干的，现在该由我来干了。

三

20 世纪 80 年代的一个秋天，菜场边的茶馆来了一个说书人，是个盲人，抱着一只渔鼓“刺梆刺梆梆”地拍几下，然后开唱：“武松打虎啊，景阳冈啊啊啊……”我觉得很有趣儿，每天有空就去喝茶听书。我自己带了茶末子，只要一个亮碗，两分钱，想坐多久坐多久。我觉得日子很美，白天烧锅炉，偶尔吃碗折箩菜，傍晚时候去听书，混到天抹黑，就一路晃晃悠悠回去睡觉。我看见那些睡在烟囱边的乞丐，我觉得我是最幸福的人了。一天，我正在茶馆听《铡美案》，盲人学包拯唱黑头：“香莲啦，你转来。这是纹银三百两，拿回家去度饥寒。要叫儿孙把书念，读书你千万莫做官。你爹爹倒是把高官做，害得你一家……不团圆！”然后手拍渔鼓，“刺梆刺梆梆，刺梆梆梆”一阵急雨惊雷。我使劲鼓掌，好好好！正在兴头上，看菜场的高老头儿来了，他在我肩上拍了拍，小声对我说：“火师走，吃好饮食。”我回头看看他，本来不想走，又不知道他神秘兮兮的究竟有啥板眼，还是跟他走了。走在路上，他说：“今天我捡了个便宜，一块钱，买了半个猪头。”我听他说有猪头肉，当然很高兴，就一路颠颠地跟他跑了。走在路上，我想我还是不能白吃他的猪头肉，就在酱园铺子里打了两提烧酒。

走拢菜场的窝棚，高老头儿拿出那半个猪头给我看：“如何，多好的猪头肉啊。”我闻了闻，有一股臭味儿。我说：“臭了。”他也闻了闻，说：“有一点臭有啥子嘛，煮了就不臭了。”他把半个猪头放进锑锅，焯了水，又加了老姜、花椒、八角、大料、烧酒、酱油慢慢煨，一会儿工夫，锅里就咕嘟咕嘟冒出香味来了。猪头熟了，他拿了两个碗，把我打的酒分了，我们一人一碗开吃。那猪头肉果然又软又糯，一点不臭了。我们吃肉喝酒，简直美妙无比。高老头儿和我碰了一下碗，说：“想不想听我拉二胡嘛？”我瞪大了眼睛看着他："你还会拉二胡？"老头儿脸上泛起红潮："当然喽，我很专业。"我不懂他说的专业，就说："你整一段来听嘛。"老头儿从床下拖出一个蓝布包，打开，果然有一把二胡，琴杆上还刻着一个龙头。老头儿吱吱呀呀调了调琴弦，说："好久都没整过了，想听啥？"我哪知道有啥，就说："你随便整。"老头儿闷了一下，低头一甩弓子，琴声就陡然响起了。他很投入，一会低头，一会仰头，身子摇晃起来，琴声贴着墙壁走，在小窝棚里来回穿梭，像一条小蛇钻进我的衣领又钻进背心，我起了一身鸡皮疙瘩。拉完一曲，高老头儿眼里有泪光。我看着他，说："好听，就是听得身上冷。"他说："这是《寒春风曲》，阿炳的，晓得不？"我摇摇头："不晓得。"他说："你当然不晓得。"我说："你拉那么好，去当演员噻。"高老头儿说："我以前就是演员呢。"我大笑起来："吹吹，牛皮吹大了吧。"我端起酒碗和他碰了一下，"喝酒喝酒，我敬你一碗。"老头儿说："不是吹，老子在省上的舞台都表演过的。"我说："真的呀？"老头儿说："我当年嘛还是团里的业务尖子，就是犯了点错误嘛。"我说："你犯啥子错误啊？"老头儿笑了："男女关系噻，就是管不住鸡巴。"老头儿见我发愣，"算了算了，你一个小屁娃也懂不起。来，再整一口。"

这时候，我听见有人在唱歌，是一个女人的声音。我说："哪个在唱歌？"老头儿说："一个疯子，女疯子，经常半夜三更在这里唱歌瞎转。"我歪着身子往外面看了看，昏黄的灯光下，有一个长辫子的女人从菜场里走过。

冬天来了。川南的冬天阴冷潮湿，在苦寒难熬的冬天，我最大的快乐就是吃蒋经理送来的折箩菜，躲进小茶馆听书。蒋经理终于在澡堂里修了一个小池子，我泡了两回，滚烫的水像千万根细小的钢针刺进肌肤，忍住疼，就会浑身舒服。每个星期天，我都带高老头儿去泡一回澡。我和看门人关系好，我带高老头儿去泡澡，他是不会管的。高老头儿每次泡澡都要喊我给他搓背，他说他手僵了，挠不到背心。我给他搓背的时候，他双手伏在池子沿，闭着眼呻吟，嘴里还说“安逸安逸”。泡完澡，我们就去打平伙，他出菜钱，我出酒钱，欢欢喜喜地吃一顿。一般是凉拌猪头肉要么猪肺片，有时呢，他会加一个油酥花生米，再吃一个跟锅汤，大师傅也熟，他会给我们加点葱花陈醋，味道就很巴适了。我就在柜台打两提子高粱酒，一家二两，喝完了事。喝完酒，就溜达去菜场的窝棚，听高老头儿拉二胡。他拉的曲子我都不熟悉，他说这些都是阿炳和刘天华的名曲。尽管只有我一个听众，他还是很投入。一曲拉完，他就盯着我问：“如何？这些手艺可以噻。”我不知道用什么语言表扬他，鸡啄米似的点头：“巴适巴适。”高老头就笑了：“你个小屁娃，那么多好听的话你说不来，只晓得巴适巴适。”我有点难为情，只能讪笑。但我觉得这样的日子很快乐。

四

一天晚上，我从高老头儿的窝棚出来，我又看见了那个女疯子。她唱着歌在前面走，后面有几个半大的小子在追打她。他们吆喝着“疯子疯子”，朝她扔烂番茄、烂菜帮子。女疯子走几步又停下来，回头看着一群小子，自言自语地叨咕一阵，又继续往前走。我也没听清她说些啥。我走过去，站在女疯子前面，对那群半大小子说：“不要欺负别个，她是个疯子。”那群小子说：“关你屁事。”我说：“再打她，老子就锤你们。”一群小子大笑起来：“你还要英雄救美人，一个傻子！”说完，他们手里的烂番茄、烂菜帮就朝我扔了过来。我捡起地上的砖头儿就追了过去，那群半大小子轰的一下就跑开了，嘴里还在喊：“疯子傻子，傻子爱疯子，笑死老子。”我擦了擦脸上身上的红番茄水，看着女疯子笑了笑。女疯子站在菜场的肉案边，两眼直勾勾地盯着我，看得我心里有点发毛。其实女疯子长得挺好看，就是脸太黑了，像锅底一样黑。女疯子又看我一会儿，然后就念念叨叨地走了。望着她的背影，我想，如果把她弄到澡堂子里去洗一洗，肯定更好看。回到锅炉房，我躺在床上，想了很多很久女疯子的事，也不知道啥时候才迷迷糊糊睡着了。

第二天吃过早饭，我就去给高老头儿讲那个女疯子的事，高老头儿坏笑着说：“你娃儿，是不是看上她了？”我一下觉得脸上发烧，使劲摇摇头：“不是不是。”高老头儿说：“那是个花痴，她还是个高中毕业生呢，刚参加工作就谈了恋爱，谈了一阵，两个人就吹了，不晓得咋搞的，这女的就疯了，人还多漂亮的，可惜了。”我也觉得很可惜，这样一个又有文化又漂亮的女人是不该疯的。我回到锅炉房，躺在床上歇了会儿，才怏怏地干活路。吃完晚饭，我又溜达到菜场去了，看能不能碰见那个女疯子。我走到菜场的肉案边，果然看到了那个女疯子。她身子靠在肉案的铁架子上，低着头，两手绞着长辫子玩。我坐在肉案上远远地看她。天已经黑了，菜场里亮起了昏黄的路灯。她抬头看我一眼，又把头埋了下去，嘴里叽叽歪歪念叨着。这回我终于听清了她的话："人家一直很漂亮是不是嘛遭他狗日的雷公打脸打得黢黑太坏了嘛啥子人啊就是想我才不得给他们两个谈呢以为自己好了不起啊动不动就要欺负人家欺负人家咋子嘛又没惹那个硬是太坏了……"我对她说："走，去洗个澡。"她看了我一眼，没有搭理我，还是嘴里不停念叨。我从兜里掏出一个馒头："饿了吧，吃个馒头。"我走到她身边，把馒头递给她。她接过馒头，大口大口地咬起来。我说："走，去洗个澡。"她看我一眼，继续吃馒头。吃完馒头，我又说："走去洗澡，洗了更漂亮。"她看着我说："你又要欺负人家。"我说："走嘛，不欺负你。"我走在前面，她跟着我。一会儿，我就把她带到了我们旅馆的澡堂。我对看门的说："她要洗个澡。"看门的看了她一眼："哪来的叫花子啊好臭啊。"我给了看门的一支蓝雁烟。他说："你喊她搞快点，一会儿被蒋经理看见就糟了。"我说："放心，没得事。"看门人就放她进去了。天上飘着细雨，有点阴冷。我站在门口和看门人一起抽烟闲聊，他一脸坏笑地看着我："你娃有好事啊。"我心里愉快，懒得搭理他。突然澡堂子里传来一声尖叫，一个女人披头散发、浑身水淋淋地冲了出来，大叫：“疯子疯子，好吓人啊……”

我当然没有逃过被骂的厄运，蒋经理差人把我叫到办公室狠狠教训了一顿。我一直埋着头，一句话都不敢说，任凭他训斥。最后，蒋经理的气消了，说：“下不为例哈，再这样乱来我就开除你，让你娃儿流落街头。”我哆哆嗦嗦退出蒋经理的办公室，心里暗自庆幸，阿弥陀佛，总算过了这一关。那以后，有很长时间我都没敢去菜场找女疯子了，没事就去听书，或者找高老头喝酒。腊月二十三，过小年的时候，蒋经理又给我拿来了一盆折箩菜。他说：“过小年了，你还是欢喜一下。”我看了看，这一回里头的好东西还很多。我又想起了那个疯女人，她肯定是没有吃过这些好东西的。我望了望冷清的锅炉房，又望了望门外，天空阴沉着，像是又要下雨了。我起身换了件衣服，就急急忙忙出门去了。

我在菜场里踅摸半天，终于在一个堆放沙土萝卜的篱笆下面看到了那个疯女人，她坐在地上，两手抱着膝盖，冻得浑身发抖。我对她说：“走，跟我去吃好东西。”疯女人看我一眼，眼里充满惶恐。我说：“这里冷得很，跟我走吧。”疯女人说：“我要吃馒头。”我拍了拍身上，说：“今天没有带馒头，我屋里头有好东西。”疯女人不再理我，自语道：“我要吃馒头。”我掏出一毛钱给她：“钱你拿着自己买去。”她接过钱，说：“我还要半斤粮票。”我说：“我没有粮票。”疯女人说：“人家来领我走的，都给了粮票的，反正我要半斤粮票。”我说：“谁喊你去了，去干啥了？”疯女人说：“我都是吃了面还要粮票的，你不喜欢我不给就算了。”我有些焦躁，伸手把她拉了起来：“跟我走吧，我有好吃的给你。”疯女人嗷地大叫起来，我吓了一跳。但我没松手，抓住她就往菜场外走。疯女人趺趺撞撞，大叫着：“放开我放开！”这时候，有三个人站在了我的面前，他们手臂上戴着红袖标，我一看就知道，他们是联防队的。其中一个朝我厉声喝道：“你干什么?！放开她！”我吓得一哆嗦，松开了手。那人问我：“你想干啥？”我说：“我领她去吃好饮食。”三个人大笑起来：“你领她吃好饮食，害怕是你想吃人家的好饮食啊。”

五

我被他们带回了派出所，一个年轻民警问了我事情的前后经过，我都照实对他讲了。我想，我也没做坏事，大概过两天就会把我放了吧。可是，过了两天我又被送到了五云村拘留所。我记得那是 20 世纪 80 年代的一天早晨，我被从监舍里提了出来，反捆了双手，架上了一辆解放牌大卡车，脖子上给我挂了一块牌子，我低头看了看，写了三个字：流氓犯。我知道，这是要弄我去游街，是他们把我误会了，我成了货真价实的犯罪分子，回不去了。十几辆大解放开上了街，前面有一辆警车开道，呜拉呜拉响着警笛。一路上有很多人看热闹，大家还在指指点点，我知道他们是在找认识的人。万幸的是游街的人很多，我也没排在前面，容易混过去。我想，除了蒋经理、蒲大妈、高老头，还有就是我乡下的师傅，其他就没有认识我的人了，只要他们不看见我，我就不会那么臊皮也不会那么难过，毕竟他们还是可怜我的，我不能让他们太失望太伤心。但是后来我才知道，其实蒋经理和蒲大妈早就晓得我的事了，他们还到派出所说情，联名具保，说我不是坏人。但是没用，我还是成了流氓犯。刑车缓缓前行，开到新桥桥头的时候，我一下看见了站在人群中的疯女人，她也看见了我，使劲朝我挥手，嘴里还大声喊："馒头馒头。"她一边喊，一边跟着车追，散乱的头发迎风飞舞。我想朝她说句话，可是脖子上的麻绳勒得有点紧，我叫不出来。街上挤满了看热闹的人，他们嘻嘻哈哈指指点点，我想把头埋下，动不了。刑车在人山中划开一条路，疯女人被远远抛在了车后，但我还能听到她的呼喊的声音。我的喉头发紧，眼睛模糊，说不出话来。

我被判了五年。在监舍里，牢头把我叫到面前说："你屁娃儿犯的啥子事?"我说我是流氓犯。他就笑了："还没长醒呢，就流氓犯。你说说，你流氓谁了，摆来听听。"我说我没流氓谁，就是喊一个疯女人吃饭，抓扯起来，就被联防的逮住了。他在我的头上狠狠敲了一个栗暴，说："还冤枉你了啊？找管教申冤噻，狗日的肯定是把人家疯子办了，还假装冤枉。"夜里，我躺在床上越想越觉得委屈，我要说清楚，我没有欺负疯女人。第二天，我就找了管教。我说我真的没流氓那个疯女人，我是冤枉的。管教说："你还知道她是个疯女人？一个疯子，不管她愿不愿意，你都是犯罪，晓得不？那个疯女人都流过几次产了，不是你们这些人干的，是哪个干的？好好改造，争取早点出去吧。"我想我是有口说不清了。后来我也想通了，我确实也想让她吃完饭，再好好洗洗，留在锅炉房里过夜，至于以后的事就看情况了。这样想来，我也有歪脑筋，的确也不是什么好人。我的思想通了，我就认真改造自己。我在牢里绕线圈、种花，都是一把好手，还经常得到表扬。本来是判的五年，结果呢，我坐了四年半就出来了。

从监狱出来，我没有地方去，派出所又把我交给了街道的蒲大妈。蒲大妈打量我一番，笑着说："没受折磨，还长高了。你娃儿也是，唉……以后你咋办呢？"我不知道我该咋办，我摇了摇头。蒲大妈叹了口气："你还是回旅馆去吧，你在那里熟了，啥事呢都好办些。"蒲大妈又把我领到蒋经理的办公室，蒋经理也叹了口气，说："你还是去烧锅炉吧。"

锅炉房里又来了一个师傅，他不大理睬我，还是叫我干以前当学徒时干的活路。那些事我很熟悉，不用教也不用人操心。但这个师傅基本不和我说话，只有迫不得已才说一两句。我也知道，有谁愿意和一个流氓犯说话呢，换了我也是不愿意的。下了班，我想又去找高老头儿，他不会嫌弃我，他也是犯过错误的人。我走到菜场高老头的窝棚，才发现那个窝棚已经不在了。渊源井菜场幽暗的大瓦房下，唯独那一圈篱笆和高老头儿的窝棚不见了。我问旁边一个卖凉粉的大姐，她说“那个老头儿早就死了”。我问她是咋死的，她说是脑出血，一大早就硬挺挺地死在床上了。我很伤心，我没有说话的人了，也没有喝酒打平伙的人了。我站在那里不知所措，卖凉粉的大姐说：“你是他什么人，是他儿子？”我说不是。她又说：“是亲戚？”我摇摇头：“啥都不是。”卖凉粉的大姐说：“唉，一个人也够可怜的。这人啊，也没啥想头啊，说声死了就死了。”我怕我忍不住要流泪，就转身走了。

傍晚的时候，我又去了菜场，想看看那个疯女人。转了一大圈，都没看见。我觉得很失望，心里空落落的，像是被人掏去了五脏。我又去听了一会儿盲人说书，人是木的啥也听不进去。闲坐了一会儿就回锅炉房去睡觉了。第二天，我又去找那个疯女人，还是没找到。好在又遇见了一群半大小子，他们中有人还认得我，笑嘻嘻地问我：“你回来了，牢饭好吃不？”我不想和他们计较，问他们“知道疯女人去哪里了？”他们又笑了，说：“你这个傻子还多记情啊。那个疯女人早就走了，搭盐船朝下游走的，去了啥地方就不知道了。”

六

我的日子过得寡淡无味，成天没精打采，连听书都没兴趣了。我很想去乡下找我师傅，但想来想去还是不去为好。我是一个流氓犯，我师傅知道了会怎样想呢？他一定会很失望，会为有我这样的徒弟感到丢脸。算了，我不能给师傅心里添堵。上完工，我就天天去沱湾里闲逛，坐在河岸上看长长盐船，我想它们通江达海，走遍天涯，那该是些好地方吧，要不为啥天天有那么多的船那么多的人去呢？疯女人也是去寻找她的好日子去了吗？已经过完中秋了，深秋的夜晚开始有了薄薄的凉意，河上飘着淡淡的雾气，四下里安静得有些吓人，但我还是不想回锅炉房去。我就躺在河岸上数星星，数着数着，我就迷糊了，我登上了一列长长的船队，顺流而下，看见了鲜花盛开的村庄，看见了长辫子的疯女人，看见了高老头儿的二胡和猪头肉……

金丝鸟在歌唱

题记：金丝鸟，又名芙蓉鸟、玉鸟、白燕，形体较瘦小，有黄色、白色、绿色、橘红色、古铜色，平均寿命10年。

金丝鸟对甲烷和一氧化碳比人更敏感，中毒后的第一反应就是向人发出信号。因此，直到二十世纪，一直被放在煤矿中，作为矿井中毒的警报器。“煤矿中的金丝鸟”至今仍被用作野生物种状态变化的隐喻，提示人们，生态变化可能对人类福祉产生影响（百度资料）。

一

靳风跟单位请了创作假，正愁没地方去的时候，接到了钱程打来的电话。钱程说他要去马尔代夫度假，让帮忙给照看一下房子。靳风一听便喜不自胜，“钱程你真够潇洒的啊。哎，是又有新欢了吧？”

钱程说：“什么新欢旧欢，和一个老朋友。以后见面你就知道了。怎么样，有机会也替你张罗一个？”

靳风说：“算了吧。一只麻雀飞过你都要看看公母的，何况一个大活人，你还不捷足先登了？”

钱程在那头哈哈大笑。就是隔着十万八千里，靳风也想象得出他涎着脸皮发笑的样子。那是一张天真烂漫的娃娃脸，但靳风每次都在笑容里看见了他一脑瓜子的坏主意。钱程说：“咱哥们也不要斗嘴皮子了，回来我请客。哎——哥们儿，千万千万啊，不要把我的金丝鸟喂死了。”

靳风说：“不行啊，如此重大任务，我可是要按天收费的哟。”

钱程说：“工钱好说，冰柜里的东西你随便吃，不收费，房间你随便用，也不收费——老兄，酒柜里还有几瓶老酒，想喝就喝，也不收费。我那可是块风水宝地，有好景色哟，到时怕你还不想走啊。哟——登机的时间到了，改天再聊。”

这家伙，油腔滑调的。他那里会有什么好景色？其实，钱程除了喜欢女人之外就几乎是个完人了。热情、爽快、肯为朋友帮忙，功成名就，还正是那种对女人充满诱惑力的年龄。关键是还很会赚钱，这个让许多人犯愁的事情被他轻而易举地解决了，有时哥几个都嫉妒得想揍他。但是，钱程无论如何是个好哥们儿，况且他还时常为大家的享乐提供方便呢。

靳风哼着小调预约了一辆出租车，简单收拾了几件换洗衣服就出门了。刚到楼下，一辆青春蓝的出租车兜了一个大圈子“吱”的一声刹在他面前，然后载上他朝市郊跑去。市郊那一片小高层花园房名曰“梦幻春天”，是本市最大的房地产开发公司专为大款们修的，一梯两户，直通车库，大平层，环境优雅，绿植茂盛。钱程也去买了一套。其实他根本用不着，他和靳风一样也是个一人吃饱全家不饿的主，干吗花大钱去买房呢？原单位半卖半送分了一套房给他，老爹老妈还两个人住着市里为老干部修的一楼一底的别墅装空气。靳风说“钱程你是钱多撑得慌”。钱程说：“老兄你这就不懂了，那是什么？是一种身份象征。生意凭什么？人家先看你的派头，有多大派赚多大钱。现在不是当土地主的年代了。”

出租车在别墅区门口停下。这里靳风是熟悉的，钱程以前常把哥几个弄到他这里胡闹，靳风上到 A 区 3 号楼的顶层，钱程家的密码锁他知道。开门进屋，房间里弥漫着一股刺鼻的烟味，眼前是一片狼藉。靳风不禁皱了皱眉头，这个钱程，好好的一个安乐窝被他弄得一团糟。靳风把窗户打开，透透屋里的气味。又打开冰柜看了看，还好，里面一应俱全，香烟、食品、啤酒。靳风拧了一个响指，心说这家伙真他妈会照顾自己。

靳风打开电视，点了一支烟，把电话拉过来，给小区的物业管理公司拨了个电话，请他们派两个人来收拾一下房间。靳风是个喜欢整洁的人，在和煦的阳光下，窗明几净，面对荧屏，他的思绪会像一溪春水奔腾跳荡，神游万方。恶劣的环境会使他头脑麻木，周身困倦，词不达意，甚至无从着笔。再说了，白住了人家的房子，总该有所回报吧？这种有益于自己，也有益于他人的事情，靳风当然也是乐意为之的。

一支烟刚抽完，他听见门上铜环拍打的声音。打开门，是两个中年妇女，说是物业公司派来打扫房间的。靳风说“我正等你们，进屋吧”。两个女人进了屋，脱衣捋袖开始忙乎起来。看她们风风火火的样子，靳风有些不放心，不停地招呼她们，让她们小心，别弄坏了东西，一不小心就可能弄丢了一个月工钱。两个女人说，不会出事，就是出了事还有公司呢，跑不了。看来她们显然理解错了靳风的意思，把好心当成驴肝肺了。

钱程喂养的是一只黄色的金丝鸟，玲珑精致，很是招人喜欢。靳风给它喂了食，添了水，鸟儿欢快地跳跃鸣叫，屋里一下就有了生机。靳风逗弄一番鸟儿，然后烧水泡茶，拿起电视遥控器乱翻频道。

靳风正抽着烟，慵懒地想着心事，门外响起了一个女人的声音："哟——钱程，有这么勤快的吗？干得热火朝天的，又有什么喜事了吧。"

靳风从沙发上直起身子朝门口望去，一个穿着粉色睡衣的女人怀里搂着一只白猫懒洋洋地走了进来。靳风忙站起身来，朝她点了点头，说："你找钱程？他出差去了。不好意思，如果有什么事的话我可以替你转达。"她上下打量着靳风，"我说呢，这些天就没见着他，一眨眼就跑了。你是……"靳风说："是这样，我暂时替他照看一下房子。"她笑起来："哦——知道了。你不要说，我知道你是谁。你是作家，姓靳是不是？"

靳风朝她笑笑，说："原来你是钱程的朋友。荣幸之至。"

她朝靳风身边挪了两步，说："也算是朋友吧。我和钱程是邻居，就住对面。前些天钱程还和我说起过你呢。"她抬头看了看靳风，说，"我叫顾贝贝，你以后就叫我贝贝吧。"

"嗯，原来是这样。你是刚搬到这里的吧？我以前好像没见到过你?”

“差不多快一年了。还是你们作家好啊，天天就坐在家里。这一片的人都是些大忙人，成天老是不着家，忙忙碌碌的样子。有时真是静得有些怕人呢。”她说着低下头，用手梳理着怀里那只白猫的皮毛，“你怕不怕，我的小猫咪?”小猫温顺地舔着她白皙的手指，“咪咪”地叫了两声。

靳风说：“你请坐吧，站着说话怪累的。”

顾贝贝说：“不啦不啦。我还以为是钱程在屋里呢。”她四下看了看，“这屋里也真够脏的，难怪钱程总不请我到他这里来。你倒好，一来就替他收拾房间。”

靳风说：“创造优美环境有利于身心健康嘛。”两人相视一笑，顾贝贝说：“你这人挺有意思——我也是看不惯家里乱七八糟的。”

两人又闲聊了一阵，顾贝贝说她要走了。临走时，顾贝贝又说：“咱们就是邻居啦，你缺点啥用点啥的说一声就好了。”靳风笑了笑，说：“好的好的。我也十分愿意为你效劳。”

靳风送走他的芳邻，两个女工走到他面前说：“先生你看还有哪里需要收拾?”靳风环顾四周，眼前豁然一亮。靳风说“不用了，非常感谢你们”。他付了她们的工钱，把她们打发出门。然后很舒服地洗了个热水澡，在冰柜里找了袋饺子煮来吃了，又喝了瓶啤酒，整个人感觉轻松愉快。夜幕四合的时候，靳风拉开橘色的台灯，坐在钱程书房里那张宽大的红木桌前，打开电脑，点上一支烟，开始在脑子里寻找这部小说的第一句话。

二

这次创作任务市里看得很重，是关于本市一位大名鼎鼎的英雄人物的故事。这个出身于大盐商家庭的公子哥名叫余魁胜，十七岁就参加了地下党，领着东西两场的盐工们罢工游行，抗捐抗税，把百里盐场搅得天翻地覆。后来因为秘密聚会，准备联合工友捣毁盐政稽查署，举行一次大规模的罢工游行，被一个外围圈子吃大烟的痞子告了密，痞子供出余魁胜就是自流井盐场的中共地下负责人，余魁胜旋即被捕入狱。他的父亲——八十年前本市最大的盐商，花巨资买通盐政稽查署长和警察局长，只要他写个悔过书就可以安然无恙地回家过幸福生活，但余魁胜拒绝了。临刑前一天晚上，看守用托盘端来了一壶酒，三个菜。余魁胜知道，这是最后的晚餐了。他也不再客套，坐下倒了一杯酒，刚举起酒杯，牢门口一亮，走进一个身穿长衫的人来。余魁胜一看，是他的父亲。父亲在他的对面坐下，余魁胜给父亲斟了一杯酒，两人默然无声地喝起来。喝完两杯，父亲把两个杯子斟满酒，举起酒杯长叹一声，说："孩子，我知道你的性格，也知道你的理想。你说，你想咋办？就是倾家荡产，豁出我一条老命，我也要救你出去。"余魁胜放下酒杯，跪在父亲面前，泪流满面。他给父亲磕了三个头，说："孩儿不孝，让父亲受罪了。事已至此，我唯有一死，方可不负众望，不负平生。请父亲多多保重，余生安好！但愿我的一腔热血，能浇灌出一片自由之花。”第二天，余魁胜被枪杀于本市北郊一座叫松林坡的山岗。余魁胜被捕时腿中一弹，行刑时，他拒绝让人用担架抬，拄着拐杖很艰难地爬上那座小山岗。在松林间有一块不大的空地，地上铺了厚厚一层松针。余魁胜说：“好清幽雅致的地方，就在这里吧。”他转身面对枪口，“伙计们，来吧。”行刑队“哗哗”地拉动枪栓，然后是一瞬间的寂静。一排密集的枪声响彻山林，惊飞了一群寒鸦。据说余魁胜身中数弹仍直立不仆，吓掉了行刑队员手中的汉阳造。

这个故事靳风早已烂熟于心。为了完成这次创作任务，他专门到市里的档案馆查阅了不少资料，他知道这是一个有看点、有泪点、感人至深的故事。市里也拨出专款，同步拍摄电视连续剧，去冲刺国家“五个一工程”奖。其实，靳风觉得获不获奖并不重要，问题的关键是怎样把自己的活儿做得好一点，不负大家一片良苦用心，也不要让自己以后脸红。

靳风的芳邻对他表现出了很大的友好，时常有空就到他的房间里坐坐，给他送些时令瓜果，顺便谈谈她那只可爱的波斯猫的问题。她揪住猫的后颈提起来举在靳风的眼前：“看看，这毛多长、多白，这腿、这爪子，又直又有劲。看看她这眼睛，蓝得像宝石，中间还有一条白线，像一道电光，多漂亮啊。看看，看见了吗？好可爱的一只猫啊。”靳风皱了皱眉头，说：“是一只好猫，可我对猫一无所知。”她显得有点失望，眼皮耷拉下来，浅粉色的眼帘闪着点点荧光：“哦，我还以为你们作家什么都知道呢。”然后，她又很天真地笑起来，“哎呀，我只顾说话，误了你的正事了。”说着话，她便搂着她的猫咪旖旎而去，留下一缕淡淡的幽香。

人走了，那一缕缕的芬芳尚在，缥缈如烟的歌声也时时从她虚掩的门缝里溢出来，搅得靳风心猿意马，完全找不到感觉。好像一个歌手，站在炫目的灯光下，面对满场期待的眼睛却无论如何找不准调。他在键盘上胡乱敲着，屏幕上显现出一段文字，却是异常干瘪无趣。靳风无奈地叹了口气，索性不写了，洗个澡，喝点酒，上床睡觉。

一天后半夜的时候，靳风被淅淅沥沥的雨声惊醒了。疏疏落落的雨点滴落在雨篷上，发出“毕毕剥剥”的声响。靳风躺在床上，听着清脆的雨声，想象着余魁胜在雨夜里被追捕的情景，突然感觉有一股暖流涌上心头，产生了一种撩人心扉的韵律，沿着他的四肢迅急奔向每一个神经末梢。他一下明白该如何下笔了。靳风点了一支烟，继续躺在床上滋咂那种稍纵即逝的感觉。他想等到再一次热血沸腾的时候就该翻身起床了，那时候他将紧紧咬住这股味儿，直到一部作品全部完成。

这时候，一阵飘忽的声音透过雨雾钻进他的耳朵，随即又响起拍打门环的声音。他还是坚持躺在床上不动，他想这肯定是他的芳邻哪股神经又犯病了，不理她便罢了。但他的想法错了，防盗门上的铜环“叭叭”响个不停，一点也没有停下来的意思。他的情绪一下坏到了极点。“该死!”他不得不起身穿上衣裤去开门。

顾贝贝穿着那件粉色的睡衣，头发散乱地站在他的门口，那情景真是吓了他一跳。他边扣扣子边问：“你这是怎么啦？出了什么事?”

顾贝贝带着哭腔说：“猫……我的那只猫……”

靳风真是气不打一处来，深更半夜就为你那只该死的猫？他说：“你的猫怎么啦?”

“猫跑到……楼顶的凉亭上去了……它不下来，掉下去会摔死的。”

“是这样啊。猫不会摔死，它是九条命，掉下去它会缩成一团，像棉球一样，在地上打个滚，翻身起来跑得跟兔子一样快。”

“不不，它会摔死的。求求你，上去帮我把它弄下来吧。”

顾贝贝的泪水一下滚落出来。靳风想，就是天才的演员也不会表演得如此到位，他相信她是真的伤心了。

他还能说什么呢。他从她家的扶梯爬到楼顶。雨下得大了，密密的雨点在灯光里如珠玉般洒落。那只该死的波斯猫正在不锈钢护栏的凉亭上“咪咪”地叫个不停。靳风用手抱住凉亭的柱子，攀上护栏去唤她，然后一伸手把她从上面提了下来。

顾贝贝把湿漉漉的猫搂在怀里，不住念叨：“我的小乖乖，真是吓死我了。”

他们从楼顶上下来，顾贝贝找了一张干毛巾递给靳风，“赶紧擦擦吧，可别凉着。今天真是多亏了你。”顾贝贝又给她的猫咪擦干了雨水，用吹风机慢慢把毛烘干。

靳风擦了擦头上的雨水，说：“没什么事了吧，我得走了。”

“你也坐下吧，我帮你吹吹。”

“没事，一会儿就干了。”

“来吧。”

顾贝贝不由分说，一把将靳风拉到椅子上坐下，举起吹风机给他吹头发。靳风不能再动了，乖乖地坐着。电吹风的暖气和顾贝贝身上淡淡的香气混合在一起，悄悄钻进了靳风的鼻孔，他禁不住打了一个响亮的喷嚏。

“看吧，我说你会着凉。你坐会儿，我去给你冲杯热咖啡驱驱寒。”

“不用麻烦了，我没事。”靳风站起身来，“我正在写东西，怕思路断了，我得回去接着写。”

“哦，实在对不起，给你添麻烦了——这样吧，明天我做东，一起吃个晚饭怎么样？肯赏光吗？”

靳风想赶快脱身，再说饭还是要吃的。便朝顾贝贝笑了笑，说：“谢谢你的美意。悉听尊便。”

靳风回房间点了支烟，倚在床头继续刚才的想法，但是，一切都消逝得无影无踪，什么感觉都没有了……

正当靳风睡意蒙眬的时候，电话铃响了。他从被窝里抓过话筒，喂了一声，是钱程打来的。

“喂，哥们儿，都什么时候了，还在梦周公。昨晚又熬了个通宵吧？”

靳风起身拉开厚厚的窗帘，一缕温柔的阳光透进屋来。“我是被你的芳邻折腾了一个通宵呢。”

“哈哈，我说嘛，果然有戏。怎么样，感觉还好吧？”

“你可别胡猜乱想。半夜里叫我起来给她逮猫，弄得我一夜没睡好。刚合眼，你的电话就来了。钱程，你老实交代，你是不是钓了鱼又要我来给你‘取钓儿？’”

“这是哪儿挨哪儿呀，人家是名花有主的，我们就是纯洁的友谊放光彩。不过，我倒是奉劝老兄别表错了情啊。就是跟了你，恐怕你也养不起的。”

“那意思是非你莫属喽？”

“老兄你别开玩笑。我这不是有美人坐怀嘛，我还乱什么。”

电话里传来一个嗓子发黏的女声：“你这个坏蛋。”

“老兄，弟妹要和你说话呢。”钱程说，“来来，给靳兄说两句话。”

发黏的嗓子又来了，“……谁是弟妹啦？没羞没臊……靳哥，我是乐丽，你就叫我丽丽吧。钱程经常提起你，久仰你的大名啊。”

“丽丽啊，听得出来你是个好姑娘。怎么样，你和钱程还好吧？”

“好什么呀，他坏蛋一个，老是欺负人。”

“我倒是一点没听出来谁欺负谁。碧海蓝天，饱食终日，你们欺负人和被人欺负不都是很愉快的吗？哪像我，整天爬格子辛苦啊。”

钱程把话筒抢了过去：“好啦哥们儿，别跟她啰唆。说正经的，你的活儿干得怎么样？”

“八字还没一撇呢。你什么时候回来？我得给你挪窝呀。”

“不急不急，你干你的，我们还要多玩一阵。如果没钱了，你在抽屉里找找，兴许还有些，拿去用就是。哎，我的金丝鸟呢，还没被你喂死吧？”

“哪能啊，活蹦着呢。喏，正叽叽喳喳叫呢。”

“好好好，那就好那就好。”

三

靳风和钱程是穿开裆裤的朋友，对哥们儿，钱程是绝对够义气的。钱程的父母是大学同学，都是搞机械工程的科技人员，人很和善，话也不多。钱程高中毕业后，考进了政法大学。大学毕业后，在政法口干了十来年。一九九〇年代末，趁着市场经济大潮的最后一次浪潮下了海，自己开办了一家律师事务所。那时候，大家都在替他惋惜，说他在政法系统专业对口，前途一片光明，不该这么草率辞职。钱程却有他自己的想法，他觉得在机关里成天开会学习造文件打电话，没啥意思。况且，钱程本身是不缺钱的，就是不愿受那些朝九晚五的束缚。这恐怕也是他从小娇生惯养、放任不羁、不服管束的结果吧。钱程的律师事务所专接经济合同官司，或是替人保全财产，然后按标的收费。凭借他在公检法系统的一张熟脸，几年下来，钱程又买房，又买车，来了个天翻地覆的变化。后来，干脆把所里的事务都让几个手下干了，自己挂个名，有重要场合才出席一下，当起了跷脚老板，整天呼朋唤友、吃吃喝喝、寻欢作乐。新千年初，我们一帮兄弟伙还是一群苦憋，打算着结婚生子、盘家养口，手里的几个钱都攥得出水来，钱程就已经实现财务自由了，他理所当然地成了朋友圈里的孟尝君柴大官人。钱程不仅从出身，从学业，也从经商上又一次强有力地证明了他是哥们几个中间最优秀最有势力的人物。哥们儿几个也不得不承认，大家的幸福生活是不能离开钱程而另辟蹊径的。这多少让人觉得有些丧气。但是，时也，命也，运也，不由得你不信。靳风同钱程比起来更是霄壤之别，老大不小了还是孤身一人，把办公室当成了家，一人吃饱全家不饿。整天枯坐书斋当文裁缝，日复一日，年复一年，日子过得沉闷憋屈。编稿之余，也自己写东西。随着时间的推移，靳风在人们的眼中也由小编变成了老编、大作家。钱程对他的态度倒没什么改变，只不过靳风自己觉得说起话来毕竟还是多了几分底气。

有一个问题是让靳风怎么也想不明白的。这个名叫余魁胜的少爷怎么会背叛他的家庭，舍去身家性命为那些受苦受难的穷苦人谋幸福？他们余家那时的财富在这座城市可谓首屈一指，抗战时，他们家还捐过一架飞机。他的生活完全可以随心所欲，优渥无比。但是他最终还是革了他们家的命。他领导的最早一次罢工就是在他父亲在东场的一个盐号，为一个熬盐时摔进盐锅烫死的工人讨要说法。资方说是工人上班打瞌睡，自己不小心出的事。工友们说是资方为了赶进度，不让工人休息才出的事。双方各执一词，互不相让。余魁胜就带领东场上千名工友罢工、示威、游行。为了平息这场风波，他的大盐商父亲不得不拿出钱来平息事件，安抚人心。在靳风查阅的资料中发现，余魁胜十二岁那年，这座城市发生过一次空前绝后的大旱灾，连续大半年没下过透雨。旱灾过后整个城市疫病流行，哀鸿遍野，千里赤地。成群结队的灾民涌进城里沿街乞讨。有的人走着走着便身子一歪倒在地上永远也起不来了。刚死掉的人和那些才下葬的孩子屡屡成为饥民们的腹中之物。文献上说，这使余魁胜少年的心灵受到极大的震撼，他觉得自己的锦衣玉食是一种耻辱，他发誓要寻求救国救民的真理，为穷苦人谋幸福。但是，在他内心起决定作用的究竟是什么呢？是天性中的善良？同情心？靳风认为这当然是一个合理的解释。但是谁发展他进组织，他还有哪些同志？查了很多资料也无从知晓。靳风想，他还需要找到更多的材料，一些更精致的细节才可以支撑起这本书。这当然是个难题。但是他不会放过这种努力。他知道一部成功的作品和一部失败的作品往往只隔一层纸，付出全部的努力是必须的也是应该的。虽说是命题作文，他还是希望它成为一部让人读得下去，留得住的作品。

晚上七时整，靳风和顾贝贝准时出现在檀香大道一家叫 HOME（家）的西式餐厅。这里的布局其实不过是中西合璧的产物。整个建筑借鉴了一些巴洛克式的风格，远远望去高大雄壮金碧辉煌。门口有两根制作精美的罗马柱，在柱子的前面又不伦不类地摆放了一对石狮子。里面装饰倒不坏，简洁雅致，大厅里的钢琴弹奏出的音乐如泉水一般轻轻流淌。在宽敞的大厅里，烛光摇曳，桌布雪白，刀叉铮亮，真还有几分“家”的感觉。

他们选了二楼靠窗的一张桌子坐下。顾贝贝说：“今天你是我的客人，你点菜。不要在乎钱。”靳风心里掠过一丝不快，他有一种被俯视感觉。他对西餐也是不在行，拿起菜单胡乱翻了翻，说：“随便吧，我对吃的东西不挑剔。”顾贝贝就笑了，刚做完的指甲闪着珠光。她翻开菜单，点了罗宋汤、烟熏三文鱼、黑椒牛排、沙拉，又要了甜品，然后又开了一瓶十年干红。他们举杯碰了一下。顾贝贝说：“为什么干杯呢?”靳风望了望夜色朦胧的街景，说：“当然为美好的晚餐和美好的夜晚。”顾贝贝说：“还要为我们的相识。”他们一起干了一杯。

放下酒杯，靳风看了顾贝贝一眼，她也正看着他。四目相对，靳风一时觉得有些尴尬，他的目光转向窗外，脚下是滚滚的车流，远方是错落交织的万家灯火。

顾贝贝笑着说：“我非常感谢你的帮忙。我们那位长期在外边，很少回家。这个家里只有这只猫和我做伴，没有它我真的不知怎么办。”

“噢，是这样。你先生做什么工作？”

“承包工程。他的公司本部不在本市，常年都是东奔西跑的，来也就待上几天。说实话，你也别生气，他的确很有钱。钱多又有什么意思呢，我真羡慕那些在厨房里拌嘴斗气的夫妻，那才叫日子呢。”

“你可以去找个事情干，混混时间会好些。”

“我有工作，说来你可能不信。”

“什么信不信。我们身边的世界什么样的事情都有可能发生呢。”

“我做伴舞女郎，带货直播，你信吗？”

尽管靳风自信对什么事都不太在乎，但还是吃了一惊。眼前这位衣着光鲜、言谈得体的女人怎么能和舞小姐联系起来呢？

“你如果写累了，疲倦了也可以来玩玩。我就在自由大道的金皇后夜总会。”

“你……老公……怎么允许你去做这种工作？”

顾贝贝端起杯子喝了一口，“他哪里知道。其实我们没有领证的。他长期在外边，天远地远的，以后怎么样谁知道呢。”

“你又不缺钱花……何必呢。”

“这当然不仅仅是因为钱。我是想出去透透空气，找些乐子罢了。”

靳风突然想起钱程的金丝鸟，想起金屋藏娇的话来，原来这也是一只养在笼子中的金丝鸟啊。

“不好意思啊，那你们一起多久了？”

“快三年了吧。最早我在幼稚园教孩子，觉得没意思，就辞了职到一家公司应聘——就是他的那家公司。一开始做文秘，后来就……哎，我们还是不说这些了吧。”

“你是学啥专业的？”

“音乐教育。像吗？”

“那你唱歌挺在行？”

“唱不行，我们是学理论的，也就够教教孩子吧。”

“嗯，好好，有空给我讲讲，在音乐方面我是完完全全的白痴。”

“好啊，哪天我领你去实地操练一盘。”

他们都笑了起来，又举杯同饮了。顾贝贝问起了靳风的创作。靳风给她讲了那个家财万贯的余魁胜领着穷人闹革命，最后血溅刑场的故事，顾贝贝听得如痴如醉，泪流满面。喝完一瓶，他们又开了一瓶。两瓶酒喝完，又开了几瓶啤酒，靳风感觉有些不胜酒力，头晕眼花了。走在回家的路上，靳风全是走的“之”字形。最后连怎么回的家都不知道了。

靳风在沙发上一觉醒来的时候，天已大亮了。他觉得嘴里干涩，眼皮发沉，脑袋晕晕乎乎。起身喝了一杯凉开水，又倒在沙发上迷迷糊糊地睡着了。不知过了多久，他听见有打门的声音，才又起身开门。一看，是顾贝贝站在门口。

“怎么样，没事了吧？”

靳风摇了摇脑袋，一看表，已经十一点多了。他理了理乱蓬蓬的头发，说：“没事了，就是头晕。”

顾贝贝把一个纸袋和一杯牛奶递给他，“刚在楼下买的豆沙包，还有我煮的牛奶，都还热着呢，趁热吃了吧。”

四

听地方志办公室老王说，余魁胜还有一个名字，叫余斗生。他去发动工人运动就是使用的这个名字。他说这是去掉“月”旁不吃肉，踢开“恶鬼”闹革命。老王说，余魁胜还有一个奶妈，九十多岁的人了，住在乡下，她可能知道一些余魁胜的情况，就是不知道她脑筋还清醒不。靳风请老王和他一起造访这位老奶妈，老王欣然应允。靳风和老王搭上开往乡下的班车，在夏日的原野疾驰，扬起一路尘烟。中巴跑了一个多小时，终于到了乡政府。老王让靳风和他一起去找乡里的干部，好让他们给带个路。老王说他曾给乡里写过一篇报道，介绍乡里的人文风物，给他们乡村旅游带来了实惠，乡里对他挺有好感，乡里的翁书记也和他熟，是个肯干事的实在人。靳风就和老王一起去找翁书记。乡办公室的李秘书接待了他们。李秘书请他们坐下，泡了茶。说：“王记者，你好久都没来了，今天是什么风把你给吹来了。”

老王说：“这一阵有些事抽不开身，也怪想来乡下走走。你也别忙活了，我给你介绍介绍。”老王指着靳风说，

“这是市里的靳记者，名气大着呢，今天是专程来找翁书记的。”

李秘书笑呵呵地说：“我说呢，一早就听喜鹊叫，原来是有贵人上门来了。”说着话，便把双手伸过来同靳风握手，“欢迎欢迎，欢迎靳记者到我们乡里指导工作。”

靳风说：“谈不上指导工作，我们是来了解点情况。”

李秘书说：“你们见识宽广，来了就是指导我们的工作嘛。你说呢，王记者？”

老王笑笑说：“李秘书客气了。还是请你去告诉翁书记一声吧，了解完情况我们还得赶回去。”

李秘书搓着手，有些歉意地说：“你们今天来得不巧，县上今天开‘三干会’，乡里领导都去县城了。也不知两位老师有什么事情，我可不可以帮得上忙。”

靳风和老王互相看了一下，老王说：“其实也不是什么大事……”接着老王就把他们的来意简单给李秘书说了一下。

李秘书听完，想了一下说：“这样吧，我去给翁书记挂个电话，听听他的意见，看看咋整。你们等我一会儿，喝会儿茶，怎么样？”

老王说：“也行。不过快一点，别误了人家靳记者的工夫。”

李秘书说：“那是那是。”说着一溜烟出去了。

靳风端起茶杯，对老王说：“你刚才给李秘书介绍我是记者，这是什么意思？”

老王笑着说："老靳你就别摆什么作家的谱了。人家乡下可不知道什么作家，只认得记者，广播里报纸上都有他们的文章。记者面子大，我这是抬举你呢。"

靳风和老王相视而笑。

不多工夫，李秘书一脸喜气地回来了。李秘书说："翁书记说了，他回不来，对不起二位大记者。让我好好接待你们，有什么要求尽管提，我一定千方百计办好。"

靳风说："我们还是抓紧去乡下采访吧，否则时间不够了。"

李秘书说："还是吃了午饭再去吧，眼看就晌午了，乡下没什么吃的。"

靳风说："没关系，到时随便对付一顿吧。"

老王说："就依老靳的话，我们出发吧。"

李秘书找了一辆带货箱的双排座小卡车请他们上车。李秘书说："乡里的车都到县上去了，只能委屈二位老师了。"汽车在乡道上又跑了四十多分钟，在路边一棵大黄桷树下停了下来。三个人下了车，李秘书指着小路前边一片刺竹林说："冲头那院子就是赵大婆的屋。"

快走拢院子的时候，一个正在地里喷农药的汉子看见他们，朝他们里喊："李文书，好稀罕。是哪阵风把你刮出来的呢？"李秘书朝汉子笑道："罗二狗，莫乱说，人家领导专门来看赵大婆的。"罗二狗说："都晌午了，领导还不是要吃饭啦。我屋头还有一桶红苕，去不去干嘛。"李秘书骂道："罗二狗，你狗日的就属狗的，胡乱咬。老子回头再找你算账。”

李秘书把靳风和老王领到一座凹字形的瓦屋前，说：“这就是赵大婆的屋。”李秘书推开虚掩着的木板门，“赵大婆，有人看你来了。”靳风和老王也跟着钻进屋里。屋里很黑，有一股霉味儿，李秘书又喊了两声，还是没人应。土灶里有些余烟，老王揭开锅盖看了看，有小半锅冬苋菜稀饭，还“咕嘟咕嘟”冒着热气。三个人从屋里钻了出来。地里干活的汉子背着喷雾器回来了。李秘书说：“罗二狗，晓得赵大婆哪去了？”

罗二狗说：“没长嘴巴吗？自己去喊嘛。”

李秘书笑笑说：“二狗莫装怪了。”然后走到汉子身边，掏出烟来散了一支，“快去找找，人家市里的领导们有重要事情找她。”

罗二狗看看靳风和老王，放下喷雾器，嘴里嘟嘟囔囔地走了。三个人站在院子里等。不一会儿，罗二狗扛着一捆柴草，搀着一个满头白发的小个子老太婆回来了。老王说：“对对对，她就是余魁胜的奶妈赵罗氏。”

这个又老又瘦小的老奶妈除耳朵有点背外，精神很好，真让人不禁感叹生命的顽强。老人家的眼神也没有老年人通常的呆滞，口齿也清楚，说起余魁胜来就唠唠叨叨没个完。

少爷命也苦啊，出世没几天就死了娘，没奶吃。余老爷叫人找个奶妈。他们来乡下，看我利索，生得白净，也爱干净，就让我去余府上当奶妈……那时候我的桂生儿刚满月，我就把少爷和我的桂生儿一起喂。喂到两岁，没奶水了。府上的人看我对孩子好，孩子呢，也跟我亲，就在不远的马房街给我砌了间屋，好随时过去照看孩子。两个孩子大了，亲得像兄弟，常在一起玩。我白天在余老爷家干些杂活，照看孩子，晚上回马房街住。

……那时候马房街是歇骡马车夫，还有来往商客的地方，人多，还有些抽大烟的，当兵的，热闹得很。少爷放了学经常过来找桂生玩，老爷怕少爷染上恶习，就不让他来，他又舍不得，老爷就干脆让桂生和少爷一起进了学堂。哎呀，说来呢，还是桂生沾了少爷的光，也念了几年书，能够识文断字。读完私塾，少爷到省城去读书去了。那时候，我在府上干活路，桂生不读书了就去老爷的井灶上找了个差事干。桂生十四岁那年，他说他要出去闯一闯，不能老窝在家里了……我本来想劝他莫出去，兵荒马乱的，他说他和少爷都说好了，我就不好说啥子了。少爷待他好，一直都帮衬着他……少爷这人好啊，年关节气总要买些东西来看看我，他不在呢，就托人来。他一回来呢，就来看我，还要和我说说话。

桂生一走就是好几年，到了民国三十五年（1946）……还是三十六年（1947），他才回来，都长大成人了，高我一大头了。桂生回来还是在井灶上做事。少爷也是那时候回来的，他们还是像小时候一样亲，天天在一起。哎……我看见他们在一起，心里就舒服，像喝了糖水一样甜。

老人家说着说着，脸上露出了笑容，眼里却涌出了两行泪水。李秘书停下手里的笔，起身给她倒了一碗水，“老人家，你喝口水，不急，慢慢说。”

……是民国三十七年（1948）吧，腊月里，天下着水雪，桂生出去好几天没回家了。眼看着年关到了，我正犯愁呢。天麻麻黑的时候，有人来敲我的门，我以为是桂生回来了。开门一看，原来是府上的人。他说少爷叫他给我送两块腊肉，一袋米来。那人捎话说，桂生和少爷在一起，让我放宽心，不要牵挂。我说好啊，和少爷在一起就好。半夜里，我正迷糊，听到有人“咚咚咚”地砸门。我还是说是桂生回来了。忙起身披了件夹袄出去开门，我开门一瞧，我的天啦，不得了啊，少爷和桂生一身是血站在门口，少爷像是伤着腿了，桂生搀扶着他，一瘸一拐的。桂生头上也在流血。我望着桂生，问他“咋啦?”桂生喊我别管他，先给少爷包扎伤口。我撕开少爷血糊糊的裤腿，少爷的腿肚子上中了一颗枪子儿，还在一股股往外冒血呢。我用盐水给他洗了洗，扯了张汗帕给少爷包了。刚包好，外面就有脚步声了，又是“呜呜”的哨子声。少爷对桂生说：“你快逃吧，别管我了。”桂生说“那怎么行，要死我们也死一块儿”。桂生叫我什么也别对人说，别人问就说啥子都不晓得。说完，他背着少爷就跑。不多工夫，一群穿黑皮子的兵就冲进屋来，里里外外翻了个遍，人没找到，就看见我给少爷洗伤口的水盆，问我是咋回事，我啥也没说，一个当官的打了我一个耳光。他们没问出什么东西，那个当官的说："他们受了伤，跑不远的，我们分头追。"然后撇下我就一窝蜂出门了。

我一想啊，坏了，少爷腿上有伤，桂生背着他哪跑得动。我就跟着追了出去。雨雪还在下，路不好走。刚跑几步，就听前面煎豆似的响枪。我紧跟着追了上去，前面有人喊："抓住他们，别让他们跑了。"接着又"嘭嘭"地放枪。

那时候我心里那个急呀，得想个办法呀。我就在巷子里大喊："桂生，快朝这边跑。"我一边跑一边喊，后面就有一群兵跟着追了过来。他们喊站住站住，再跑就开枪啦。接着他们就真的放枪了。我穿过两个街口，终于被他们逮住了。那个当官的提着手枪过来，见是我，用枪把子在我头上狠狠砸了两下。我摔倒在地上，他又踢了我几脚，才骂骂咧咧走了。你们看，就是这里。老人家用手指着太阳穴上的一道疤说，下雨天还痛呢。

等他们走了，我又爬起来跟在他们后面追。没走多远，就见前面一片火光。我躲在灯杆坝粮栈的柱子后面，看见那一伙当兵的举着火把，架着五花大绑的少爷过来了。我冲了过去，我大声喊："你们不能抓他。"那个当官的一把把我推倒在地上说："再嚷老子就毙了你。"少爷说："娘，你别求他们，你快回家去吧。"那伙当兵的推推搡搡把少爷弄走了。少爷回过头对我喊："娘，桂生在前面，他受伤了……"

我心里一惊，忙往前面跑去。转过一个街口，我在顺和酱园门口找到了桂生。他躺在水淋淋的石板路上，流了一地血，人已经咽气了。我的桂生啊，我的儿啊，就这么死了，那年他还不到二十岁啊……

我在街上守了桂生一夜……第二天，工友们凑了些钱，买了口薄棺把桂生埋了……我老了……桂生要在，一家人团团圆圆那该有多好啊……我可怜的孩子……

老太婆叹了口气，眼里闪着泪光，忧伤的眼神，仿佛穿透时空回到了从前。

……埋了桂生，我就去看少爷，千万不能让少爷再出事了。那些衙门口的兵不让我进去。我就去求老爷，让他想想办法救救少爷。我在余府的院子里跪了一天，我说“老爷呀，少爷可是你亲亲的骨血呀，你不管谁管，你快想想办法吧”。傍晚时候天又下雨了，府上的管事给我送了两个馒头一件衣裳，还有一封银圆。传话说：“老爷和姨娘都病倒了，余家的事他们自有主张，你就别管了。”

我想余老爷有主意就好了。可我还是想去看看少爷。这孩子从小和桂生一起玩，现在桂生死了，我心里放不下。我就带着那封银圆去衙门，把银圆给了当兵的，他们才让我进去看少爷。少爷在大牢里已经没有人形了，头发乱糟糟的，一脸黢黑。他问我桂生怎样了，我说桂生死了。少爷就哭了，哭得我也又跟着落泪。他拉着我的手，头在铁栅栏上撞得“哗哗”响，肩头一耸一耸地抽泣。少爷对我说："娘啊，我没照顾好桂生，我对不起你老人家。"我说："孩子，你别哭了。你和桂生都是娘的好儿子。桂生不在了，你要好好活着，让娘心里有个念想啊。"少爷说："娘啊，你放心吧，我会把你当亲娘的。"少爷让我坐下，他说，他见追兵近了，就让桂生放下他个人逃命，桂生不肯。他就从桂生背上挣脱下来，推了桂生一把，让他快跑。桂生跑出去没多远，枪声大作，他看见桂生就倒下了。那群兵追上去，围成一圈看了看就走了。少爷用拳头使劲砸自己的脑袋，"都是我害了桂生啊，都是我啊。"我说："孩子你啥也别说了。人死不能复生，娘知道你们是好兄弟。娘死不足惜，你要好好保重活下去。我再去求老爷，让他再想想办法救你出去。"少爷叹口气说："你也别去求他了，事到如今，我已是绝无生还之理的。只是，对不起娘了。"我说："孩子，你别说傻话，老爷也是个仁慈的人，也是你亲亲的父亲，怎么能不管你。老话说，留得青山在，不怕没柴烧，少爷你千万不要走绝路啊。"少爷摇了摇头，拉住我的手说："娘，你什么也别说了，我求你一件事：你去告诉天成井上挑卤水的张大汉，让他把我藏在井灶上的东西藏好，千万不要搞丢了。把几个领头的人带出去避避风头。要相信穷苦人总会有翻身的日子，叫他们别泄气，要把大伙儿团在一起。"

我后来又去找过余老爷，可他还是不肯见我。管事的说："余老爷已经找过人了，你放心吧。"我想，少爷该没有事了。有天晚上，半夜里我一下感到心口痛。一大早，我就去府上打听，府上的人说，少爷昨天被枪杀了。那一天，我的眼泪都流干了。

出殡那天下雪了。好大的雪呀，大片大片的雪花飘飘洒洒地落下来，我们这地方是少有下雪的，那是老天在流泪啊。张大汉领了井灶上的、板金上的、盐垣上的工友们都来了。高高的招魂幡走在前面，后面是八个工友抬着少爷的棺木，老爷也跟在后面。那纸钱啊，漫天飞舞，比雪片还密。少爷平日里爱周济穷人，人缘好，送葬的队伍长蛇一样绵延好几里，哭声和唢呐响成一片。多少年了，我还忘不了。我们那一辈的人都没见过那样的葬礼，少爷在天之灵也该安息了……

老奶奶平静地叙述着，目光悠远，好像那些事就发生在昨天。

晌午早就过了。李秘书焦着脸对老王说："王记者，你看今天中午咋办?"老王说："随便弄点东西吃吃吧，不要麻烦了。"说着，老王掏出五十元钱给李秘书："你找人随便安排一吧。"李秘书忙说："不是这意思，乡坝头平常时候没啥东西。"靳风和老王说： "没关系，随便弄一点就好。"

李秘书说："那好吧，你们谈。我去张罗张罗。"说完站起身，扯开嗓门，满院子喊二狗二狗。二狗从家里跑出来，"又咋啦?"李秘书掏出五十元钱交给二狗，"去山上钻井队那里分点肉，顺便弄些小菜来。今天中午二位领导就在你们家里对付了。”二狗看看李秘书，又看看我们，伸手挠挠头，“还给啥钱嘛”。李秘书说：“还不快去，傻愣着干啥?”二狗嘿嘿一笑，撒腿跑了。

吃过午饭，靳风和老王同老奶妈接着聊。从老奶妈家里出来的时候，天已经黑了。到了镇上，李秘书说走夜路不安全，让他们住一晚再走。靳风和老王这一天也搞得有些乏了，便在镇上找了家旅店住下。简单洗漱一下，李秘书带他们到一家羊肉汤馆吃夜饭。李秘书说：“这里的羊杂汤纯正，没加其他东西，是清汤，鲜得很，算是一绝呢。”三个人要了一锅羊杂碎，一瓶高粱酒。老王吃得满脸通红。他哈着满嘴的酒味说：“我们应该给民政部门反映反映，让老人家有个好点的生活环境。”靳风说：“对，我们应该去反映反映，她也算是对革命有功的人了，好人该有好报。”李秘书说：“我一定把你们的意见转告翁书记，一定转告。”说着起身倒酒，“两位老师辛苦了，喝喝喝，反正今天不走了，喝尽兴。”

五

干完一天的活儿，靳风感到身心疲惫。在街边的小饭馆随便吃点东西，然后在街上漫无目的地溜达一会儿，把脑子里那一个个渐渐鲜活起来的人物暂时赶走，再好好睡上一觉，才能更好地投入第二天的工作。

夏日过去，秋风已有了一丝凉意。正是下班的高峰期，餐馆却是人意阑珊。酒吧、茶房、夜总会也是生意惨淡。人们脚步匆匆，奔向各自的归宿。这座城市的风习在不停地变幻着，总有些让人摸不着头脑。从路边的小火锅、冷啖杯、麻辣烫、麻将馆，到私人会所、歌舞厅、小剧场、健身房，人们休闲享乐的方式时时翻新，花样百出。靳风怀念那静静的原野和野果嗒然坠落的林间小路，怀念那些风清月朗充满甜蜜的夜晚。但是，面对满街满巷的人群车流和充盈耳鼓的聒噪，他突然觉得这是多么不合时宜的想法啊。谁能知道那些光鲜的霓虹灯后面究竟有多少陷阱，暗角里究竟睁着多少双窥视的眼睛。人心日渐隔膜，生存的空间变得逼仄而狭小，日子过得莫可名状，真是让人悲从中来，不胜愁烦。

靳风在街上闲逛一会儿，觉得没啥意思，一个人转街像有一种被社会抛弃的感觉，他拐进路边一家小超市，买了几桶泡面，几袋小零食，又买了两包烟就往回走了。靳风拎着一包东西走进小区大门，看看天色还早，便沿着小区的人工湖散步。湖不大，走完一圈，靳风看看时间，只花了不到二十分钟。他在湖边一张长椅上坐下，点上一支烟，望着静静的湖面发呆。橘黄色的落日余晖带着一缕缕怀旧的情绪，透过林立的高楼在湖面投下片片金光。湖对岸的小广场上有一群大妈在蹒跚起舞，林荫道上偶尔有三三两两散步的行人悄无声息地走过。几只水鸟掠过金色的湖面，停在水边摇摇晃晃的芦苇上，发出“咕咕”的叫声。

靳风觉得心里很愉快，也很踏实。今天他差不多写了一万字，照这样的进度，书稿很快就可以完成了。虽然有几个关键细节还需要做进一步的调查核实，但也只是时间问题。想到这里，靳风有了一点小小的成就感。经常是这样，当一部作品写完最后一个字的时候，那种愉悦和满足感是最为强烈的，甚至远远超过了作品发表的时候。靳风是一个散淡的人，值得与人言说的人生闪光点实在不多，倒是那一个个无言的方块字让他欢喜让他忧。他相信这就是他的命。还是刚上小学的时候，爷爷就说："看你食指尖尖的，将来是个吃笔墨饭的人啊。"他那时候觉得爷爷的说法很不靠谱，他们家祖宗三代除了握锄把的手，就是握铁锤的手，他的手可以握笔杆子吗？他不太相信。但是，爷爷的话一言成真，他从家门到校门，再到机关门，真成了一个和笔墨打交道的人。靳风很喜欢自己的工作，也很珍惜自己这份工作。后来，和钱程交往日渐频繁，他也感叹自己没有一个好爹好爷爷，但这一切也仅仅是酒桌上的玩笑话，说说而已。靳风觉得，自己比起大多数的同龄人来，还是算幸运的。

"哎呀，靳作家，你咋一个人在这里？"

靳风正坐在长椅上发呆，一个女人的声音惊醒了他。他抬头一看，顾贝贝抱着她的小猫咪笑盈盈地站在他的面前。靳风抬手看看，烟已经熄了，他扔掉手里的烟头，说："啊，坐这里休息一会儿，欣赏大妈们跳舞呢。"

顾贝贝嘻嘻笑道："哪来的大妈，天都快黑了。"

靳风看看四周，远处的人影变得模糊不清，沿湖路灯已经亮起来了。

“你买这么一大包都是些啥东西?”

靳风看看身边的口袋，把口袋往自己身边挪了挪，让顾贝贝坐下，“买了一些日常生活用品。嗯，还有些零食，你想吃吗?”

顾贝贝打开手提袋看了看，皱着眉说：“我才不吃你那些东西呢。尽是些垃圾食品。”

靳风笑道：“不吃拉倒。本来就不是给你买的嘛。”

“你还是尽量少吃这些东西，没营养，对身体也不好。”

“我是铜肠铁胃，没有消化不了的东西。”

“就你身体好！以后你还是不要去买这些东西了，我家里啥都有。你想吃啥，我也可以去给你买。”

“不用不用，我这人随意惯了，就是贱命，享受不了别人的照顾的。”

“哼，强词夺理。”

“哎，你今晚怎么没去上班?”

“我好几天没有去了，正打算辞了那里的事，另找一份工作呢。”

“嗯，也好。打算做什么事情呢?”

“还没想好，慢慢走着瞧吧。”

“是该好好想想啊，你还年轻，也不用着急这一天两天。”

“你离开这里准备去哪里呢?还是回去住你的单身寝室?”

“要不咋办？总不能在钱程这里待一辈子吧。”

“嗐，你别说哈，我们旁边那一栋就有一套现房要卖，都装修好了，可以拎包入住的。”

“别开玩笑啊，我能有那实力？买得起别墅？差得远啊。”

“你就付个首付，剩下的找银行贷款就完了嘛。”

“嗯，还真没想过这些事情，再说我也不愿意半辈子辛辛苦苦去挣房贷。我们还是别谈这个话题了吧。”

“……如果实在不行，首付的问题，我还可以帮帮你。”

靳风有些吃惊，回头看了一眼顾贝贝，向她拱了拱手，说道：“不敢不敢，实在承受不起。我们还是换个话题吧，我还完全没想过这些问题。”

顾贝贝低下了头，用手梳理着猫咪柔顺的毛发，不再言语了。

靳风说：“天色不早了，我们回去吧。”

顾贝贝说：“还早呢，回去干啥？”

靳风不说话了，又掏出烟来，顾贝贝抢过他手里的烟，说：“别抽啦。要不，我们唱首歌吧。”

“在这里唱歌？”

“咋啦？为什么不行？你听那边还有人在拉手风琴呢。”

靳风侧耳倾听，果然有隐隐约约的手风琴声传来。他对顾贝贝说：“你唱吧，我给你当听众，为你鼓掌。”

“我不会唱，我要听你唱。”

“你一个学音乐专业的人不会唱歌，开什么玩笑？”

“我都给你讲过了嘛，我是学音乐教育的，没有嗓子的。”

“我也是好多年没唱过歌了，好多新歌都不会唱。”

顾贝贝看着靳风的脸说：“老靳，唱一个嘛，这么好的傍晚。那句话是怎么说的呢……对了对了，‘良辰美景奈何天，赏心乐事谁家院’。我真的很想听你唱首歌，求求你嘛，老歌也行。”

靳风在脑瓜子里搜刮了半天，就是想不出该唱什么。他说：“你还是饶了我吧，真不知道唱什么。”

顾贝贝说：“你听，那边手风琴拉的什么歌曲。”

靳风一听，这还真是一支熟悉的旋律，只是歌词有些忘了。他在脑海里快速回忆一遍，大概可以记得住第一段完整的几句。靳风说：“那就开始了啊。”他清了清嗓子，用低沉的男中音哼唱起来：

人生中最美的珍藏，
正是那些往日时光。
虽然穷得只剩下快乐，
身上穿着旧衣裳。
海拉尔多雪的冬天，
传来三套车的歌唱，
伊敏河旁温柔的夏夜，
手风琴声在飘荡。
…………

顾贝贝痴痴地坐在长椅上，眼里闪动着晶莹的泪光。

六

靳风坐在钱程的书房里经常写得手脚发麻，肚子“咕咕”叫才关机完事。然后出门吃一点东西，很舒服地洗个热水澡，一觉睡到第二天十点多才起床。不知为什么，这两天顾贝贝没来串门了。有时候靳风写得头晕眼花，他真想和顾贝贝喝一杯酒聊一会儿天。

吃过晚饭，靳风正无聊地翻着电视频道的时候，钱程来了电话。两个闲聊了一阵，靳风问：“怎么样，你们还好吧？”钱程说：“啥好不好，还不就那么回事。”靳风听他有些颓丧，问道：“你咋了，情绪不高啊。”钱程说：“我们闹得有点不愉快。嗨，也没啥大不了的，能合就合，不能合就分。”靳风说：“钱程你这是什么话，你们不是挺热络的吗？”钱程说：“老兄，这是两码事嘛。牛奶好喝，总不能把牛牵回家吧？朋友是老的好，衣服是新的好咧。一身衣裳穿到底，多寡味呀。”靳风说：“你也别挑花了眼，如果合适的话，就算了吧。”钱程说：“还是尿不到一壶去啊……哟你洗完啦？好了哥们儿，以后再聊吧。”电话里响起了乐丽的声音：“谁呀？”钱程说：“管他谁，你先上床吧，我再翻会儿电视。”

一天中午，靳风正写得顺手，听见了打门的声音。他想，今天的活儿只得就此打住了。他知道，他无法拒绝和顾贝贝喝一杯聊一会儿，或者和她出门吃一顿丰盛的午餐。

靳风打开门，站在门口的是一个男人，这是个五十多岁的男人，略显发福的身坯，手上套着一串紫檀的珠子。靳风有些疑惑，说："你找谁？"

"就找你——不欢迎？"

靳风茫然地看着他："我并不认识你呀。"

"认不认识并不重要嘛。我知道，靳作家，一回生二回熟嘛。我叫康乐，中午我们一起喝一杯怎么样？"

顾贝贝笑吟吟地从对门走了出来，说道："老靳你别见外，这就是我们那位，昨晚刚回来。想和你这个大作家喝杯酒。我弄了些菜，过来一起吃吧。"

靳风心里有些别扭，却找不到合适的理由拒绝，"……那好吧，我换件衣服就过来，好吗？"

"好的好的，等你啊。"男人快活地说。

这个叫康乐的男人其实也算得上一个有趣的人。靳风和他对坐在餐桌前没一句寒暄就一气喝了三杯。康乐说："喝酒看性格，爽快，是个爷们儿。"

顾贝贝今天表现得真像一个家庭主妇，长发盘在头上一丝不乱，系着碎花小围裙在厨房和饭厅间小蝴蝶似的飞来飞去。她的脸上洋溢着温情，嘴里叽叽喳喳说个不停，渔溪鱼是这么做的吗？青椒土豆丝加不加醋？加了虾皮的汤好喝吗？看得出她是发自内心地喜悦。康乐说："我的小乖乖，你就随便弄吧，咋弄咋好，我都爱吃。来来来，靳作家，我们喝酒喝酒。"

厨房里顾贝贝突然惊叫起来。康乐放下筷子跑了进去：

“怎么啦?”顾贝贝说：“这只该死的猫，差点绊我一跤。”康乐说：“你小心点好不好，别把我的那块肉弄脱了。来来，让我听听，有动静没有?”顾贝贝说：“你小点声，有客人呢。”康乐哈哈笑起来，“靳作家，也让他高兴高兴。都是过来人，怕啥嘛。来来，让我听听。”顾贝贝说：“才两个多月，听啥听嘛，逗起闹。”两人在厨房里你一言我一语“嘎嘎”地笑个不停。

康乐兴冲冲地走出来：“好好好，又添香火了。”靳风吃了一惊：“怎么，嫂夫人有喜了?”

“两个多月了。老靳，到时我请你喝喜酒。”

“恭喜恭喜。”靳风举起杯子，心里却似打翻了五味瓶。

“干杯干杯。”

“酒还真他妈好东西呀，让人乐而忘忧。”

“三杯通大道，一斗合自然。酒让我们还原成一个人啊。”

“这话不错，老靳。你是做学问的人，不像我们，整天东跑西颠的，粗人一个。穷得都只剩下钱啦。我还真是羡慕你们呢。”

“老康，你说这话就没啥意思了，你是饱汉不知饿汉饥啊。还是俗话说得好，钱不是万能的，没钱是万万不能的。”

“你这话我赞成。你说啊，老靳，这人是咋的，当初没钱犯愁，现在有钱也犯愁。这人他妈的怎么就这么没出息呢?”

“老康，你是酒色财气一样不缺，你还叫苦，这满大街的人还不都该跳楼了?”

“嗨，不瞒你说，老靳，最近我是后院起火了。”康乐放下杯子，凑到靳风跟前说，“我那原配老婆最近跟我闹别扭。”

靳风一惊：“……啊，老康，你说的我咋没听懂呢?”

“我和她是不可能结婚的。”康乐朝厨房里看了看，“这事我也想好了，人也不能太没良心。我那老婆虽说是霸道些，但人家跟我那么些年，好好歹歹都熬过来了。有她我觉得心里踏实。一大家子，没她咋整嘛?至于贝贝，她能给我生下个一男半女，就是分开，我也不会亏待她，反正下半辈子的吃喝用度是不会发愁的。”

靳风不想听他唠叨，说道：“康乐，咱哥们儿不谈这些，还是喝酒吧。”

“对，管屎它，喝酒喝酒。爱咋咋的吧。”康乐放下杯子，“哎，小乖乖，你也出来一起喝两杯吧。”

顾贝贝坐在桌前，倒了一小杯红酒，小口地抿着陪他们，全然不像她拿着啤酒杯豪饮的样子。她的目光和靳风碰在一起，靳风有些不自在，躲开了她的目光只顾搛菜。顾贝贝举杯说道：“为我们的大作家创作丰收干一杯吧。”

康乐说：“对对对，干一杯。”

三个人的杯子碰在一起。顾贝贝突然叫起来：“哎哟，我的小咪咪，忘了给它做饭了。”

七

第二天下午，顾贝贝来找靳风，说康乐已经走了。靳风说："怎么，这么快就走了，他不多待几天?"顾贝贝说："他说公司有急事，反正我也管他不了。这样不好吗?"靳风说："你还是自己多保重吧，不为他，也该为孩子想想。"

顾贝贝说："什么孩子，我编的龙门阵哄他的。"

靳风心里一惊："你是说，你没有……孩子?"

"我能咋样?我还不知他成天在外面咋样的呢。"

"那你为啥要说有孩子?"

顾贝贝咬着嘴唇，没有吭声。

靳风点了一支烟，盯着屏幕上的文稿，用鼠标一页页翻动着。顾贝贝坐在靳风身边，一会儿翻翻他的稿纸，一会儿看看他。靳风知道她想和他说说话，但靳风怎么也提不起兴趣，手指不时在键盘上胡乱敲几下，心里却是乱麻似的满是疙瘩。

顾贝贝说："今天我上直播，有个男人私信我，约我出去吃饭，我拒绝了。"

靳风说："你该去啊，反正闲着也是闲着。"

"你就那么愿意我出去陪别人吃饭?"

"不是，你看，我这不是忙着嘛。"

"忙就不吃饭啦?我要你陪我去。"

"今天不行，以后再说吧。"

顾贝贝说："你需要一个人，一个帮手，帮你料理生活，坐在你身边看你敲字。”

靳风闪烁其词地说：“是吗？我这样挺好啊。”

顾贝贝说：“你这样总不成个样子，毫无规律，对身体不好。你需要一个人来帮你。”

靳风说：“好像也没啥吧，都已经习惯了。”他想起小时候妈妈坐在他身边看他写作业，觉得心里充满压力，一身的不自在。他顿时目光散乱，手指在键盘上机械地敲击着。

顾贝贝又坐了一会儿，说：“你忙吧，我走了。”说完起身出了门。靳风哼哼哈哈地应承着，身子却一点没动。他听到身后的防盗门“砰”的一声响，顾贝贝已经走出门了。

钱程打来电话说，他现在暂时还不忙回来，准备看看，在深圳有没有发展机会。如果有机会，准备在那里投点资，搞点实业。靳风说：“钱程你是不是又看上哪个女人了？”钱程说：“哪儿的话，我是早有心在这边找点事干。你瞧瞧我们那座城市，暮气沉沉的，多让人憋闷呀。”靳风说“你这边一摊子事咋办，房子怎么办？”钱程说：“再说吧。房子你有空给我看着点儿，物业费我已经交过了。”靳风说“乐丽呢，你们都还好吧？”钱程说：“她几天前就走了，我们玩儿完了。嗨，天下大势分久必合，合久必分，这是规律。”

靳风心里掠过一丝怅惘。这个钱程啊，真搞不懂他葫芦里究竟卖的是什么药啊。

老王还真是个热心人，拉着靳风三番五次地找市里的有关部门。最后市委书记拍板，由市民政局组织力量对赵桂生的情况进行调查核实，提出处理意见。市民政局尤局长是老王的朋友，在老王的催促下立即组织了个专门的调查班子。尤局长说："赵桂生的事其实我们也调查过，但是毫无结果。很多人都证实他当时是和余魁胜一起组织领导工人运动，但没有证明他确切身份的材料，我们不敢妄下结论啊。"

老王说："老尤啊，你想想那个又老又穷的老奶妈吧，她为我们的事业献出了自己的一切，包括她唯一的儿子，我们不能愧对自己的良心啊。要对历史负责，对人民负责啊，老兄。生活上的帮助我看还是次要的，主要是要为赵桂生正名，让先烈九泉之下得以安息，这样才可以给老太太、给历史一个交代。"

老尤说："老王啊，我们理解你的心情，我们也着急。好吧，这次我亲自挂帅，就是大海捞针我也要弄个水落石出，给你，也给历史一个交代。"

调查组上省城，在余魁胜当年读书的学校找到了那一个年级的花名册，查到了一些还健在的同学。他们证实，赵桂生当年到省城，也是和余魁胜住在一起的，他们经常一起参加学校社团的活动，余魁胜因此还差点被学校开除。通过走访余魁胜的学校、同学，走访自流井盐场的老盐工，经过两个多月的调查取证，基本弄清了赵桂生在历次工人运动中的表现情况，说明赵桂生的确是历次工运的领导者之一。但是，唯一缺少的是证明他身份的材料。老尤说，他们都是单线联系，再从余魁胜的材料里找找吧。调查组最后在库房一堆发霉的资料里找出了余魁胜的遗物，这包遗物是东场的挑水匠张大汉在1949年后交给组织的，当时可能觉得没啥用，登记编号以后，就随便放在了档案馆的库房里。其中有最后一次工人大罢工的详细计划，赵桂生正是受上级党组织的派遣，协助余魁胜组织指挥这次大罢工的。

问题终于得到解决。老王兴致勃勃地邀请靳风和民政局的同志一起下乡看望老奶奶。长城越野在深秋的原野上一浪一浪地撒欢小跑。收割完的稻田静静的，田野里飘散着一缕缕沤肥的青烟，农人们拉长调子吆喝牲畜，招呼孩子，一派悠然自得，安宁祥和。老王说："这下总算解了心里的一个疙瘩，老奶奶也该有个幸福的晚年了。"靳风望着车窗外的起伏原野，心里充满感慨，历史可不是随人打扮的小丫头啊，不管世事如何沧桑巨变，它的本来面目终究会抖落一身尘埃，重新显现于世人的眼光里。

当民政局的同志把一本存折和一朵大红花放在老奶奶怀里的时候，老奶奶默默地流出了眼泪。她用粗糙的手抹着深陷的眼窝子说："真亏你们费心费力啊，下这么大的功夫。哎，我一个孤老婆子，要这些钱做啥呀？你们用这些钱为桂生修个坟吧……好好照顾我那可怜的桂生儿吧……我老了，走不动了，年年清明记到给他上炷香，烧些纸吧。"

民政局的同志最后商定，把老奶奶托付给乡里的养老院，钱也由乡上代为保管，建立资金专户，用于老奶奶的生活开支和添置必要的生活用品。老王说："如此甚好，如此甚好。"

八

一个周末的早晨，顾贝贝泪眼婆娑地来找靳风，说她那只猫不见了。靳风说"你不用着急，兴许就在附近，过一阵就回来了"。顾贝贝说："这怎么可能，这只猫从没跑过。昨晚到今天，都十多个小时过去了，还不见踪影，你和我一起去找找吧。"

看见顾贝贝那啼啼哀哀如丧考妣的样子，靳风心里又好气又好笑。他说："好吧，我们这就去找找。"

靳风把楼顶的储物室和每个角落都翻了个遍，除了几摊风干的猫粪什么也没有。他们又在楼下四处寻找了一圈，还是猫毛也没捞着一根。顾贝贝更急了，说："这只猫肯定是让人偷走了。"靳风说："这怎么可能？楼下有小区的保安看着，况且你的猫从不乱跑的。"顾贝贝坚持说是被偷走了。靳风说："你怎么那么肯定呢？"顾贝贝说："我有直觉，这只猫就是让人偷去了。"女人的直觉有时候真是不可理喻。靳风说："好吧，咱们去问问保安，看他看见没有。"

保安想了想，说："昨晚天要黑的时候，确实看见一个年轻人抱了只白猫出去，边走还边念叨，价钱太贵什么的。我就认为是他买的，也就没过问他。出门后，他就上车走了。"

顾贝贝哭丧着脸说：“啊，我的猫……”

靳风问：“你看清车牌没有？”

管理员说：“没注意，那人收拾得挺端正的，也不像个小偷。”

他们又向管理员问了那个年轻人的长相、年龄，然后一起就朝外面跑去。顾贝贝说：“肯定会在市场上卖，兴许还能找回来。”靳风没有再和她争论，和顾贝贝走出了小区的大门，打了一辆的士，让司机挨个狗市猫市花市转。司机说：“打表下来贵啊。”顾贝贝说：“包车，你开个价。”司机乐颠颠道：“这个城市所有的猫狗市场我都熟，包你错不了。”

出租车带着他们城东城西满街窜，转了几个市场都不见那只猫的踪影。靳风觉得肚子有些饿，一看表，已经是吃午饭的时候了。靳风说：“我们吃点东西再找吧。”顾贝贝说：“随便吃点垫垫肚吧，可别让那只猫给人带跑掉了。”

出租车在一家超市门口停下，顾贝贝跳下车去买了几个面包几盒牛奶，让司机边吃边走。靳风觉得真是小题大做，不可理喻。但是，面对这样一个仿佛魔怔了一般的女人，他知道说什么都是无济于事的。

整整一天过去了，还是什么也没找着。顾贝贝垂头丧气地坐在车上一言不发。靳风说：“不就是一只猫嘛，再买一只不就行了。”顾贝贝说：“那只猫我养几年了，见了我就亲。”靳风说：“找不到咋办？你也别白怄了气，伤了身子。”

第二天一清早，顾贝贝又让靳风陪她一起去找猫。靳风心里有十二个不情愿，但面对这样一个固执的女人他真是毫无办法，看她那可怜兮兮的样子又难免有了几分恻隐之心。他们一起出了门，又包了一辆出租车到市场去转。一个上午快要过去了，靳风头昏脑涨，昏昏欲睡。司机把车靠在城南动物园旁边，说："里面有个很大的猫狗市场，你们去看看有没有吧。"

靳风和顾贝贝一起走进动物园，转到后山的一块空地，那里有一个猫狗市场。他们挨个摊子转，靳风在心里念叨，拜托拜托，那只该死的猫快现身吧。他们走到一棵大樟树下，靳风眼睛猛然一亮：一只脏兮兮的白猫正可怜巴巴地蹲在一个年轻人的脚下，有两个人正和他讨论价钱。那只猫见了顾贝贝，"咪咪"地叫了起来，猛地挣脱了年轻人手里的绳子，跳到了顾贝贝的脚边。顾贝贝一把将猫搂在怀里，整个人木桩子似的怔住了，泪水摇英散珠般纷纷滚落下来……

过了秋天，靳风的创作大体完成，只剩下结尾部分，他也要搬出钱程的房子了。钱程不久前来过一次电话，说他近期要回来住一段时间。靳风收拾好行囊，环顾四周，看看有没有什么遗漏的东西或是不周到的地方。一切收拾停当，靳风坐在沙发上点了一支烟，心里突然有一种不可名状的失落感。他突然意识到，自己还有一件事没做，那就是他的芳邻，应该去同她道个别。

靳风敲开顾贝贝的门。她好像刚起床，头发散乱着，睡眼惺忪的样子。她把靳风让进屋里，惶惑地看着他，"你坐一会儿，我去换件衣服。”靳风说：“没关系，我待一会儿就走。我是来向你道别的。”

“你真的要走啦？”

“钱程马上就要回来啦。再说，我的活儿也差不多要完成了。”

“再住几天吧。”顾贝贝有点激动，咬着嘴皮说，“为了……我，行吗？”

“不能再住啦。这一阵给你添麻烦不少，谢谢你对我的关心。真的，非常感谢！”

顾贝贝神情茫然地望着靳风：“我们以后怎么联系？”

靳风说：“随缘吧。”

靳风不敢再看顾贝贝，低头退了出来，替她关好了房门。他的能力还不足以拯救这个深陷泥沼的女人。

隔着防盗门，靳风听见了顾贝贝哭泣的声音。

九

时候已是深冬了，天上纷纷扬扬下着雨雪。靳风打了一辆车，来到市郊的烈士陵园。这座陵园矗立在一片山峦环抱之中，苍翠的松林连绵不断，犹如一阵阵凝固的波涛。沿着长长的石阶走到陵园的门口，一个坐在门卫室里的中年妇女正开着电烤炉打盹。

她把脸贴在玻璃窗上问：“你找谁呀？”

靳风说：“我不找谁，随便看看。”

她上下打量靳风一阵，说："不年不节的，这么冷的天，哪里不好去，来这里，有啥看头啊。"说着话，她缩了回去，用手背朝靳风挥了挥，"去吧去吧。哎——小心路滑摔跤啊。"

纪念碑环周是深浮雕的烈士群像，余魁胜的墓在纪念碑的正背面，四周砌了一圈矮墙，上面堆满了花圈和手花的残骸，褪色的纸片在冷风中轻轻飘动着。旁边是一座新修的墓，已经快完工了，墓碑上有一行隶书体的阴刻大字，涂了鲜红的油漆：赵桂生烈士之墓。几个工人停了手中的活计，跺着脚在一边抽烟闲聊。他们用疑惑的眼光看着靳风，一言不发。一个工人的目光和靳风的目光碰在了一起，他上下打量靳风一番，"吱吱"地吸了两口气，"这个鬼天气，真冷啦。"

赵桂生的英名在石碑的凹痕里透着猩红，在这寂静幽暗的陵园中显得特别耀眼。一丛丛黛色的松柏挂着稀稀落落的雪花，地上有一层薄薄的冰凌，走在上面有些湿滑。在赵桂生烈士的遗骸迁葬的时候，靳风和老王来过一次。现在，靳风的创作任务完成了，顺利交了差，同时澄清了一些史实，还原了历史的本来面目，靳风有了一种前所未有的成就感。当一切尘埃落定的时候，靳风知道，自己必须再到这里来一趟。现在，他来了，但是，这里实在是太静太静了。

2024 年 3 月 30 日重写

▼
盛夏

一

五一节后，川南的天气已经很热了。马三老汉和王小琴的擦鞋摊就搬到了人行道的树荫下。

这里是一个丁字路口，在两条道路交会处，是一个三角地带。三角地比人行道矮了几个台阶，平时呢，他们的擦鞋摊就摆在空地里。天一热，太阳晒得人毛焦火辣，马三老汉和王小琴就挪了窝，把擦鞋摊子搬到了人行道上的小叶榕下。小叶榕浓荫蔽日，身上一下就感觉清爽了。

在两条路的夹角处，还有一个售货亭，漆成了墨绿色，檐口上挂了布缦，挡住了刺眼的阳光，亭子里就显得清凉。一个肥胖的年轻人在抽着烟玩手机。胖子姓刘，都喊刘胖。刘胖看见两人的擦鞋摊搬到了货亭边，就打趣道："两个擦鞋匠还会找地方呢。"

马三老汉回头看了刘胖一眼，又埋头整理他的行头。

王小琴把半桶脏水泼在地上，说："只兴你舒服，就不准别个也凉快凉快。”

王小琴长着一张圆脸，其实呢，她的年纪也不小了。她瞪眼看着刘胖，做出一副凶巴巴的样子。

刘胖说：“不是那意思，怕一会儿城管又要来干涉你们，找你麻烦。”

“与你不相干。太平洋的警察，硬是管得宽。”

“咦，你这个人咋子狗咬吕洞宾，不识好人心呢？”

马三老汉也把半桶脏水泼了出去，可是用的劲太大了，手上有些失控，竟然泼在了王小琴的面前，把她的裤腿上溅了一片泥点。

王小琴跳了起来，回头朝马三老汉骂道：“你没长眼睛吗？朝哪里泼？”

二

这些天，擦鞋的生意都不好。不知怎么搞的，现在的年轻人都不咋兴穿皮鞋了，又连续晴了两个星期，鞋摊上的生意就越发冷清。

马三老汉和王小琴眼巴巴地望着匆匆路过的行人，不时朝人家脚上看，看见穿皮鞋的，王小琴就会说：“擦一下鞋子嘛。”像是在招呼生意，又像是在自言自语，但是基本上没有人回应她，有的会扭头看她一眼，有的呢就直愣愣地走过去了。

王小琴说：“这天也是，天天出太阳，也不下雨。”

马三老汉说：“你以为下雨就有生意？人家就不出门了。”

“不出门？我肯信一直都不出门？”

“出门人家都打的士。”

“咬卵匠，扯横筋。”

终于来了一男一女，他们在刘胖的货亭上买了两支冰淇淋，男的看了看脚上的皮鞋，就喊女子擦了鞋再走。两个人就在马三老汉和王小琴的擦鞋摊上坐了下来。

女子坐在王小琴面前，吃着冰淇淋，还在不停说话，男人嗯嗯嗯地应承着。王小琴手脚比马三老汉麻利，马三老汉最后一遍工序时，王小琴就擦完了。女子抬起脚看了看，说后跟上还有泥点没擦干净。王小琴嘴里说擦过了，但还是拿起抹布又擦了一遍。女子又让她再打点鞋油，王小琴虽然有些不快，还是照办了。

这时候，又来一个男人，抽着烟站在一边等。王小琴和马三老汉几乎同时完工，女子还坐在藤椅上左瞧右瞧，马三老汉摊位上的男人却先站了起来，掏出手机扫码付款。一边等候的男人便坐在了马三老汉的摊位上。

王小琴和马三老汉都没有微信码，付款的男人说他没揣零钱，正僵持着，刘胖就说扫我的码再转给他们。刘胖嘻嘻笑着把微信码递给了那个男人。

擦鞋的人走了，刘胖把钱给王小琴和马三老汉，王小琴三块，马三老汉六块。

刘胖说：“你们都要感谢我哈，人家是买冰淇淋才来擦鞋的。”

王小琴接过三张票子，捋了捋放进一个硬纸壳夹子里，说：“少说那些，刘胖子，哪个沾哪个的光还不晓得!”

她心头不爽，话就有点冲。刘胖说：“你这人，我好心好意的，又没得罪你。”

“我又得罪哪个嘛，整你妈半天得三块钱。”

“还不是怪你自己手脚太慢。”

“我手脚慢？那个女的才讨厌哦，明明擦完了，还说后跟没擦干净。”王小琴瞥了马三老汉一眼，“哎呀，还是傻人有傻福气。”

对面商业街大舞台正在演出，一个女演员在深情地唱歌，“爱到什么时候，要爱到天长地久，两个相爱的人……”马三老汉埋着头，把一堆毛票子一张一张地理抻。

三

中午了，刘胖开了瓶啤酒喝。马三老汉和王小琴都带了饭。王小琴是米饭芹菜肉丝，还带了一碟泡萝卜，她把饭菜在刘胖的微波炉里热了一下，就津津有味地吃起来。马三老汉是米饭红烧豆腐，用一只大饭盒装在一起，他打开饭盒就开吃了。

刘胖说：“马三爷，你不热一下吗？”

马三老汉说：“不用不用，还温温儿热的。”

刘胖说：“你也吃好一点嘛，看你瘦成一根藤藤儿了。

你看人家王姐，好会保养自己哦。”

“我们这些人，爹不亲娘不爱的，当然只有自己保养自己哟。”

“你们老头儿未必就不拿钱给你？”

“他，养活自己就对了。两三千块钱的退休费，做得到个啥子嘛。”

“害怕就不是钱啊？”刘胖看了看马三老汉，“你咋个嘛比马三爷好些噻。”

王小琴咽下嘴里的饭菜，说：“他是乌龟有肉在肚皮头。你妈，得了套安置房，还补助了装修费，这才是大钱！”

马三老汉吧嗒着嘴，慢慢嚼着饭菜，然后一口哽下去，“莫说啰，说起都是怄气啊。”

刘胖说：“耶——马三爷，你那套房子，现在少说也要值大几十万嘛。”

马三老汉说：“还说，早就卖了。马杰两口子说要在成都做生意，去年底就卖了。”

刘胖说：“卖了？你不是还住着一套哇？”

马三老汉说：“那是租的一间房子，每个月还要出几百块钱租金。”

刘胖说：“你该留着自己住吵。”

马三老汉说：“留，留来做啥子嘛，你晓得活得成哪天啊。他们一家人搞得走就脱祸求财了。我们这些人，是没啥子想头的。”

马三老汉有些气馁。刘胖干掉一瓶啤酒，用手在脸上抹了一把，“妈哟，才五月份就这么热了。”

王小琴很仔细地吃完饭盒里的饭菜，把碗碟收拾好，装进一个扎染花布口袋里，幽幽地说：“走到哪里黑，就在哪里歇，想那么多干啥子哦，自己找气怄。”

吃过午饭，人就有点下眠了。刘胖躺在货亭里的椅子上，脚下搁了一只小凳，睡得很舒服，一会儿就发出了匀匀的鼾声。马三老汉也窝在藤椅上打瞌睡，一只苍蝇爬上了他焦黄的脸，他闭着眼用手拂了一下。王小琴没睡，坐在小凳上纳鞋底。

四周安静下来，旁边商店里的音响不知什么原因，声音老是跑调，让人听了就有点生气。偶尔有汽车在大街上跑过，发出“呜呜呜”的轰鸣声。柏油路上升起淡淡的烟尘。

一辆执法车“吱”的一声停在了路边，车上下来一个穿制服的中年人，他走到鞋摊前，停住了脚步。王小琴以为他要擦鞋，正想招呼，中年人开口了，“哎，我说擦鞋的，你们咋摆到人行道上来了？”

王小琴严肃了，说：“又咋子了嘛，摆这里又没挡到哪个。”

马三老汉也睁开了眼，嘴角淌出了口水，愣愣地望着穿制服的中年男人。

“不是挡不挡的事，规范摊位，早就给你们说了，咋不听呢？下边坝子那么宽，摆下面去。”

王小琴说："下面光天地坝晒太阳，热。"

"热，热还不是只有摆下边去。有什么办法，创文期间，不准摆上来，再摆上来就没收哈！"

中年人说完，转身上车走了。

四

六月里，下了几场透雨，蓝天白云，空气通透，身上一下子就不那么黏糊了。马三老汉和王小琴都觉得很舒服。

一天中午，一个平头男人提着旅行包，在街的对面下了的士，泥鳅一样穿过大街上的车流，在马三老汉的摊位前停了下来。他放下包，用衣襟擦了一把汗，"好热。你咋个搬到这里来了，太难找了。"

马三老汉正在清洗擦鞋箱上的泥水，抬眼看了看这个男人，又低下头专心干自己的事了。

平头男人把包挪到马三老汉面前，"这是几件旧衣服，一双鞋了，你留着穿。"说着话，又掏出几张大票子，说，"这是这个月的生活费。你做生我们就不回来了，娃儿还要读书，你自己买点好吃的。"

王小琴和刘胖打量着眼前这个男人，见他穿了一件皱巴巴的花衬衫，生得黝黑壮实。又看看马三老汉，没吱声。平头男人朝王小琴和刘胖笑了笑，又友好地点了点头。

马三老汉说："你不用花钱，好好经营你的生意……小孩大人都还好吗？"

平头男人说："都好。娃儿很乖，成绩也好，他还问你好呢。"

马三老汉的脸上露出了笑容，"娃娃乖就好，攒劲念书，莫亏待了娃娃。"

平头男人点点头，"晓得晓得，放心嘛。"

马三老汉说："你走嘛，我没得啥子事。"

"那好吧，我今天下午就要赶回去，有事你就打电话嘛。"平头男人说完，又扭头看看刘胖和王小琴，点了点头。

马三老汉说："这是我儿子，马杰。他在成都做生意。"又看着刘胖和王小琴，"这是刘师、王姐，平时都很照顾我的。"

马杰木讷地应承着，掏出烟来，散刘胖和王小琴，刘胖接了，王小琴摆摆手，说："把你老汉也接到省城去享福嘛。"

马杰显得有些尴尬，他笑了笑，说："以后……会的会的。"

马三老汉说："你走吧，不要误了车。"

马杰弓着腰，朝刘胖和王小琴点点头，"谢谢你们，我就先走了。"

马杰走了，马三老汉望着他远去的背影，深深叹了一口气。

吃过午饭，又来了一拨生意。马三老汉和王小琴很兴奋，觉得今天真是撞到狗屎运了。

他们正埋头擦鞋，一辆执法车刹在路边，刘胖大声喊道："城管又来了。"

上次那个穿制服的男人又来了，后面还跟着几个。

制服男人说："你们是咋搞的？咋不听招号呢？收了收了。"

王小琴抬头看着制服男人，说："马上马上完了。"

制服男人说："不行，立即收拾走。"

王小琴说："好恶啊，你害怕是天王老子，不走看你要咋子。"

制服男人一挥手，喝道："把东西扣了。"

一行人一拥而上，把王小琴和马三老汉的箱子椅子提上车拖走了。

五

一大早，王小琴和马三老汉就到了城管局的门口。八点以后，上班的人陆续来了，他们睁大眼睛，盯着走进办公大楼的每一个人，九点以后，进去的人少了，不时有人出来，但始终没有看见收走他们东西的那个男人。

马三老汉说："很多人都戴着口罩，你看清楚没有？"

王小琴说："我眼尖，眨都没眨，好像是没见着那个人。"

他们要上楼去找，保安问他们找谁，登记。他们说不出来，保安不让他们进去。王小琴和马三老汉在大厅里四下张望，看见了墙上的工作人员去向牌，就挨个找。终于，他们在执法队里看见了那个人，牌子上有照片、职务：余大利，副大队长。下面还有执法队的电话。王小琴借保安的笔，记下了名字和电话。

马三老汉说："你就打个电话，说我们找他。"

王小琴说："打了电话他不见我们咋办？不能打，我们去问问保安。"

他们就对保安说，要找余大队长。保安告诉他们，余大队上午不在。

王小琴和马三老汉不相信，在大厅的椅子上坐下等。等到中午，办公室里的人陆续出来了，还是没见着余大利。

王小琴想了想，掏出手机打电话。先打座机，通了，有欢迎致电的语音提示，但没人接。又打手机，也通了，还是没人接。

王小琴觉得很失败，嘟噜着嘴生闷气。她和马三老汉商量了一下，先回去吃饭，下午又来。

六

吃过午饭，王小琴和马三老汉又去找余大队。保安说余大队还是不在，他们又坐在大厅的长椅上等。来来往往的人很多，也没人在意他们，偶尔有人看他们一眼，然后又匆匆走过。王小琴和马三老汉坐在空旷的大厅里，像一对孤儿。眼看又到下班时间了，余大利还是没出现。

马三老汉垂头丧气，说：“白白耗了一天，连个人影都没见着。”

王小琴涨红了脸，呼呼地喘着粗气，她从椅子上站起来，冲到保安面前，“余大利，出来。”

保安吃了一惊，伸手拦住王小琴，“你要干啥子?”

王小琴大声吼叫：“想躲着不见，不行，把我们的东西还来!”

保安说：“给你说了他不在，还吼啥子?”

王小琴又哭又跳，“不行，还我的东西。”

这时楼上下来一个人，问保安咋回事，保安说“主任他们找余队”，那人说“你带她去看看嘛。在办公区域闹，赶紧把人弄走”。

王小琴跟着保安在楼上楼下转了一圈，过道里一片幽暗，门都关着，早就人去楼空了。

从楼上下来，王小琴还是不死心，又掏出手机打电话，“我就不信你一直不接!”

马三老汉有些吃惊地望着她，不知所措。

这一次，王小琴的电话终于接通了，一听声音，王小琴就知道是余大利。余大利问她是谁，她说“我是王小琴”，余大利说不认识她，王小琴急了，说“你没收了我们的鞋箱子，我们没生意做了，等了你一天，还我们东西”。王小琴又激动起来，说话都带着哭腔了。

余大利说“你不用等了，改天来吧”。王小琴固执地说：“不行我要等你回来还我们东西。”

对方挂掉了电话，王小琴觉得很委屈，她想爆发，想大叫一声，但她找不到发泄的对象，紧紧地握着手机，眼圈发红。

马三老汉说："我们回去吧，明天来，别人都下班了。"

保安远远地看着他们，过了一阵走到他们跟前，说他要关大门了，让他们去外面等。

王小琴和马三老汉走到门口，看见一辆执法车开了进来，他们忙闪躲到一边。车停稳，车上下来的正是余大利。

余大利见了他们，有些诧异，"你们还没走？"

王小琴说："还我们的鞋箱子。"

"鞋箱子？我还要处罚你们呢。说过多少次，让你们别乱摆，不听。"

马三老汉惶恐地说："以后我们不乱摆了。"

余大利说："你们不听招号，整得我天天挨批评，还影响全市，算哪个的？大家都要互相体谅一下嘛。"

余大利把他们带到食堂边的平房，提出箱子和椅子还给他们，说："这次呢就算了，以后要处理哈。"

两人悬着的心放了下来，忙点头，"好好好，谢谢余队长。"

余大利说："谢啥谢，少惹点麻烦就对了。好了，回去吧。"

王小琴和马三老汉背上箱子刚要走，余大利说："你们还没吃饭吧？就在食堂一起吃盒饭吧。"

七

八月里，一年最热的时候到了，太阳高悬天空，发出炫目的白光，榕树上的蝉声起伏不断，叫得人心烦。那片空地上不仅热，路过的人也不愿下去，生意也就淡了很多。王小琴和马三老汉又悄悄把摊位摆在了人行道的树荫下。

刘胖就说："你们不小心点嘛，这下逮到了要挨处罚的。"

王小琴说："大不了我不要这些家什了，还要把我咋子嘛。"

刘胖说："我给你们看到，余大利来了我就喊你们挪摊子。"

果然，每次看到执法车，刘胖就招呼他们挪地方，余大利来了几回，见他们都摆在人行道下面的空地上，就说："对对对，这样大家都少麻烦了。"

一天上午，余大利又来了，王小琴和马三老汉正在做生意，刘胖在玩手机，都没注意到，余大利就到了他们面前。

王小琴和马三老汉有些慌张，尴尬地说："我们马上搬马上搬。"

余大利说："搞快点。"说着话，和他们一起把摊子搬到了下面空地上。余大利又转身从车上搬下了两把太阳伞，放在王小琴和马三老汉面前，然后又朝大街上看了看，到处都显得规整有序，他抹了一把脸上的汗，"这个鬼天气，真是要热死个人了……你们以后把伞打起，不要再摆人行道上了。”

王小琴和马三老汉都愣住了，王小琴说：“这个要好多钱啊？”

余大利说：“要啥钱，送你们的。”

…………

到了月末，马三老汉对王小琴和刘胖说，想请他们吃顿饭，过几天是他生日。

王小琴说：“也要得，你一个孤老头儿在这里，我们大家给你欢喜一下。”想了想，王小琴又说，“要不把余大队也请到嘛，这个人还可以。”

刘胖拿了两罐饮料，递给马三老汉和王小琴，“喝喝喝，我先赶个礼。”

王小琴说：“啧啧啧，这个人才吝啬啊。”

刘胖说：“哎呀，做生的酒水算我的，可以嘛。”

王小琴说：“这嘛还差不多。”

马三老汉说：“就谢谢胖哥了啊……”他又对王小琴说，“害怕请不动啊。”

王小琴说：“不关事，打个电话问一下嘛。”

说完，王小琴果然掏出手机给余大利打了个电话。余大利听了，还挺高兴，说“真难为你们想得到我”，但这一段时间都在加班，到时候把地址发给他，尽量来。

八

生日那天，三个人都收了早工。王小琴和马三老汉把擦鞋箱子寄放在刘胖的货亭里，一起去饭店。

虽说是立秋了，但傍晚的风还是热浪滚滚。路过蛋糕店，王小琴给马三老汉买了个生日蛋糕。王小琴问马三老汉："哎，你是满好多岁呢?"

马三老汉说："我是解放那年生的。"

走进饭店坐下，服务员让马三老汉点菜。马三老汉拿着菜单半天不知点啥。王小琴一把抓过菜单，"你也少有下馆子，让刘胖点吧，他吃得多些。"

刘胖接过菜单点了几个家常菜，说："就这些嘛，不够又点。"

王小琴给余大利打了个电话，余大利说他还要耽搁一会儿，让他们先吃起。王小琴说："那还是等你来吧。"

刘胖提了几瓶啤酒打开，说："马三爷，今天要整欢喜哟。"

"我喝不到几杯，你们整欢喜。谢谢你哦，胖哥。"

等了半小时，余大利来了。他在马三老汉旁边坐下，掏出烟散一圈说："来晚了不好意思啊。"

王小琴说："没得事没得事。"说着话，打开蛋糕盒子，点上蜡烛，让马三老汉许愿。

马三老汉说："我谢谢你们，希望你们都发财，长命百岁!"

大家笑起来，王小琴说："你要闭眼，自己默念。"

马三老汉说："没吃过，还不晓得咋子说。"

王小琴把蛋糕分了，马三老汉吃得满脸奶油，"好吃好吃。"

酒满上，余大利说他开了车，不敢喝，就以茶代酒。大家举杯，一起干了。

几杯酒下肚，马三老汉哭了。大家很疑惑，问他咋回事，马三老汉抹了一把泪，说："我高兴，太高兴了。"

余大利就劝他："今天是个好日子，要笑才对啊。"

王小琴说："就是，欢喜点欢喜点……马三爷，你该喊马杰他们回来嘛。"

马三老汉说："他们也整了个小饭馆，忙不过来。"

"你咋不去成都和他们一起住呢，好有个照应，你一个人还是多孤单的。"

"他们都是和别人合租的房子，不好住。"

"买一套噻……"

马三老汉摇摇头，叹了口气，"不行啊。"

刘胖说："王姐你莫说那些没用的了，马三爷整不到几口，多吃菜。我敬余队一杯。"

余大利说："我喝的水，就算了嘛。"

王小琴说："要敬要敬，你多关照我们的。我们一起敬你一杯。"

大家又干了一杯。放下杯子，余大利说："其实呢，我也晓得你们不容易。今天老马过生，我也没带礼物，这顿饭我请。”

马三老汉说：“哪里能让你出钱啊，你来了我都高兴得很了。”

大家说：“就是就是，你来捧场，不能让你破费。”

吃完饭，余大利说：“我开了车，送你们一趟吧。”

刘胖说：“不用了，我和王姐不远，慢慢走回去。你送一下马三爷吧。”

九

第二天是个阴天，像是要下雨了。但这天马三老汉没有来出摊。

马三老汉平时出摊都是挺准时的，不到九点就到了。王小琴摆好摊子，做了两个生意，看看时间，已快十点了，马三老汉还是没来。王小琴就对刘胖说：“马三老汉今天是咋回事呢?”刘胖说：“是不是昨天整了几杯酒，睡过头了?”

王小琴还是觉得有些不对头，就掏出手机打过去，电话通了，但没人接。打了几次，还是没人接。王小琴就慌了，喊刘胖和她一起去看看。刘胖关了店门，就和王小琴一起去了马三老汉的出租屋。

敲了半天门，没人应。王小琴又打电话，听见电话在屋里面响，说：“糟了，出事了。”

王小琴和刘胖都紧张了，有些不知所措。两人商量半天，决定给余大利打电话。余大利接了电话，说他在转市场，马上来。不多工夫，余大利开着车来了。大家又把马三老汉的邻居找来，撬开了马三老汉的门。

马三老汉躺在地上，手机摔在一边。余大利用手探了探，还有鼻息。余大利就打了120的电话。

马三老汉一进医院就进了ICU。第二天，马杰就赶回来了。又过了三天，马三老汉死在了医院里。

十

秋分过去，天气就一天天凉了，早晚还有些寒意。王小琴还是每天准时出摊，生意也还是那样，也没见有多好或有多孬。刘胖开始卖奶茶了，“秋天的第一杯奶茶啊”，刘胖拿了一杯送王小琴喝。以后，经常有些小女生在刘胖的货亭前逗留，生意显得有些热闹。

一天下午，马杰来到了刘胖的货亭前，买了一瓶矿泉水，站着和刘胖抽烟说话。

王小琴见了马杰，就过来和他打招呼，说：“你爸的后事处理完啦?”

马杰说：“处理完了。还要多谢你们，平常时候照顾我爸。”

王小琴说：“嗐，也没得啥子……娃儿还乖吗？你好久去成都呢?”

马杰说：“不去了。”

王小琴和刘胖都有一点小小的吃惊。王小琴说:“咋不去了呢?”

“都回来啦。”

“你的餐馆也不做啦?”

“已经打给别人了。”

王小琴和刘胖的表情显得有些错愕,怔住了,不知说些什么才好。

马杰说:“刘师,我爸的擦鞋箱还在你这儿吧?”

刘胖仿佛被人从梦中惊醒,说:“啊,在在在。”

刘胖把鞋箱子提给马杰,马杰挎在肩上,拉了拉肩带,箱子挺沉。

王小琴说:“空了来我们这里耍嘛。”

马杰说:“以后再说吧。”

说完,马杰就背着箱子走了。王小琴和刘胖望着远去的马杰,秋风卷动着他的衣裤,像一片翻飞的落叶。

爆米花

一九七四年初，是丑牛年的腊月。周末的一天，天色阴郁。午饭后，建安公司的堆料场上来了一个炸爆米花的人。

我们那一片都是建筑公司的干打垒宿舍，在两片宿舍中有一条臭水沟，长年流淌着干打垒宿舍里的生活污水，烂菜叶死猫死耗子。拐过臭水沟的一座小石桥，就是建安公司，阔大的场地上堆满脚手架和水泥预制板。炸爆米花的人就在空地的一角摆开了阵势。

炸爆米花的人长得又黑又瘦，却带了个白胖高大的老婆，她的怀里还抱着一个婴儿。炸爆米花的人生火点燃小铁炉子，开始了他的营生。不多工夫，“嘭”的一声巨响，炸开了一锅。这不是生意，这是他向周边的居民打的招呼。黑乎乎的一条麻袋里冒出滚滚浓烟，一锅黄白相间热气腾腾的爆米花出锅了。

宿舍和平房里的人听到声响，都知道是爆米花的来了。

最先围拢来的是一群孩子，他们从爆米花的爆炸声里嗅到了香甜的味道。那些年月，家家都在为吃的发愁。我们基本上没有零食，十天半月见不到油荤，成天肚子空空的，穿着板结开花的棉袄，在寒风中拖着鼻涕瑟瑟发抖。总是盼着过年，过年了，可以吃点好东西，还有零食，炒胡豆、炒豌豆、炒苕干。家境好些的还有炒黄豆、炒花生。除了吃食儿，年景好的时候还可以做一件新衣服，得到一元二元零花钱。当然还有走街串巷卖玩意儿的，和炸爆米花的都会不期而然地到来。过年是幸福的日子。

一会儿，爆米花的摊子前就围了一大圈大人孩子，也有人陆续拿着筲箕来了，大多是玉米，有的还是大米。炸爆米花的也备有原料，家里没有的可以在他那里买。慢慢地，爆米花摊子前就排起了长队。黑瘦的爆米花人把玉米粒儿倒进葫芦形的钢罐子里，又加了一勺子糖精。有人就争，再加一勺。爆米花的人说，够了，多了苦。那人不信，爆米花的人又加了一勺。他扣紧阀门，把钢罐子放在炉火上烤着慢慢摇，不多的工夫，他把铁罐子从炉子上移开，一头放进麻袋里，一只脚踏着地上的麻袋，用一根钢管套住钢罐的铁阀，用力一扳，“嘭”的一声闷响，又一锅爆米花出锅了。那人尝了一口新出锅的爆米花，果然苦了。

爆米花的人把麻袋里的爆米花倒进筲箕里，总是会洒落一些在地上，一群拖着清鼻涕的小孩儿一哄而上，抢地上的爆米花，捏在脏兮兮的手里，站在一旁津津有味地吃起来。

傍晚时分，天空中下起了纷纷扬扬的水雪。爆米花的人也收摊了。他在一堆预制板旁避风的地方扯了块篷布，地上铺了些干草，又从箩筐里拖出了一条又黑又硬的棉絮，这就算是有了他的栖身之所。

在不远处的油毡棚子下面，有几个工人在围着火塘烤火。一个身坯壮硕的中年男子，穿了一件黄色的军大衣，他是建安公司看现场的人，大家都喊他魏大汉儿。魏大汉儿当过工程兵，修铁路伤了腿，现在走起路来就有点跛。看看天色渐晚，几个烤火的工人就陆续起身走了。魏大汉儿从屋里拿出了一只黑乎乎的小锑锅，把一碗切成大块的肉放进锑锅里煎了一下，然后掺水炖，一会儿就开锅了，“咕嘟咕嘟”冒着热气。魏大汉儿又加了辣椒酱老姜八角大料，把锅放在柴火堆上，慢慢地锅里就飘出了一阵阵的肉香。

水雪下得细密了，没有一点要停的意思。这时候，从远处来了一个小个子的年轻人。他是旁边大院里的子弟，读完初中，就在社会上浪，快二十了，人却长得矮小，人送绰号矮子三儿。他左手提了只烘笼，右手还拿了一把火铲，他是来魏大汉儿的火塘里铲炭火的。往常时候，烤火的人散去了，周边的子弟和居民就会来铲些炭火回去取暖，魏大汉儿当然不会阻拦，甚至还会很友好地和人聊天。

矮子三儿走到爆米花的窝棚前，看见白胖的女人正在奶孩子。矮子三儿笑扯扯地凑了过去，用手在孩子脸上挠了一下，“哎呀，这个娃儿才长得乖哟，像他妈。”爆米花男人杏仁一样的眼睛眼看着矮子三儿，没有吱声。白胖的女人便裹了衣服，抱着孩子背过身子去了。“咦——还害羞了。”矮子三儿说罢，又对男人说，“爆米花炸得好噻，明天我还是要整点来吃。”男人还是没有吱声，埋头收拾自己的行头。魏大汉站在工棚的门口抽烟，眼睛望着爆米花的窝棚和矮子三儿。纸烟快燃尽了，烫得手指灼痛。魏大汉扔掉了烟头，噗噗地朝手上吹了几口气。

矮子三儿觉得有些没趣儿，慢慢踅摸到魏大汉儿的火塘边，准备铲炭火。不料魏大汉儿却瞪起了眼睛，厉声喝道：“你个小雀儿包，我还要的，不许铲。”矮子三儿吓了一跳，看着魏大汉儿说：“你今天咋子啊，吃了火药吗?”魏大汉儿说：“没看见老子正在炖肉吗?”矮子三儿说：“铲一点有啥子嘛。”说着话，矮子三儿就用火铲去铲炭火。魏大汉抢了一步上前，夺过矮子三儿的火铲，一扬手扔了出去。矮子三儿气坏了，后退了几步，大声叫骂起来：“魏大汉儿，你是个×人，老子不得怕你，来嘛，老子陪你打一架。”魏大汉儿跛着腿追了过去，矮子三儿边退边骂：“魏跛子，来嘛来嘛，来打老子嘛。”魏大汉儿又追了几步，没追上。魏大汉儿指着矮子三儿骂道：“对的给老子不要跑，你个小雀儿包，做事不地道。”

魏大汉儿回到油毡棚子里，坐下喘粗气。他抽了根烟，锅里的肉已经炖得软和了。魏大汉儿把锑锅从炭火上拿开，然后从屋里拿出一只镔铁桶，把火塘里的炭火铲进桶里。铲完炭火，魏大汉儿拎着镔铁桶走到爆米花的窝棚前，他把炭火递给爆米花的男人，说：“晚上冷，将就暖和一下吧。”爆米花男人接过镔铁桶，朝魏大汉儿鞠了一躬，“谢谢你了，师傅!”魏大汉儿瞥了一眼爆米花男人的窝棚，慢慢走了回去。

水雪淅淅沥沥地下了一夜，第二天却是一个大好晴天。魏大汉儿生火煮早饭的时候，爆米花的男人把镔铁桶还了回来。魏大汉儿接过镔铁桶说：“今天天气好啊。”爆米花的男人说：“嗯，要出太阳了——谢谢你啊，大哥。”魏大汉儿挥挥手，“没事没事。”爆米花的走了。魏大汉儿拿出一瓶姜豆豉，开始吃红苕稀饭。吃完饭，魏大汉儿在四周转了一圈，看了看现场的材料和篷布，一切都完好。今天天气暖和，火塘也就不用生火了。魏大汉儿今天也想炸点爆米花，带回去给娃儿们吃。工程队人手少，看现场没有人来替换，他已经有一个月没回家了，还是很想娃儿。

太阳出来的时候，爆米花的生意又开张了。今天是星期天，来的人更多，不一会儿，又排起长队了。今天的主角，除了爆米花的，还是一群脏兮兮的孩子，他们也是一出太阳就来了，在人群中藏猫猫，在地上抢爆米花，呼来喝去，欢喜得不得了。魏大汉儿拿了只装过面粉的口袋，排在队伍的最后面，抽着烟，随着队伍慢慢向前移动。

都快中午了，人还没见少。这时候，矮子三儿也拿了个簸箕来了。他在队伍后面站了一下，就慢慢挪到前面去了。又过了一阵，他又朝前面挪了几个位子。有人就叫起来：“喂喂，不要插轮子啊。”矮子三儿回头瞪了一眼，“你们说哪个啊?”队伍里没人吱声了。

魏大汉儿想象着他的孩子们看见爆米花的情景，他们一定会高兴得跳起来。这时候，排在前面的一个女人又叫了起来："喂喂喂，咋子又插轮子啊。"矮子三儿说："咋子嘛，老子又没插你的轮子。"女人说："都在排队，你插了几道轮子了。"矮子三儿说："插了又咋子了嘛，害怕你把老子鸡巴咬了。"

矮子三儿话音刚落，一只手就抓住了他的后衣领，像拎一只小鸡样把他从队伍里提了出来。矮子三儿回头一看，是魏大汉儿。矮子三儿大声说道："魏大汉儿，老子没惹你哈。"说完，又插进队伍里去了。魏大汉儿上去一把抓住他的手，一用劲，把矮子三儿从队伍里摔了出去。矮子三儿踉跄几步，差点摔倒。矮子三儿脸都青了，大吼道："魏跛子，你给老子们等到！"说完转身就跑了。

人群又恢复了平静，爆米花"嘭"的一声响，又炸出一锅。孩子们捂着耳朵躲在一边，炸完了便"哇"的一声又冲了上去，抢地上的爆米花吃。

突然，人群后面响起一声尖厉的叫骂："魏跛子，你个×人！"众人回头一看，矮子三儿提了把菜刀站在后面，指着魏大汉儿大骂。魏大汉儿走出队伍，还没有开口，一道光影"嗖"地飞了过来。菜刀深深地嵌入了魏大汉儿的大腿，暗红的血顺着裤管流了下来，洇了一地。魏大汉儿站在那里，脸色煞白，他用手指着矮子三儿说："你个小雀儿包，做事不地道！"

这一年，魏大汉和矮子三儿的年都没有过好。一个进了医院，一个进了监狱。

▼ 阿细

晚霞满天的时候，阿爸回来了。阿细给阿爸打了盆热水，阿爸抹了帕脸，掸掸身上的尘土，在桌边坐下抽烟喝茶。烟是织金裹的叶子烟，茶是下关来的老沱茶。

饭菜已经做好了，用筲箕扣着。阿爸抽完烟，阿细揭开筲箕，饭菜都还温热。已是晚秋的天气了，早晚有些凉。阿爸看见桌上的兔子肉，脸上露出了愉快的笑容，“阿细妹子今天做这么好吃的，嗯，阿爸要喝一口啦。”

阿爸看着眼前忙碌的阿细，心里有说不出的爱怜。这女子出落得窈窕伶俐，心也细，又做得一手好菜。特别是兔子肉，简直是变戏法样，各种滋味馋得人流口水。只可惜生在这样的人家，总没个光鲜体面的好日子。

阿细把酒壶拿出来，给阿爸倒了满满一杯，“阿爸上工辛苦得很，喝一杯酒就不累了。”

“哎呀，阿细呀，倒成鼓眼泡了。”阿爸两手扶在桌子边沿上，撮着嘴吸了一口酒，又拈了块兔子肉放进嘴里，

“啊，这仔姜嫩兔做得实在好吃呢。”

阿细添了碗饭，上桌陪着阿爸，“阿爸，好吃你就多吃点。”

阿细做兔子也是偶然。有一年，阿爸在山上套住一只麻灰色野兔，让阿细做。结果野兔腥膻得很，不好吃。为了压住腥味，阿细在屋后的地里摘了一捧朝天椒，又加了生姜、花椒、青椒，把一锅兔子肉做得红黄白绿，油亮鲜香。阿爸套的兔子多了，阿细又摸索着弄出些新花样，卤煮干爆，慢慢地把兔子做成了拿手菜。

阿爸搛了只兔耳朵放在阿细碗里，打趣道：“吃个兔耳朵，遇见一个好哥哥。”

阿细红了脸，“阿爸，你又取笑我了。”

阿爸说：“阿细啊，你都过十七了，也该想想自己的事了。”

阿细默默地吃着饭，心里有了几分惆怅。

吃过晚饭，收拾停当，阿爸准备睡觉了。阿爸明天还要出早工，他让阿细也早点休息，别累坏了身子。

阿细洗漱完毕，坐在院子里没有一点睡意。月亮又大又圆，天边有几颗星星眨着眼，金桂花飘过阵阵幽香，让人心醉。盐井河上没有了白天的喧嚣，只听得见隐隐的滩声，月光映在静静流淌的河面上，泛起粼粼波光。阿细的心绪随着轻漾的河水流淌起来。

阿妈阿妈，阿细在心里轻声呼唤着，女儿的心事如何开口啊！阿爸每日里天不亮就去挑卤水，整天劳累奔波，现在年纪大了，背都驼了。阿细一天天长大，除了喂几只兔子，做点家务，什么也帮不了阿爸。阿细的心里好苦啊。

可是，阿妈早已不在了。只是阿妈的样子还时常浮现在阿细的眼前。那是一张干枯憔悴的脸，嗫嚅着嘴唇让阿细舀碗水喝。阿妈最终还是没有熬过那个寒冷的冬天。

一天黄昏，阿妈挣扎着倚靠在床背上，让阿细快去把陈大叔找来。阿细吓坏了，飞跑去盐井河边的码头上，陈大叔正在码头上装船，听了阿细的话，飞快地赶了回去。

他们来到阿妈床前，阿妈已经快不行了。她拉着陈大叔的手说："大哥啊，这些年多亏你照顾我们娘俩，让我心里一直有愧……只能来生报答你了。我知道，我已是不行了，还求你照顾阿细。我们都是福建长汀过来的，她爸也姓陈，算是你的兄弟。他命短，走得早，现在我也要跟他去了。阿细……就交给你了。"

说完，阿妈叫阿细跪下磕头，叫阿爸。

阿细泪落如雨，跪下给陈大叔磕了三个头，叫了一声阿爸。陈大叔把阿细拉起来，对阿妈说："妹子，你放心吧，阿细是个好闺女，我会好好待她，让她长大成人，找个好人家。"阿妈点了一下头，眼神散漫开去，头一歪，咽下了最后一口气。那一年，阿细刚七岁。

转眼到了新年，阿爸买了个猪肘，又买了只大公鸡，阿细又剐了只兔子，请了几个亲友在家里吃年饭。除了清蒸猪肘、凉拌鸡，今天的兔子就做了三个菜，蘸水兔、火爆肚杂、青笋红焖兔，手撕鲜嫩，火爆爽脆，红焖味厚，大家都夸阿细好厨艺。

吃过年饭，要出门去看提灯会。阿细知道，今年的提灯会队伍多，已经从双牌坊排到了善后桥。当然，阿细还有自己一点小小的心思。阿细用干辣椒、花椒、陈皮、老姜、香叶、桂皮炒了一锅冷吃兔。放凉了，用个小瓦钵盛了，放在一只竹篮里，提到街上去卖。

街上已经是人山人海热闹非凡。阿细挎着篮子，在河街的小桥边停住，站在桥上，更好看提灯的队伍从桥下穿过。一会儿，只听得一阵锣鼓喧天，一支穿着大红绸衣扎着黄腰带的大鼓队走过，跟在后面的是唢呐竹笛芦笙，呜呜喇喇跟了上来。紧接着是载歌载舞的莲箫队，“柳呀柳连柳呀，荷花闹海棠呀郎格里格咚……”一派喜气。以后便是提着圆灯方灯走马灯各式花灯的人流。人们喜笑颜开，沉浸在节日的欢愉之中。

这时候，阿细听见了有人喊：“细妹子，给我来一角冷吃兔。”

阿细回头一看，是一个打扮整齐的后生仔。阿细心里一怔，她认得这人，是同兴井灶上管账先生的独生儿子，名唤涂兴国的。阿细脸一下红了。这个小涂经常从她家门前经过，有时候两人偶然相遇都有些拘谨，时候久了，就有了只言片语的交流。从井灶上回家时，小涂还常常顺道给阿细带些小玩意儿。这样的日子慢慢过去，彼此心里都像装了只小兔子，一见面心里就突突地跳脱不止。

阿细用牛角给了小涂盛了一纸袋，里面是油亮香辣的冷吃兔丁。小涂把纸袋拿在手里，用小竹签挑着吃。吃了几口，便“吱吱”地呵气，“真香，就是有点辣。”

阿细看着他，嗔道：“辣就不要吃。”

小涂嘻嘻笑道：“丢又丢不下，想吃。”

阿细看着小涂头上冒出了热气，蓬松的头发像一堆燃烧的柴火，她愉快地笑了。

小涂指着队伍中一个提灯的后生说：“看，那个走马灯，我扎的。五金商会定了十盏，我的手艺可以吧？”

阿细看那灯，灯架一层红绸，内圈竟还有几个小人儿，随着风吹不停转动，真是活灵活现。阿细举手招呼，“哎哎……”

提灯的队伍抬起头，也向阿细挥手，脸上露出了笑容。

小涂说：“我阿爸阿妈都知道你了，说你是个好女子。要你答应的话，我就让阿爸找人来提亲。”

阿细垂下了眼帘，她也听人说起过这户人家，都是实在的人，会过日子，除了井灶上的生意，家里还开了个小茶楼。

阿细说：“我阿爸年纪大了，以后也是要跟着我一起过的。”

小涂愣了一下，说：“陈大叔是个好人，又肯做，以后就跟我们一起住。”

阿细脸又红了，“谁说了就要跟你一起过了？不害臊。”

说完，挎着篮子扭身走了。

这时候，忽然传来一声尖厉的啸叫，一串冲天炮“噼噼嘭嘭”在空中炸响，河边密密麻麻的孔明灯在天空冉冉升起。阿细高兴得拍手大笑。看了一阵，阿细说：“天快黑了，我要回家去了。”说完，挎着篮子扭身走了。

小涂在后面喊：“等一会儿我送你……过了正月，我就叫我阿爸找人来提亲啦。”

阿细今天特别高兴，不单是冷吃兔卖得好，她的心事终于有了一些盼头，她一直担心出嫁后阿爸怎么办，今天小涂的话终于让她放了心。阿细欢快地走在回家的路上，想起这些就禁不住笑出声来。路边的人看见阿细这么高兴，都打趣她，“阿细今天捡了金元宝啦，高兴得一颠一颠的。”

正月十五刚过，小涂家果然找人来提亲了。阿细躲在屋子里，隐隐约约听见提亲的人和阿爸谈话。他们还合了两个人的生辰八字，提亲的又说涂家很中意阿细这个乖巧的妹子，愿意出一份丰厚的聘礼。阿爸“啊啊啊”地回应着提亲的人，听得出来阿爸也很满意。

提亲的人走了，阿爸笑呵呵地把阿细叫出来，给她说了他们商谈的结果，如果双方没意见，马上就下聘，中秋过后就把喜事办了。

阿细听了，却不怎么高兴。阿爸问她怎么想的，阿细说：“我要阿爸和我们一起住。”

阿爸说：“阿细呀，阿爸能吃能喝又有力气，一个人也没有什么事的。”

阿细说：“不，他们不答应，我也不答应。”

阿爸叹了口气，说：“好吧好吧，回头我给提亲的再说说。”

阿细又说：“还有，我也不要他们家的聘礼，我想把他们家的茶馆改成饮食店，卖兔子肉。”

阿爸先是一愣，然后哈哈大笑起来，“阿细啊，你真是敢想啊，还没过门，就当起家了。”

阿细说：“我不管。我就是想开一家饮食店，你也不用天天去挑盐卤水，那么辛苦劳累了。”

阿爸又笑了，笑着笑着，笑出泪花来了。阿爸抬手抹了一把泪，“好闺女，阿爸真是没白疼你一场啊。”

提亲的人把阿细的话给小涂家回复了去，不料涂先生却并不同意阿细的说法。而阿细不知道的是，涂先生那间茶馆，除了卖茶，还经营着烟膏，这是他们家很大一笔收入来源。作为盐场井灶场面上的一个人物，涂先生也不能容忍这一切都由阿细来做主。

提亲的人尽管把话说得很是委婉，但阿细还是一听就明白了涂家的意思。

提亲的人走了，阿爸禁不住唉声叹气起来，他想劝劝阿细，不要固执了。但阿爸太了解阿细的性格，她一旦认定了的事是不会轻易改变的。阿爸坐在金桂树下吸着叶子烟，一明一暗的烟火仿佛是阿爸一声声叹息，充满了阴郁和失落的情绪。

阿细拿张小凳子坐在阿爸的身边，说："阿爸，你莫要心焦，我不嫁给他们家也一样养活你。"

阿爸磕掉烟灰，说："阿爸知道你的心思。我是黄土埋了半截的人了，你要多替自己想想啊。"阿爸披衣起身，说，"你也早点睡吧，明天还要干活呢。"

阿细看着阿爸佝偻的背影，心里涌起一阵阵波澜，禁不住流出两行热泪。

第二天，小涂找到阿细，让她别着急，他再去找他爸爸说说，一定要把阿细娶过门。阿细不理睬他，绞着手绢不说话。小涂急了，发誓说："我要做不到，不得好死。"阿细"呸呸呸"吐了几口，用手捂住他的嘴，"不许乱说。"阿细的心里感到了莫大的安慰，总算没有看错小涂这个人。

小涂找到父亲，刚提起这件事，涂先生就火冒三丈，说："我们是盐场上体面的人家，总得有个规矩，怎能由着一个小丫头随着性子胡来？再说了，我们家娶的是儿媳妇，还捎带着一个老头子，成何体统？"

小涂也急了眼了，"怎么不行，我们家又不是养不起？你就是心疼你那两个钱。反正除了阿细，我谁也不要！"

涂先生大怒，"我说不行就不行，反了你了。我心疼钱？没钱行吗？你能上学？你能有好吃好喝？你只能像马房街上的乞丐冬天靠在烟囱上向火。"

小涂说："浑身铜臭，这个家我待不下去了！"

涂先生把茶碗重重地杵在桌上，“待不下去你就滚，没人留着你！小兔崽子。”

黄昏时候，小涂失魂落魄地找到阿细，紧紧拉着阿细的手，眼圈发红，说：“好阿细，我们一起走吧，逃离这个可恶的鬼地方。我能养活你。”

阿细挣脱小涂的手，“小涂，你别说了，我知道你的心。我不能走，我还有我阿爸在，我哪里也不能去。”

小涂怔怔地看着阿细，心里一团乱麻，嘴里喃喃地说道：“不，我一定娶你，一定要……阿细。”

第二天，井灶上的人给阿细捎来一封信，阿细连蒙带猜看懂了小涂的意思，小涂说他出去撞社会去了……让阿细等他……他一定回来娶她。阿细读完信，仿佛丢了魂，伤心大哭了一场。

过了好一阵，阿细慢慢振作起来。阿细在家里料理完家务，每天又做些冷吃兔去街上卖。人们喜欢阿细的兔子肉，特别是女孩子更是喜欢，渐渐地有了一些固定的客人。

阿细的日子像盐井河的流水一样悄然逝去。三年，转眼之间又是三年过去了。

一天傍晚，阿细看见新街善后桥方向升起滚滚浓烟，火光映红了天际。消防所的哨子“呜呜呜”地吹得满街响，四面八方的人们蜂拥着跑去火场看热闹。

阿爸站在阿细身边，望着远方的火光自语道：“这场火不小啊，不知又是谁家遭难了。”

那里正是小涂家的方向，阿细在心里祈祷，千万别是小涂家啊，千万别。不幸的是，起火的正是小涂家。消息很快得到了证实：一个烟客迷迷糊糊中撞翻了煤油灯，灯火点燃了坐垫，等他发觉时，火势已无法控制，两层的砖木串架房一夜之间烧得只剩一片瓦砾。

涂先生眼睁睁看着家产被一把火烧光，站在路边又气又急，却毫无办法。房子烧了，连个安身之处也没有了。涂先生只好暂赁了两间平房住下。不料到了冬天，涂先生在井灶上又摔了一跤，救治过来，半边身子却瘫了。调养了半年，才能扶着拐杖走路。这一来，连井灶上的差事也丢了。幸亏早些年还有点积蓄，涂先生夫妻俩方能勉强度日。没有了收入来源，日子便一天比一天难过了。常常是桌上一碟泡菜，举家食粥。

一天吃早饭的时候，阿爸对阿细说：“涂先生一家遭此大难，日子也过得太艰难了。当初在井灶上，涂先生也没有少照顾我们这些下力人。你空了还是去看看他们两老夫妻吧。一个人还是要多念别人的好啊！”

阿细默默地听着，轻轻地点了点头。

家门前的盐井河，静静地流淌着，流走了夏，流走了秋，又流走了冬。又是一个春天来了，细瘦的河水渐渐有了生机，开始欢腾跳跃起来，河岸上掉光叶子的柳树和杨树也冒出了嫩绿的新芽。

阿细蹲在河边洗衣服，想着一去几年，杳无音信的小涂，心里有说不出的悲伤与惆怅。有时候，她真想纵身跳下这盐井河。但是，她不能死，她还有阿爸，还有小涂的诺言。她伸手去抓捣衣杵，才看见已经顺着河水漂走了。阿细站起身，望着漂走的捣衣杵，默默地想，去吧去吧，去给小涂捎个信，早些回来呀。

川南的早春乍暖还寒，阴晴不定，总是有些让人忧郁。就在这个春日的傍晚，一个穿着一身破烂军服的年轻人来到了新街那家烧毁的老茶馆遗址，他静静地注视着眼前的一片瓦砾空场，目光散漫而悠远。年轻人在那片瓦砾场默默地伫立良久，然后悄然离去。

第二天早上，阿细打开家门，一眼就看见了站在院中金桂树下的那个年轻人，她吃了一惊。再一看，好眼熟啊，那是小涂？是小涂！阿细冲了过去，“你是小涂吗？”

年轻人伸出一只手，“阿细，是我。我回来了。”

阿细冲到小涂身边，抓住小涂的手，“你真是小涂吗？你让我等得好苦啊……知道吗……小涂！”

阿细用力捶打着小涂，眼里的泪水滚滚涌流出来。忽然，阿细抓住小涂左边空荡荡的袖管，“你的手呢？”

小涂说：“丢了，丢在战场上了。”

阿细抱住小涂大哭起来。小涂用他的右手抚摸着阿细的头发，“好了好了，我们今后再也不会分开了。”

小涂的归来，让涂先生悲喜交集。过去发生的一切，涂先生觉得又悔恨，又惭愧。涂先生和儿子长谈一夜，涂先生觉得有必要做出一些姿态。三天后，涂先生备好一份厚礼，亲自登门向阿细的阿爸赔礼道歉，希望阿爸不计前嫌，尽快让阿细和小涂完婚，以此弥补他当年的过失。阿爸对涂先生说，他很高兴，完全同意涂先生的意见。阿爸回头问阿细，阿细涨红了脸，向阿爸点了点头。

婚后不到一月，小涂和阿细就在烧毁的瓦砾场上搭起了两间棚屋，既是安身之所，也是他们经营兔子席的门面。

阿细施展出她的全部才华和手艺，冷吃、凉拌、卤煮、生焖，无不滋味鲜美，令人垂涎。特别是入夏以后，新鲜辣椒上市，用青红椒、嫩姜做出来的鲜锅兔更是广受食客追捧。一碗白米饭就着一盘鲜锅兔，吃得客人们口角生津，满头冒热气。越是天热，食客们吃得越辣，吃得越欢。有人说，在暑气湿气逼人的川南，这种吃法才最令人周身通泰，食欲大开。

一天午后，阿细和小涂正收拾碗筷桌椅，门外响起一阵“嗒嗒”的马蹄声。一会儿工夫，进来一个挎长枪的马弁。他对小涂说：“今晚准备一桌全兔宴，拣你们最拿手的上，我们新到任驻防自流井的马司令要来吃饭。”阿细和小涂不敢怠慢，吩咐伙计早些准备新鲜食材侍候。

傍晚时分，来了三驾马车。三个穿军装的和三个穿长衫的客人下车进了店。随后又来一辆，下来两位穿旗袍的太太。一行人入店落座，阿细立刻让伙计把手撕兔、拌兔肝、拌兔肚和冷吃兔上桌，同时加了一盘黄栀子凉粉和蒜蓉黄瓜。上了凉菜，一桌人开始喝酒。

坐主位的是一位年轻的军官，他对旁边穿长衫的客人说："今天马某初到贵龙大码头，实在是简陋，请李先生吃点特色便饭，还望海涵。我知道，自流井乃是藏龙卧虎之地，小弟初来乍到，以后还望诸位多多给兄弟扎起。"

穿长衫的客人说："马司令，哪里哪里。本帮盼望马司令，如久旱望甘霖。以后马司令有事，尽管吩咐。你我也都是见过些场面的，吃这种特色菜，况且是我们本帮名菜，最是舒畅，岂有怠慢之说？马兄你不必客气。"

言讫，大家举杯同饮。桌上的酒喝了几轮，小涂见忙不过来，就自己去雅间上菜。放下盘子，一抬头，和主座上的年轻军人目光碰在一起，小涂愣住了，年轻军人也愣住了。年轻军人站起身来，"涂哥，难道真的是你吗？"

年轻军人疾步走过来，抓住小涂的手，"大哥，真是你吗？"说着话，年轻军人又抓住小涂空空荡荡的左手袖管，上下打量一番，"大哥，你咋会在这里？"

小涂说："兄弟，这里是我的家啊。"

年轻军人放开小涂，红着眼睛对大家说："各位兄台，大哥这只手，就是光复成都时被炸掉的，没有大哥的舍命相救，就没有我马某人的今天。"

小涂说："兄弟言重了，在炮火之中，大家都是一条绳子上的蚂蚱。"

年轻军人正色道："兄弟奉命驻防自流井，昨天才刚到任，招呼不周。不想在这里见到我的救命恩人，我的生死兄弟。我马某人大小还是管一千来号人，以后大哥的事，就是我马某人的事，必须全力挡起扎起，不得有半点含糊。马某所言，不知是否妥当。这杯酒，就算我马某人向各位兄台赔罪了。”说罢，一口干了杯中酒。众人一齐叫好，也干了杯中酒。

从此以后，马司令几乎天天带着人来小涂家吃饭。一时间，小涂的兔子店宾客盈门，生意爆红。一天，年轻军人说：“大哥，还有几天就是端午节了，到时候我要送你一个大礼。”小涂说：“兄弟不必客气，你已经给我太多照顾了。想吃兔子来就是，不必拘礼。”

端午节的前一天，一幢崭新的两层大楼在自流井最繁华的正街上落成。马司令把小涂带到新大楼，对小涂说：“这就是兄弟我送给大哥的礼物，请你务必笑纳。”

阿细的新餐馆开张了。涂先生请了盐业商会和驻防部队官佐，还有火神会、白水会、山匠会、五金会等各路盐帮会首到会捧场。两挂“满地红”响过，马司令和盐业商会会长揭开覆盖在招牌上的红布，墨绿色底子的招牌上，几个镏金的大字呈现在人们的眼前：阿细兔宴馆。

阿细用心地经营着这家餐馆，她的手艺和真诚渐渐赢得了人们的青眼。味道鲜美又不含脂肪的兔子肉更是受到了女性食客的欢迎。百年以来，食客络绎不绝。

后记：

又是若干年后，自贡这座因盐而生的城市成为全中国有名的兔肉美味之城，每天消耗上万只活兔，网民戏称："没有一只兔子能活着走出自贡。"从养殖到运输、贩卖、宰杀、加工，再到烹饪、出售、包装、快递，兔子成就了一个新的产业。兔子宴更是花样翻新，品类繁多，冷吃兔、鲜锅兔、凉拌兔、生焖兔、粉蒸兔、烤兔、卤兔，兔肉、兔排、兔火锅，鲜香、煳辣香、复合香应有尽有。在自贡，卖兔子肉的专卖店数以千计，挨门挨户，遍布城乡。更多的还是不计其数的私人作坊，以现代网络的渠道，每天向全国、全世界发送袋装的成品冷吃兔。他们各家都有各自制作冷吃兔的独门绝技，风格不尽相同。有时候，一个私人作坊一天就要卖出几十只兔子。一代又一代的"阿细"们把兔子肉的烹调技艺传承创新，发扬光大，成为自贡美食著名品牌。

回乡记

春分过了，川南的原野上已是一派葱茏。公路两边都是油菜地，金黄的油菜花已经凋谢了，青白色的秆梗上长出了细密的油菜籽。汽车在纵横起伏的乡村道路上奔跑起来，恍若在一片绿浪间起伏沉浮。刚下过一场春雨，大地清亮爽洁，山野间飘动着淡淡的薄雾。

过完春节，韦吉祥就正式退休了，家也从县上搬回了市里。这次和妻子一起回老家，一来是扫墓，再有就是想把老宅维修一下，以后闲了，可以经常回去小住几日。韦吉祥大口地呼吸着清冷的空气，感觉到从未有过的轻松畅快。

这条通往老家的路，韦吉祥不知道走过了多少次。少年时，他是打着赤脚走这条蜿蜒曲折的乡村小道，路边的刺藤常常把他的腿剐出一道道的血印。后来是骑自行车在泥结碎石路上跑，晴灰雨泥的，人也晒得黢黑。再后来呢，坐上了桑塔纳，一溜烟尘，倒是风光了不少。要说他以权谋过什么私的话，把家乡这条乡道纳入县里的旅游环线改造，或许可以算一条。但韦吉祥觉得自己问心无愧，无论如何，这个事是说得过去的。

车到了雁鸣寺，就没有路了。这地方过去常有南飞的大雁在此栖息，所以有了这名儿。不过，很长时间都没来了。妻子有点晕车，韦吉祥接过她手里的大包小包。每年回乡，都是大包小包的，已经是惯例了。到老宅还要走一段小路，要经过一口大堰塘，一片冲田，这也是他熟悉的。

堂弟韦少祥已经等在车站了，远远地见了韦吉祥，挥了挥手，快步迎上前来，接过他手里的东西，满脸堆笑，说：“大哥，你们还顺利吗?”韦吉祥笑笑，“顺利顺利。这路啊，比起过去，不知好多少了。”

到老宅的路修整得还是挺平顺，铺了些细黄沙石，路的两边长着茂盛的竹林和灌木丛，这样的光景走在这条小路上，心里还是很舒服的。韦吉祥清楚地记得，小时候他幺叔——就是少祥的父亲，把他和少祥一边一个放在箩筐里，晃晃悠悠挑回家的情景。幺叔步履轻盈，箩筐随着扁担有节奏地上下颤动，水田里倒映着他们的笑脸，童年的韦吉祥望着一块连一块的冬水田，觉得头有点发晕。

春日载阳，有鸣仓庚。这正是初春的日子。少祥说：“大哥，你还是该喊人把这段路修通，车子就可以直接开拢屋门口了，也免得走这一段路。”韦吉祥目光空洞地望着眼前曲曲折折的小路，不置可否。这些年来，少祥搞起了个建安公司，赚了点钱，扎了条LV的腰带，说话也是大大咧咧的了。

一行人欢呼雀跃，走在小路上，惊飞了草丛中觅食的小鸟。少祥说：“二哥他们今年疫情管控，回不来了。”韦吉祥知道，少祥说的是他二叔的儿子。他是长房长孙，只有永祥、少祥两个堂兄弟。永祥在省城里工作，今年疫情管控，他们通过电话了，今年不回来。走完最后一块冲田，就可以望见老宅了。路边有人和韦吉祥打招呼：“韦县长，你们都回来啦?”韦吉祥从大队文书当到公社书记，又当到了常务副县长，在政协主席任上退休，这一带几乎没有不认识他的人。这个人他也认识，是老邻居刘宗本，已经老得弯腰驼背了。要论起来，还是远房亲戚。刘宗本年轻时候体力好，经常帮他们家干些重活。过去两家关系不错，也走得近，打牙祭都会互相端一碗。韦吉祥也是笑呵呵地应酬：“回来了回来了，表叔你身体还好吗?”刘宗本也笑了，“好的好的。空了过来坐哈。”

到了少祥家里，院坝里摆好了桌子，泡好了茶。除了少祥的媳妇儿、儿子、女儿，还有几个来帮忙的邻居。幺娘颤颤巍巍地拉着韦吉祥的手，“大哥，你回来了，回来好啊好啊。”她是按的少祥的辈分叫的，韦吉祥也不管她，“回来了回来了，幺娘，你身体还好吗?”幺娘说：“好是好，就是腿脚不灵便了。”

妻子把带来的包打开，将带来的礼品和食品分给侄子侄孙，孩子们拿到礼物，互相瞧了瞧，叽叽呱呱评说一番，然后就一窝蜂地跑开玩去了。韦吉祥走进厨房，和几个侄女弟媳妇儿打过招呼，又让妻子拿了个红包给幺娘，说：“过年我也没回来看你老人家，这点钱你就拿着吧，买点自己穿的用的。”幺娘紧紧地捏着红包，笑眯眯地说：“哎，这……这咋子要得啊，又让你们使些钱。”

少祥还在张罗着上山祭扫的事情。今年有了些新规定，纸钱蜡烛鞭炮都省了。韦吉祥专门托人买了两棵塔柏，又弄了些花木，准备扫墓时栽上。少祥从云南网购了两盆菊花，又整了几十个气球。韦吉祥有些不解，问少祥“这是干什么?”少祥说，还是要热闹一下，要不没有气氛。少祥回头就叫一帮小孩把气球吹胀，然后一只只串在一起。

抽完一支烟，韦吉祥就和少祥他们一起上山了。绕过老宅，后山是一大片的竹林，中间也有些坟头，都是挨邻隔壁人家的。竹林浓荫蔽日，落满厚厚一层枯叶，走在上面松软酥爽。有些倒伏的竹子拦住了路，少祥提了把柴刀左砍右砍开路。走出竹林，上山的泥窝子路有些湿滑，韦吉祥差点摔倒。少祥在后面托住他，“大哥你慢点，路还没干透。”

上到山顶，韦吉祥看见了那几座熟悉的坟头。他的父亲母亲，还有两个叔叔都埋在了那里。父亲的坟在中间，然后左右摆开。韦吉祥站在父亲的坟前，心里涌起一阵波澜。父亲只活了六十多岁，没享到他的福。等到他事业稍稍有点起色时，父亲已经去世了。现在呢，没有了父亲这道屏障，他成了家族里年纪最长的人，关于生死，关于衰老，关于告别，他就是第一道屏障。韦吉祥想起这些，心里掠过一丝悲哀。父亲的坟上有几块石头垮了，坟头上长满了杂草。韦吉祥左右看看，说：“少祥啊，你空了找人把坟箍一下，清理一下，再把上山的路也砌点条石，免得雨天路滑。钱嘛，我来出就是了。”少祥望着韦吉祥，说：“大哥，你吱一声就是了，我找人来整，啥你都不用管。”

种好塔柏和花草，韦吉祥又把菊花摆好，双手合十站在父亲的坟前默默叨念，然后是三鞠躬。少祥把一张大塑料布铺在地上，挨个坟头磕头，嘴里还不断嘀咕着保佑平安恭喜发财的话。磕完头，又指挥几个侄子侄女把气球放在坟头上，一齐踩爆，哔哔叭叭的响声竟然如同鞭炮一样响亮清脆。

回到屋里，洗了帕脸，少祥媳妇儿就喊开饭了。男人们坐一桌，妇女和小孩子坐一桌。韦吉祥坐了上首，少祥特意让嫂子坐在韦吉祥左手。少祥开了瓶老窖特曲，也是去年韦吉祥带回来的。一杯酒喝下去，韦吉祥吃了口菜，感觉很合口味。少祥喝了两杯就满脸绯红，不能喝了。这一家人也奇怪，韦吉祥的父亲能喝，他也能喝。他二叔、幺叔和永祥、少祥却都不能喝。少祥又给韦吉祥倒了一杯酒，“大哥你慢慢喝哈，我吃饭陪你。”韦吉祥点了点头，“你不管我，再喝两杯我也差不多了。”幺娘已经吃完了，提了水瓶来给韦吉祥掺水，说：“大哥你莫嫌弃哈，多吃两杯酒。”韦吉祥笑道：“幺娘，看你说些啥子，这种纯天然的东西城里是吃不到啊。”幺娘笑眯了眼，说：“那就好那就好，多吃点。”

都快吃完饭了，刘宗本从门外走了进来，笑眯眯说道："韦县长，吃饭呢。"韦吉祥一看，忙站起身来招呼他，"表叔来了，来来来喝两口。"刘宗本说："我都吃过了，过来坐一会儿。"少祥给他递了烟，韦吉祥又替他点上。刘宗本抽了一口，说："你们都是公事人，回来一趟也不容易，多住几天走啊。"韦吉祥说："现在退休了，以后回来的时候多的是。"

刘宗本愣了一下，"也好也好，退了少费些心"。

"表叔你身体还好吧？"

"不行了，走路都气紧，又咳。"

"没进城去耍一下子？"

"嗐，就是说呢，你那大兄弟，我大的个娃儿，在县城里买间店面，现在都办不了手续，整得焦人啊。"

"啊，有这种事？"

"那不是呢，房子买了都好几年了，手续一直办不下来。现在生意不好做，想把房子卖了，又没个手续，卖又卖不脱。"

"是哪家开发商的楼盘啊？"

"说是……说是县上哪个剧团的啊。"

韦吉祥想起来了。县川剧团的剧场改造，顺便修了些职工住房，临街面又修了一排店面卖。因为改变了土地用途，所以一直办不了手续，房主多次上访过。他问过分管的副县长，这事要解决，需要重新过规委会，还要补土地价差款。挺复杂一个事。韦吉祥沉默良久，掏了烟散了刘宗本一支，自己也点上一支，说："是这样啊。这事我还不是很清楚呢。"

刘宗本说："韦县长，你过问一下这个事嘛。你兄弟就那点本钱，全都陷在里头咋办啊。"韦吉祥"啊啊啊"地应承着，想起剧团那几个花旦年轻漂亮的样子，几年过去就胖得全身肉颤。刘宗本狠狠咳嗽了几声，他在等着韦吉祥表态。韦吉祥一惊，才回过神来，说："回头我再问问他们吧。"

又闲聊了一阵，刘宗本起身走了。吃过午饭，韦吉祥小睡了一会儿——几十年的习惯了，改不了。韦吉祥简单洗漱完，就坐在院坝里抽烟喝茶。天气很好，温暖的阳光舒适宜人。池塘边一排杨树已长出了新叶，树叶随着微风闪着点点白光。院坝边上的两棵柚子树开出了繁密的白花，散发出一阵阵浓郁的清香。树下松软的沙地上有两只猫，一只花猫在打滚撒娇，一只黑猫虎踞着，目光炯炯，正气凛然的样子。韦吉祥想起小时候偷着在池塘里游泳，被父亲追打的情景。一转眼，就过去几十年了。

闲坐一阵，少祥提了两只打整好的鸡回来了。他说是在雁鸣寺附近买的土鸡，让韦吉祥带回去吃。两人坐下喝茶，少祥说有件事要麻烦一下他。韦吉祥就问少祥是啥子事，少祥说他的小儿子已经满六岁，下半年要读小学了，想请韦吉祥帮忙进城关小学。韦吉祥说"你不是在城关镇买了房子吗?"少祥说"读书的娃儿太多，要摇号，不晓得摇得到不"。韦吉祥沉吟半晌，说："好吧，我回去找他们问问看有什么办法没有。”少祥很高兴，说这下总算一块石头落了地。少祥冲着一堆孩子大声喊：“小宝小宝，过来。”一个男孩抱着一大堆玩具过来了，少祥说：“快来谢谢大爷，九月份就进学校读书了。”小宝向韦吉祥鞠了一躬，“大爷我很爱你。”韦吉祥哈哈大笑道：“好好好，大爷也很爱你。玩去吧玩去吧。”小宝说：“谢谢你，大爷。”说完一溜烟跑开了。

院外路上有一群男女走过来，透过梅花砖院墙，他们都和少祥打招呼，“韦总，你回来了。”少祥微笑着挥挥手，“嗯嗯，回来上坟呢。”一个中年男人说：“上午听到火炮响，就晓得是你们上坟了。”少祥说：“哪里有火炮啊，踩的气球。”中年男人笑了，说：“我就说嘛，往年间你们家的火炮要放半个多小时呢。”中年男人又上来给韦吉祥散烟，“韦县长，你也回来了。”韦吉祥接过烟，人却不认识，但还是很友好地点了点头。中年男人散完烟，说：“你们忙着，我就先走了。”

韦吉祥问少祥：“这人是谁啊，我不认识呢？”少祥说：“他是大湾子的廖新民啊。爷爷的坟就在他们湾子里，去年还托他整过一回呢。”这样说起来，韦吉祥就有些印象了，那时候不准土葬，爷爷就没埋在本队，父亲生前也曾说起过。韦吉祥说：“我咋没见过这个人呢？”少祥说：“最初爷爷入土的时候是他老汉儿应承的，去年他老汉儿死了，他才接手这个事……哦，正好有个事要给你说呢。上个月廖新民转包了口塘养鱼，想弄进市里面的‘菜篮子工程’，好整点补助。廖新民说，想请你帮下忙。”韦吉祥听了，心头生出了一些不快。少祥有时候打着他的牌子办事，虽说有些风闻，但作为家门里的大哥，不好撕破脸，但心里还是颇有些忌惮。少祥见他没吱声，又说道：“不是我说啊，大哥，你也是太老实了，现在的人，哪个不为自己呢。你看一下那些人啊，一个科级股级干部，硬是一天到黑跳圆了，啥子事都敢办，啥子钱都敢收。你嘛，好歹也是堂堂一个县长啊，他们哪个敢和你比高低嘛？”韦吉祥望着风吹涟漪的池塘，淡淡地说道：“花有几样红，人与人不同。这也是没办法的事情啊。”

又抽了一支烟，少祥带着韦吉祥去看父母亲留下来的老宅。房子在少祥家后面的岩坎上。好多年没住人，老屋子已经破败了，有几根檩子朽了，房顶的瓦塌了一片，藤蔓都长进了院里。韦吉祥站在老屋的院坝里，看见坎下那棵黄桷兰，那还是他上高中时栽下的，几十年了，树已长成合抱之围，树梢已超过了屋顶。

少祥说：“大哥，你想咋整呢？”

“还是不要搞得太复杂了，瓦肯定要捡一下，看基础有问题没有，搞个简装就行了，每年也就回来住那么几天。”

“还是要尽量整巴适点嘛，回头我找人再看看，整个方案给你定。”

“行，就这么办吧。”

吃过了晚饭，韦吉祥和妻子沿着村里的小路转了一圈。他上几户比较熟的人家看了看，土墙房都改建了，外墙砖贴得挺好，屋里却是空的。年轻人都出去了，留下的全是老人孩子。转到大湾子鱼塘边，又看见廖新民和几个人在箍鱼塘的堡坎。廖新民见了韦吉祥，就笑着和他打招呼，两手在屁股上蹭了蹭，掏出烟来散了他一支。韦吉祥见鱼塘都快干了，就问："今年没喂鱼?"廖新民说："去年连续两个月三十八九四十（摄氏）度高温，天又没下雨，翻了塘，鱼都死完了。今年看有没有点办法，天道好呢，就喂一点。到时你有空，就回来钓鱼耍嘛。"韦吉祥手里捏着烟，眼里漂满了白花花的鱼肚，鼻孔里也是死鱼烂虾的气味。他的心里很不是滋味，这片曾经养育他的乡村故土，在物质日渐丰富的时代却变得凋敝冷清了。

转完一圈，韦吉祥回到家里洗漱完毕，看了一会儿书，就准备上床休息了。妻子睡眠浅，容易惊醒，就单独睡了。韦吉祥刚上床，小宝却钻进屋里来了。这孩子长得机灵，脱了衣服爬上床，说："大爷，我和你睡吧。"

少祥也是脚跟脚地进屋来了，"这小子，你咋跑到大爷床上去了。"

"我要和大爷睡。"

韦吉祥说："小孩子愿意就让他睡这里吧。"

少祥说："晚上不许乱踢被子，别凉着大爷。"

"咩——"小宝做了个鬼脸。

少祥出去了，小宝躺在韦吉祥身边。他歪头看着韦吉祥说："大爷，你还是个官儿啦?"

韦吉祥笑了，他摸摸小宝圆滚滚的头，"我咋就是个官儿呢?”

“我看见电视了，你的面前摆了个吹吹儿，当官儿的面前都摆了的。”

韦吉祥哈哈大笑起来，说：“那不叫吹吹儿，叫话筒，讲话用的。”

“是不是你讲话每个人都要听嘛?”

“还不是有人在打瞌睡呀。”

“我们幼儿园的小朋友都要听老师讲话，不听的要批评，站在前面。”

“我也要批评，就是不罚站。”

“长大了，我也要当官儿，让全班都听我的。”

“嗯嗯，那你要好好读书啊，以后才有机会。”

“谢谢大爷，我要好好读书，以后找很多钱，还要当个官儿。”

韦吉祥斜靠在床上，心想，现在的孩子真是比我们那时聪明多了，社会变化太快了。夜很深很静了，韦吉祥听见池塘里“泼刺泼刺”的鱼跃声音和夜猫子“咕嘟咕嘟”的尖叫声。小宝也睡着了，发出了轻轻的鼾声。几十年来，韦吉祥因为官场的纷纷扰扰已是不胜其烦，本想退休后回农村，避开那些纷繁的世事人事，哪想到，一回来，就不断有人找上门来，说一堆没完没了的事。看来，一个人的生活轨迹，也不是完全靠自己就能够锁定的啊。他扭头看了看小宝，其他的事可以不管，但这孩子读书的事还是得管管的。

第二天早晨起来，天上下起了小雨。韦吉祥和妻子吃过了早饭，就和幺娘告了别。少祥送他们到雁鸣寺，叫了辆网约车。小车冒着纷纷扬扬的细雨，一路奔驰，一个小时多一点就回到市里了。刚到家，韦吉祥就接到县委办的通知，说下下周二新来的书记要请老干部开个座谈会，问他能否参加。韦吉祥想，正好趁着这个机会把孩子读书的事给办了，他便很爽快地答应下来。

到了周二，县里派了辆车来接韦吉祥去开会。会开到中间，韦吉祥悄悄把县教育局局长叫了出来，抽了支烟，把孩子读书的事说了。教育局局长说："这事儿还是让你兄弟先去摇号，实在摇不到，再说。"教育局局长见韦吉祥还有些迟疑，又说道，"放心吧老领导，应该是没有问题的。"韦吉祥微笑着和教育局局长握了握手，又回去开会了。

回到家里，韦吉祥给少祥打了个电话，把孩子读书的事说了。少祥说了一大堆感谢的话，然后又欲言又止地说起了刘宗本的房产和廖新民鱼塘的事，韦吉祥冷冷地说，他今年已经正式退下来了，很多事都已不便再去插手，他让少祥给他们解释一下。少祥也没多说啥，好好地应承了几句，就挂断了电话。

又过了一周，少祥给韦吉祥发了条微信，说上山的路和墓地都整修过了，又美观又方便，让他空了回去看看。另外老宅的维修方案也搞出来了，让他一并过目。随后还附有墓地整修的费用清单和老宅维修的工程预算。韦吉祥看了看，给少祥回了一条信息，说他都知道了。老宅维修的事，暂时缓一缓。回头又叮嘱妻子，让她把墓地整修的钱如数转给少祥。

2022 年 2 月 5 日

▼ 大鱼

一

我父亲从部队回来，在乡政府当了个武装部长。他常年穿着四个兜的绿军服，走起路来两脚生风。乡场上的人见了，都尊敬地叫他一声黄部长。那时候，我父亲意气风发，前途一片光明，这也让我们一家感觉脸上有光。

一年夏天，我陪父亲在乡政府值班。睡到半夜，听见外面有呻吟声，我心里有点害怕，还是起床出去看了看。在楼梯的拐角处，铐着一个人。他见了我，就说“小兄弟，给我倒碗水喝，渴死了”。我回到寝室，给他倒了半碗开水，我端着水喂他喝完。他说“谢谢你小兄弟”。我问他干了啥了，他咧着嘴，一副苦兮兮的模样，说他在场口炸了条狗，就把他抓了。我到乡政府的会议室，看见父亲和乡里的干部们都在那里，我悄悄对父亲说：“铐在楼梯上的人很可怜，放了他吧。”父亲扭头看着我，满脸疑惑，说“睡你的觉，不用管他”。

第二天，乡政府在大庙里开会。父亲站在石头砌的主席台前训话，庙里有二十来个人，我看看他们，个个都是目光躲闪的。父亲敞开他那四个兜的军服，叉着手，大喝一声："起立!"下面的人站了起来。又喊"坐下!"下面的人又坐下。父亲连喊了三声，很威严，如同部队的首长喊口令。看热闹的乡民说："黄部长今天是来了火的啊，要退这几爷子的神光。"

喊完话，我父亲对站在台下的人说："你们平时偷鸡摸狗，欺行霸市，超生偷生，罚款该不该交?!"下面的人都说："该交。"父亲说："没听清楚，大声点。"下面的人就大声回答："该交!"父亲又说："好久交?"下面就喊："马上交!"父亲把手上的铐子往石桌上一拍，"回去拿钱!"十几个人便轰的一下抱头鼠窜，四散而去。大约一顿饭的工夫，这一切工作都做完了。

父亲回到办公室，很舒服地喝了一口茶，才让人把铐在楼梯上的人带过来。父亲说："杨家村的牛，是你们几个偷的吗?"那个人苦着脸说："黄部长，我真的没偷。"父亲说："不说是吧? 刚才你都看到了，你们那点事瞒得了人吗? 我也没时间和你啰嗦了。"说完，又叫人带出去铐上。那人一下就慌了，"黄部长，我说我说。"父亲就笑了，"这就对了嘛!"

那时候，乡里的人对父亲不仅敬重，还多少有几分畏惧。父亲还有一个值得骄傲的本钱，就是酒量好。那一年，县里正推广宽窄行抬线栽秧，村民嫌麻烦，都不干。父亲陪县长到村里走了一圈，召开各村组现场会。所到之处，他都是亲自下田示范，半天时间，各村组就落实下去了。县长很高兴，中午回来和父亲在乡政府伙食团一人喝了一瓶高粱酒，又在乡政府的大庙廊道上睡了一觉。日头偏西的时候，县长醒了。对父亲说：“我要回县里了，晚上还有个碰头会。”临上车，县长又对乡党委书记说：“老黄实在，是个干事的人。”到了年末，父亲就当上了副乡长。父亲终于迎来了他人生中的高光时刻。

父亲当了副乡长，干事更卖力气，催粮收款，刮宫引产，样样事情他都是冲锋在前。那年秋天，村里有人来报告，两担村的王干田回来了。说起这个王干田，还是有点名堂的。王干田生下来，队里给他们家分了一块干田子，他老汉儿就给他取了个大名叫王干田。王干田家里穷，经常偷人家的东西吃，苞谷南瓜豆子，见啥偷啥。有一次被人抓住，他反倒用扁担打破了人家的头，村里就没人敢管他了。后来结了婚，没事就生娃娃。第一胎生个儿，大家就恭喜他。没多久，老婆又怀上了。村上干部就说，生了儿子了，还不满意？村里干部就上门让他老婆引产。王干田说，就一个儿不得行，以后连个走人户的地方都没得，咋子整嘛？大家想想也是，村里干部就睁只眼闭只眼，他又偷偷摸摸生了个女儿。大家都以为这下王干田该消停了，不料刚一翻年，他老婆又怀上了。村里人就说：“王干田，你都一儿一女了，还生个𡱁哦？”王干田说：“不保险，我要加双保险，一笼鸡不叫，二笼鸡不叫，总有一笼要叫。”

村支书气坏了，“你个王干田狗日的专臊老子的皮呢。”一天傍晚，支书带人去王干田家，让他老婆去区公所做手术。走在半路，王干田老婆说要屙尿。两个人就把她放下，让她上厕所。两个男人在厕所外面抽烟。抽完了一支烟，见还没动静，就在外面喊。喊半天也不应，就进厕所里看，厕所里已经没人了。他们转到后面一看，王干田的老婆已经翻过围墙，爬上对面一道坡跑了。那天晚上，支书家的豆子也被偷光了。

王干田成了远近闻名的癞子头，没人能剃了。村支书对父亲说：“黄乡长，你就是把我这一年的‘红高粱’扣完，我也没得办法了。”父亲说：“硬是怪事，王干田这根尖尖不掐了，以后还咋子工作？”所以，村上一报告，父亲就马上带了人进村。有人说王干田屋头挖了地道，父亲就派了三个人守在屋后，自己带了一帮人进屋找人。

乡村的夜晚寂静又安宁，只有水田里偶尔响起蛙声和断墙边蟋蟀的叫声。一轮朦胧的残月躲在云层中。十来个人打着手电，一路摸索着进了两担村。

王干田见了我父亲，还是很客气的。他说：“黄乡长，我不惹你，你自己看，屋头有没有人？”王干田的屋头没有啥东西，一抬眼就看穿了。父亲说：“干田兄弟，我也不想和你啰唆，自己把人喊出来，一起去区里做了，一了百了。”王干田说：“你们自己看吧，没有人——黄乡长，都是乡里乡亲的，事也不能做得太绝了啊。”正僵持着，屋后有人叫喊：“逮住了逮住了。”屋里的人都跑了出去。果然，有人从一堆苞谷秆堆里发现了王干田老婆。正吵嚷间，王干田提了根扁担在后面追上来，嘴里大骂道："黄酒罐，老子和你拼了。"王干田一扁担打在父亲的腰上。父亲踉跄几步，差点摔倒。后面有人扶了父亲一把，然后把他拉到一边。乡里的几个人上前扭住王干田，一起带到了区公所。

父亲在区里的卫生院照了张片子，医生说没伤着骨头，但要静养一段时间。王干田的老婆在区里做完人流手术，就提了一封白糖十个鸡蛋来看父亲。她跪在地上哭哭啼啼，求父亲放过王干田。父亲腰痛得厉害，翻身也使不上劲。父亲仰卧在床上，叹了口气，对王干田的老婆说："你回去吧，我明天给派出所捎个话，这事到此为止。"父亲在家养了一个多星期，才慢慢下床走动，但不能负重干体力活了。

就在那一年，父亲在副乡长的位子上落选了。有人说他得罪人太多了；有人说他太张扬了；也有人说他喝酒误事了。总之是被选下来了。后来乡上给他安排了一个什么工作组的副组长的位子，是一个临时性机构，这下算是彻底赋闲了。他本想当书记，至少当乡长，再调进县城里。这个安排无疑给了他当头一棒。

乡里人都现实，父亲一从副乡长的位子上下来，在乡下人眼中就什么也不是了，甚至还不如一个地道的农民。这成了父亲心中的一个结。从那以后，父亲的精神就萎了很多，酒量也大减。酒量虽然小了，但他喝酒的频率却越来越高了。那一年，父亲才五十出头。

二

冬至那天下午，姐姐从县城回来了。黄昏时，天空中下起了小雨。父亲吃过午饭就出门了，父亲说，今天他要去乡政府领年终奖金。母亲很高兴，说：“你早点回来，绣花今天也要回来，一家人好好吃顿饭。”但到吃晚饭的时候了，父亲还没回来。我母亲愤怒至极，锅铲在铁锅里划拉出刺耳的钢声。

“去看看，淹死在茶碗里了吗？没用的东西！”

我父亲没当乡长了，觉得家里人都轻看了他。母亲每天要喂鸡喂猪，还要烧锅做饭，父亲从不沾手。母亲开始抱怨，骂他。父亲就说：“不想干就别干了，一边干一边骂，你也没落个好。”母亲斜楞了他一眼，说“我不干谁干？这一大家人喝风吗？”那时候，我姐姐还没出嫁，我和姐姐总是埋头吃饭，不去理会他们。奶奶耳背，她听不清我们说些啥，笑眯眯地看着我们，说：“吃吧吃吧，饭要冷了。”

父亲说完话，也不管母亲了，开始喝酒。他的下酒菜总是老三样，花生米或者猪头肉或者豆腐干，酒是镇上的高粱酒，辛辣上冲。吃得高兴了，他就哼几句，“月儿高高照楼台，唉……我的尚方宝剑……怎么就断了尖尖……”

“还不快去找人？”母亲把菜碗放在桌子上，冲我大喊一声，“吃饭不干事的东西。”

姐姐从厨房里出来，我看看姐姐，她也看看我。姐姐今天回家看父母亲，再有两天，就是父亲的生日了。姐姐比我大了近十岁，过去姐姐在家里也没少挨骂，姐姐私下和我说，她早想离开这个家了，成天吵啊吵的，烦都烦死了。姐姐脱掉围裙，对我说："快去吧。"

"还磨蹭啥，快去。"母亲又暴喝起来，我忙丢下手里的书本，跑出门去了。

我们家住在上场口。我穿过镇上的街道，在细雨中一路小跑去找父亲。父亲通常坐的那家茶馆我知道，就在下场口蚕茧站旁边。我跑拢茶馆，店老板邱光头正在抹桌子，收拾店子，老虎灶的炭火也熄了，茶馆里一片冷清。我四处看了一眼，父亲不在。邱光头开茶馆，还是个乡村医生。他冲我笑着说："来这里做啥子，你老汉儿喝酒去了。"

镇上只有两家饭馆，一家是羊肉汤馆，一家是毛子炒菜。父亲不喜欢汤汤水水的，通常是去吃炒菜。我跑到毛子的炒菜馆，看见父亲正坐在靠墙的位置自斟自饮，今天的菜有两个，除了油酥花生，还有一盘血皮菜炒猪肝。

父亲见了我，黑瘦的脸上木无表情，"你跑来做啥了？"

"妈喊你回去吃饭。"

"知道了。"

"姐也回来了。"

"晓得。"

父亲喝干一杯酒，看看我说："就在这里吃吧。"说完就喊店家添一副碗筷。

"不，我回去吃。"

我朝家里跑去，母亲和姐姐还在家里等着我和父亲。我姐姐出嫁那年，姐姐带着她的男朋友，就是我后来的姐夫回来看父母亲。姐夫是个小包工头儿，他提了两瓶酒两条烟给父亲。吃饭时，一开始他们还喝得挺高兴，不知什么时候声音就粗起来，然后开始争论。父亲没吃完就气鼓鼓地下桌了，又去了街上茶馆。

后来，父亲就不爱搭理姐姐了，说女生外向，跟毛好不跟肉好。今天姐姐回家，父亲也是吃过午饭就去了茶馆。父亲一去不回，母亲很生气，姐姐也只有悄悄抹泪。

我回到家里，母亲和姐姐都在桌上枯坐着，见了我回屋，母亲问："你老汉儿呢?"

我说："他在毛子的炒菜馆吃酒呢。"

母亲一下从饭桌边站了起来说："一家人等他，他还自己喝上了。要不顾家大家都不顾家。"

母亲回到厨房，把蒸好的腊肉香肠，还有一盆红萝卜烧鸡全端了出来。"吃，我们吃饭，不管他了。"

姐姐的眼睛红了，她走进厨房拿了两个空碗，把腊肉和烧鸡一样拨了一碗留起来。

母亲说： "留啥子留，不管他了，你们吃吧，全都吃了。"

吃过晚饭，姐姐帮母亲补毛衣。母亲问姐姐，姐夫咋没回来，姐姐说他有事，忙。姐姐低着头，又看了看母亲说，他怕回来又惹爸爸不高兴。母亲说："这个不知好歹的老东西，不要理他。"

姐夫第一次上门的时候，和父亲一起喝酒，父亲喝高兴了，就摆他当兵时候的光荣历史，“五好战士”，训练标兵，转业回地方，当了个武装部长……然后就叹气。

姐夫满脸绯红，说：“你们那一套……都过时了，现在是市……市场经济了，要找钱……只有找钱，才是硬道理。”父亲一听，勃然大怒，“钱，钱能代表一切吗?! 胡说八道!!”从此以后，父亲也就瞧不上姐夫了，并由此迁怒于姐姐，弄得她两头受气。

母亲和姐姐闲话，我蜷缩在沙发上看电视。看完两集电视剧，看看墙上的挂钟，差15分钟就10点了。

我收回目光，发现母亲和姐姐也在看时间。

姐姐说：“爸爸咋还没回来呢，别是喝醉了吧。”

“这个死鬼，成天就知道喝喝喝，总有一天会喝死的。”母亲说起父亲，总是气不打一处来，然后又招呼我，“小弟，和我一起去看看死哪里去了。”

姐姐说：“还是我和你一起去吧。”

母亲不容置疑地说：“你在家待着，我和小弟去。”

我和母亲打着手电，踩着湿滑的街面高一脚矮一脚朝下场口走去。夜很黑，我觉得有点冷，路走得歪歪扭扭。母亲伸手拉了我一把，步子更快了。走到乡政府门口，我和母亲看见昏黄的灯光下坐着一个人。我和母亲跑了过去。

父亲斜靠在乡政府的铁签子门上，已经睡着了。父亲一身酒气，浑身沾满泥水，上衣口袋外翻着。母亲上前探了探父亲的鼻息，看见他的头上有凝固的血块。母亲脱下衣服，披在父亲的身上，蹲下身子把父亲背了起来。我打着手电走在前面，母亲在我身后背着父亲一路小跑。

跑到家门口，姐姐开门把我们迎进屋里。母亲把父亲放在沙发上，盖了床被子，说："快去烧点热水，叫邱光头过来一下。"

父亲的伤其实并不重，只是头上摔了个小窟窿，流了些血。邱光头给他简单处理了一下，又让我母亲给他灌了一茶缸子白糖水，说好好睡一觉就没事了。第二天，姐姐走的时候，父亲还没有醒来。姐姐悄悄把几百块钱压在父亲的枕头下，又抹着泪走了。

父亲醒过来的时候，母亲问他"领的年终奖呢?"父亲把几个口袋摸遍了，都没有。他一脸无辜地说："不晓得掉哪里了。"母亲大失所望，叹息道："真是个老不中用的东西啊。"

三

父亲头上的伤养了几天就好了。生活还是老样子，吃完午饭就去喝茶，晚上又在毛子的店里喝一杯，然后晃晃悠悠回家。

过完年，父亲添了一个新爱好，钓鱼。他托人在县城里买了一套渔具，吃过午饭就去钓鱼。离我们镇上不远的地方，有一条河，河水清澈，河面不宽但却是水深浪急。父亲每天去钓鱼，母亲还挺高兴，这样可以运动运动，免得一天在茶馆从早坐到黑，伤身体。父亲真还是有本事的，每天回来，鱼篓里都有收获，鲹子鲫鱼草鱼虾米……父亲自己有一套放钓的口诀，他总是能找到最好的钓位，别人钓半天不开张，他却几乎是天天不打空。

暮春的时候，我跟着父亲去钓过一次乌鱼。乌鱼凶狠劲大，我们乡下的人都叫它乌棒。父亲用硬头篁竹子做了钓竿，大号的鱼线和鱼钩。鱼钩上钩了一只小青蛙，在布满水草的河中找了一块清亮塘子，两手握着鱼竿蜻蜓点水似的上下拉动。突然一根乌棒蹿了上来，咬住鱼钩往水中猛拽。父亲双手用力，握紧鱼竿使劲一扬，一根大乌棒重重地摔在他身后的草地上，活蹦乱跳。父亲丢下鱼竿，上去取钩，嘴里不住叨念着："跑嘛，跑嘛，老子看你跑得脱。"父亲说，春天乌棒产了子，吃食凶得不得了，最好钓。

从春天到夏天，我们家天天吃鱼，油炸鲹子，小葱鲫鱼，红烧砣鱼，鲜溜乌鱼片……后来母亲就开始抱怨油用多了，一斤菜油两天就没了。但父亲还是天天去钓鱼，钓多了就送人，我们那条街上好多人都收到过父亲的馈赠。大家对父亲又有了新的认识，老黄钓鱼，还真是个高手。父亲听了也很受用，黑瘦的脸上漾起了笑容："在我手里都跑脱了，那是马虾！"

有时候父亲也把鱼拿到毛子的店里加工，出点加工费，然后招呼几个朋友一起喝一杯。大家吃鱼喝酒，说了很多赞美父亲的话，父亲两手放在桌上，手指轻叩桌面，很是得意。没有人陪他喝酒的时候，父亲就用鱼换毛子一盘油酥花生或者一盘凉拌猪头肉，独自享用。吃到毛子打烊，才偏偏倒倒哼着小曲回家。

父亲天天钓鱼，送鱼，吃鱼，在我们场上那条街早就出名了。人们不奇怪他钓了多少鱼，奇怪的是他哪一天没钓到鱼。后来有一阵，父亲很久没钓到鱼了，他不仅没拿过鱼回家，也没见他在毛子的店里加工。乡场上的人都说，老黄手艺回潮了，钓不到鱼了。但父亲对这些闲话从来不予理睬。有一天，我问他："咋钓不到鱼了呢?"父亲说："我在整一个大家伙，我要让场上的人都大吃一惊。你不要说，以后就晓得了。"

到了秋天，我上六年级了。不读书的时候，我闲在家里百无聊赖。一天早晨，父亲把我叫起来，让我陪他一起去钓鱼。我和父亲穿过镇上的街道，转到镇子后面的河边。父亲带我到一个回水沱，爬上一块巨石。父亲说，这个水潭下面有一个大家伙。我站在巨石边往下看了看，这里离水面足有二米高，周围长满水草，只有这块巨石下是一个亮塘子。父亲把他用酒糟子泡过的苞谷米拿出来，往水里投了两罐子，然后就坐在大石头上抽烟。父亲说，喂了窝子不要慌，钓鱼要等得。处暑刚过，天气还是有些闷热，一点风也没有。我望着波光闪耀的河面，头有点发晕。父亲让我别靠近水边，说下面很深，他年轻时候下去过，是个锅底。父亲抽完烟，把他的鱼竿挂上饵投进水中，线盘呼呼地转动起来，一会儿，漂子立在水面不动了。父亲双手握着鱼竿，目不转睛地盯着水面。四周很安静，两只蜻蜓在水葫芦上嬉戏追逐，河对面有几只长腿白鹭在水边觅食。我看了一阵，父亲的鱼漂子毫无动静。我觉得有些无聊。父亲说："你去旁边竹林里耍一会儿吧，别跑远了。"

我在竹林里玩了一会儿，捉了两只笋子虫，用细竹枝穿了腿，笋子虫呼呼呼地飞起来，在竹枝上打着旋儿。竹林里很阴凉，我把笋子虫插在土里，躺在黄沙地上看笋子虫飞舞，不知怎么搞的，一会儿就睡着了。一觉醒来，我拿上笋子虫去看父亲，他还一动不动地坐在那里，双眼炯炯有神。我对父亲说："我们回去吧。"父亲回头看了我一眼，食指竖在嘴上，说："别吱声，要上钩了。"

我从巨石上下来，在地里掰了些苞谷秆，要了父亲的打火机，点燃苞谷秆烧笋子虫吃。一会儿，就闻到了笋子虫烧出的焦香。我就坐在地上，慢慢吃起来。

忽然，我听到父亲大喝一声："跑，你跑脱了是马虾。"我爬上巨石，看见父亲双手握住鱼竿，一会儿放线，一会儿收线。鱼线在水里划来划去，水下翻出一阵阵的大浪。我大声喊："爸爸，往后退。"父亲憋红了脸，头上冒出了密密的细汗，鱼线搅动起清亮的水珠，在水面划出零乱的曲线。父亲喘着气说："鱼出水会发脾气，它要猛冲。划它一会儿，把它搞累再说。"父亲站在巨石之上，上下左右跑动，他踮起双脚，两手使劲往上举起鱼竿，鱼竿弯成了一张弓。父亲嘴里不断地嘀咕着："跑，老子看你朝哪里跑？"父亲又开始往回收，他朝我喊道："快，快去拿抄网来。"

我跳到巨石下面，拿着抄网，站在父亲身边。父亲把鱼竿夹在腋下，两手用劲撑住，水面涌起一股大浪，一张大嘴浮出水面。突然，鱼头猛地向下一沉，一条青色的鱼脊在水里一闪，又是一股大浪，蒲扇一样的鱼尾在水面晃了一下，便沉入水里去了。父亲手里的鱼竿一下失去了分量。父亲沮丧地望着空中随风飘舞的线头，“好个大家伙啊。”

四

父亲和我走到镇上毛子的炒菜馆，父亲说喝一杯回去。今天虽然没钓到鱼，父亲还是很兴奋。他点了盘油酥花生，又点了卤猪头和血皮菜炒猪肝，这超出了他平时的消费标准，显得有些破费。“整两口？”父亲笑眯眯地问我，我摇摇头，父亲也摇了摇头说， “老子以后都弄不到你娃的酒吃。”

毛子把炒猪肝端上桌，笑道：“黄乡长，今天啥子事整欢喜了呢？”父亲干了一杯，说：“今天差一点就整住了。”毛子疑惑地望着父亲。“一条大鱼，”我把两手伸开比画了一下，“有这么大。”

“有恁个大呀？”毛子睁大了眼睛，摇了摇头，“你恁个说起来，至少有几十斤了。”父亲又干了一杯，“你不信，到时你就晓得了。”

第二天起来，父亲的腰痛病发了，走路都用手撑着腰，咧着嘴脸都焦烂了。父亲在家里养了几天，没去钓鱼。乡场上就传开了，说父亲钓了一条大青鱼，有一百多斤，结果把腰扭伤了，鱼也跑了。乡场上的人都很惋惜，说“老黄要不是有腰痛，那条鱼肯定跑不脱。哎……老黄那么雄势还是萎了”。父亲听了，很不以为然：哼，这还不是看秧窝的时候！

在家里休息了几天，父亲进了一趟县城，他从县城里带回一根海竿。他向我展示他的行头，“这根竿，百十斤的都跑不脱。”

一天早晨，父亲从被窝里把我弄醒，又让我陪他去钓鱼。昨晚下了一夜雨，塘里积满了水，路上也有些湿滑。我和父亲走到河边，河上飘着淡淡的晨雾。河水浑黄，卷着枯枝败叶滚滚而去。我父亲爬上了河边的巨石，父亲还是用酒糟浸泡的苞谷米打窝子，父亲抽完一根烟，开始下钓。河水涨了不少，巨石的下面已经浸入水中了。父亲全神贯注地盯着浑浊的河水，生怕错过一点机会。看了一会儿，我觉得无聊，就用抄网捞河里的小虾米玩。父亲说：“别弄出响动，这家伙精得很，一有动静就不来了。”我放下抄网，“你守了这么久，一点动静都没有。”父亲看也不看我，“你不懂，钓鱼就是这样，你盯着它没动静，一转眼鱼就咬钩了。钓鱼要等得，这个事就是这样，打不得晃子的。”

天边现出一抹弧光，河上的薄雾已经慢慢地散去了，一阵河风吹来，身上有了一点凉意。父亲又点了根烟，很有滋味地抽起来。突然，父亲扔掉了手上的烟头，双手握住钓竿，鱼漂向下一沉，父亲猛地抬起鱼竿，弯弯曲曲的鱼线“嗖”的一声响，瞬间绷紧，弹出一串水珠，父亲大喊：“上钩了！”

父亲双手握住鱼竿，眼睛里露出兴奋的光，满脸通红，一头大汗。我拿着抄网站在旁边，心里着急却使不上劲。父亲喘着粗气，回头对我说：“快回去叫毛子拿罾网来，快去。”我丢下抄网朝镇上跑去。

毛子正在切肉，听我说了，放下手里的菜刀从后院里抱出一张罾网，扛在肩上和我一起朝河边跑。镇上的人听说父亲钓到了大鱼，全都跟着跑了出来。我们一队人跑到河边，父亲已经累得喘气不匀，脚步不稳了。毛子把罾网放进水中，说：“稳住稳住，慢慢收线。”线又开始收拢，大鱼在水面吐出一大口水，一扭身又露出了青色的脊背，河边的人都惊叫起来：“哇！好大的青鱼！”父亲站在高高的巨石之上，双手举着鱼竿，像乐队的指挥一样，上下左右挥舞着。河边的人们踮起脚尖，伸长了脖子，张大了嘴巴，注视着高高在上的父亲。

我站在巨石下边，看见父亲咬着牙，仿佛用尽全力气在和大鱼搏斗。大鱼随着收拢的鱼线慢慢靠近岸边，就在大家松了一口气，感觉胜利在望的时候，大鱼猛地往水下一窜，父亲连人带竿跌进了河水里。我正仰头望着父亲，他竟像一名训练有素的跳水运动员，飞身投入水中，双臂张开，轻灵如燕，身体在空中画出一道优美的弧线。父亲在水中双手抱住了大青鱼，他和大青鱼一起在浑浊的波浪间挣扎沉浮，一会儿就被急流卷到了河中央，但父亲还是双手紧紧地抱着大青鱼。在父亲和大鱼浮出水面的时候，我看到父亲的脸上露出了得意的笑容。我急得大哭起来："爸爸，快放手。"岸边的人也跟大喊起来："水大危险！快放手！"母亲也来了，她站在我旁边，双手紧紧地抓住我的肩胛，带着哭腔大声呼喊："老头子耶，快放手，回来回来！"父亲还是紧紧地抱着大鱼，没有放手。父亲再一次浮出水面的时候，他又回头看了我们一眼，他没有恐惧也没有惊慌，双手抠住大青鱼的腮，脸上带着胜利者的微笑。但是，父亲和大鱼很快就被激流往下游冲去。我和母亲沿着河岸一边跑一边喊："快回来！快回来！"

五

从此以后，我的父亲就消失了。在下游的河水里没有找到他，也没见他回来。母亲说，他走了，厌倦我们了，去过他的好日子去了。一年后，母亲把父亲的照片制作了一张彩色的大照片，放在了她的卧室里，以后就再也不提父亲的事了。镇上的人说起父亲，还是满脸敬佩，说黄乡长真是有大能耐的人。多年以后，我突然明白，或许那就是父亲最后的辉煌。

狗运

一九九〇年初春，我下派到乡里当了一年社教工作组长。那地方离市区其实不远，郊外车正常时间也就一个半小时左右。但那时候郊外车的班次少，路也是坑洼不平，晴灰雨泥的，所以呢，也就住在乡里，一周回家一次。

乡里干部大多是本地人，基本上都离家不远，晚上都是回家住。住乡政府的，除了我们几个下派干部，还有就是乡镇上的交流干部。吃过晚饭，乡政府基本上就没人了，显得空旷冷清。

不知从哪天开始，看见乡政府门口蹲着一条狗，是一条黄色的土狗。那时候，在乡镇上时常会见到这样的流浪狗。这条土黄狗见了人，也不动，也不叫，蹲在墙边眼巴巴地望着，人走远了，目光又收回来，伸出粉红色的舌头，在嘴上舔一舔。完了，又沉默着，那神情就像一个智者。

到了开饭时间，它会转进食堂，蹲在一边，发出呜呜的声音。地上有人扔下了骨头和嚼不动的筋膜，它就走过来捡了大嚼，吃完了又乖乖地蹲在一边。

晚上，在乡政府吃饭的人很少，基本上就我们三个下派干部，它就在我们的饭桌下蹲着。有时候，起来捡点掉地上的饮食，毛茸茸的大尾巴偶尔在腿上一扫，冷不丁地吓人一跳。炊事员梁六娃也是个年轻人，他抡起大铁勺子吼："滚出去，看老子不两锅铲打死你。"黄狗侧着身子跳了出去，汪汪地叫几声，在食堂门口徘徊一阵，又坐在一边望着我们。看它那可怜巴巴的样子，有时我们又丢些肉给它。

吃过晚饭，我们常常出门在场镇周边转转。这是一个小镇，只有一条街，十分钟就走完了。在街上走一趟，时间还早得很，我们就沿着村道走，周遭是起伏的山峦，路边有一片片的水田。黄狗就跟在我们身后，有时又箭一样冲到前面，惊起路边的鸡鸭和小鸟，小动物们扑扑地打着翅膀四散而去，黄狗"汪汪"大叫，然后又跑回来，摇着尾巴走在我们身边。

到了周末，我们搭班车回家，它常常跟在我们的身后。跑到车站，我们停下等车，抽烟，它就蹲在我们身边，好像它也在等车。郊外的班车摇摇晃晃地开来了，我们上了车。班车鸣一声喇叭，开走了，黄狗就撒开蹄子追一阵，然后站在路中间，望着班车远去。

初冬时候，我和乡里的几个干部下村去处置一起纠纷。那是农闲时节，田地都清净，池塘里已经有人在打鱼了。刚走到村口，一个在地里干活的村妇停了手里的活计，用锄把杵着下巴，扯开嗓子大声喊：“张幺娘，猪儿又在拱圈了。”

我看着她，有些不明就里。乡人大主席老王扯扯我的袖子，说：“莫尿理她，她在叨凫水龙。”老王一说，我才反应过来，村妇是在指桑骂槐，骂给我们听。她以为我们又是去混伙食吃了。

那时候，大家的日子都还不是十分宽裕，吃一顿伙食都是大事。每年开“三干会”，乡政府都会在院坝里摆上几桌，用大脸盆装回锅肉、水煮鱼，招待村组干部。大家端着碗，站着搛菜吃酒，氛围倒是显得热络。乡干部下村组，有时赶过了饭点，也在村上吃一顿。老百姓和干部之间有一条很集中的矛盾，就是干部们多吃了几顿伙食。所以呢，我们一进村，她就以为我们又是来吃伙食了。

那起纠纷其实很简单，说穿了就是田埂上多挖了几锄泥巴的事，再加上平时的一些积怨，一方觉得被伤了面子，双方就动了手，见了血。动了手，见了血，事情就算整大了。

在中国社会，面子是件很大的事。因为面子，没有事会惹出事，小事可以整出大事。如同秋菊打官司的话：“钱不钱的是小事，我要一个说法。”其实呢，这说法很大程度上就是要面子。

按说呢，这起纠纷处理起来也并不难，但要顾及双方的面子，就有点儿考手艺。最直接的问题是，需要时间，要耗费大量时间把两家人的思想说通，面子给够。

副乡长和乡人大主席都是久经考验的乡镇干部，太了解乡村这一套。我和乡人大王主席一组，去找被打的一方。老王进门散了烟，说：“三娃儿，好久没见你，忙啥去了?”三娃儿说：“你们干部些，哪里看得见我们这些人啊。”说话有点杵。老王说：“莫说那些，大家都是屙红苕屎的，抬头不见低头见。言归正传，今天这个事，我想听一下你的想法。”三娃儿就嘚嘚巴巴说了一大堆。说完话，老王说：“我看这样，我说个意见。”老王也会扯闲篇，一气说了一顿饭的工夫。说完，大家又嘻嘻哈哈，又吹又捧，又打又压，从下午整到晚上。点起灯，又磨了一个多小时，终于把医药费和误工费说和，算是把事情搁平了。

从村里出来，天已经黑尽，下雾了。那时候，乡村里除了远远近近明明灭灭的几盏灯火外，就没有光亮了，那才真叫个伸手不见五指。不到十里的路程，一行人在田埂子上摸摸索索，竟然走了一个多小时。

回到乡政府，已经是半夜了。炊事员梁六娃见我们回来了，就招呼大家干伙食。空着肚皮耗到大半夜，确实都饿了。大家坐上桌，梁六娃用洗脸盆端了一盆红烧肉上桌，上面汪了一层油，红亮喷香，热气腾腾。副乡长跑回寝室里，提来了两瓶烧酒。大家又冷又饿，入座便不多言，敞开肚皮开吃。软糯的红烧肉就着烧酒，寒冷的身子慢慢变得暖和起来。

吃了几口，我吃出一点淡淡的膻味，就问梁六娃：“这是啥子肉?”梁六娃说：“是狗肉。”我问他：“哪来的狗肉?”他说:“用炸药在场口的灰包堆上炸的。”副乡长说:“快整啰,药不死你。”我便不好再多话,和大家一起举杯喝酒,吃肉。

第二天,乡政府门口没有见着那条黄狗。又过了几天,还是没有见到那条黄狗。一天吃午饭时,我问梁六娃:“你炸的那条狗是啥子颜色的?”

梁六娃神了一下,望着我,说:“一条黄狗。”

我说:“是不是乡政府门口那条狗?”

梁六娃说:“不晓得。”

从此以后,我再也没有见过那条黄狗,直到第二年春,我们离开乡里,也再没见过。

二十年后,我调到文广新局任职。真像是有说不清的缘分,市里派给我们的对口帮乡单位又是那个乡。一天,机关党委书记给我说,乡上想修通一条断头路,缺几万块钱,看局里能不能帮他们解决一下。我想起二十年前曾经在那里待过一段时间,就答应了。到年底,路修完了,乡里请我去看一下。乡上的书记是位年轻人,看着挺斯文,穿得也时尚,已经和我印象中的乡镇领导完全不一样了。

走到乡政府,还是二十年前的老样子,铁签子大门,门洞子里停放着几辆自行车。正感叹,忽然看见门口有条狗,简直活像当年那条黄狗,它正蹲在门口眼巴巴望着我们一行人。我打趣年轻的书记:“乡政府还养条狗看门?”他看了一眼,笑道:“领导你真会开玩笑。这是食堂的梁六娃喂起耍的——也不晓得他从哪里弄来的。”

坐在会议室，我说："路修得不错，钱算是用到了该用的地方。"年轻的书记说："谢谢领导，以后你还要多支持我们啊。你放心，我们一定把事整巴适。"

正和书记闲聊，进来一个人。我一看，梁六娃！头发已经花白了，其他好像和过去差不多。他也认出了我，笑道："搞伙是你回来了。"梁六娃说完，又是"嘿嘿"一笑，露出一排焦黄的牙齿。他又回头对书记说："书记，天气冷，整锅狗肉汤干吗?"书记扭头望着我，我身子紧了一下，忙摇头，说："不干不干，简单整几个小菜就可以了。留下那条狗看门吧。"

亚速尔的海风

在我的朋友圈中，毕秋林算是个特别的人。

他是一个古生物学家，却留着背头卷发，加上轮廓分明的五官和瘦削的身材，落落寡合地走在路上，人们很容易把他当成一个落魄的艺术家。事实上，毕秋林也的确很有艺术天赋，他的偶像是希施金。毕秋林送过我一幅油画风景，在晨光初露的大森林里，一个伐木工人坐在溪边的石头上抽烟休息。画面上那个忧郁而沉思的人简直就是他的自画像。

中秋节后的一个周末，黎姿儿打电话给我，邀我去临江路坐坐，她说她还叫了毕秋林。我很高兴，我很久没见过他们了。

秋天是我们这座城市最好的季节，河水澄澈如碧，缓缓流淌，两岸霜林如染。沿河挑出的观景平台被行道树隔开，有闹中取静的意思。人们穿上了色彩斑斓的秋衣，躺在观景台的沙滩椅上，享受着秋日的艳阳。一切都显得闲适安详。

我们找了一家僻静的咖啡馆坐下，我要了杯飘雪，黎姿儿和毕秋林都要了咖啡，毕秋林要的是原味拿铁，黎姿儿是卡布奇诺。我们才刚喝两口，黎姿儿就泪眼婆娑地哭起来了，我和毕秋林不明就里，她也不和我们说话。黎姿儿哭得梨花带雨，引得旁边的人不断回头张望，搞得我和毕秋林都有些尴尬。痛痛快快哭过一场，黎姿儿才红着眼睛对我们说："我谈了三年的男朋友吹了。"

我还没来得及开口，毕秋林就说："普天之下美少年多的是，值得这样天翻地覆的？不过呢，哭哭倒是有利健康。"

"秋叔，你是没经历过这种感情的折磨吧。三年啊，我们在一起度过了三年，那是多少个黎明和夜晚，又是多少悲伤和欢乐啊？想起这些，我的心都要碎了。"黎姿儿提高了声调，用一种略带夸张的语气说出来，让我们感到她确实心有不甘。

听了黎姿儿的话，我不禁哑然失笑，"黎姿儿，他可是你秋叔啊。说这话，只能说你太不了解他了。"

黎姿儿也觉得话说得有些过头了，羞涩地说道："我不是那意思啊，秋叔，我是觉得我好冤枉啊。"

毕秋林抽着烟，望着静静流淌的河水，陷入了沉思。我对黎姿儿笑言道："你秋叔他大概是可以说曾经沧海的人啊。"毕秋林欠了欠身，把手里的烟头在烟灰缸里揿灭，说："嗯，还是别开玩笑了。我给你们讲个故事吧。"

我和黎姿儿都很兴奋。因为毕秋林平时的话不多，但一讲话，却是非常有趣的。我和黎姿儿都说：“好啊，我们洗耳恭听。”毕秋林笑了笑，又点了一支烟，开始了他的故事：

三年前，哦，对了，也是三年，我妻子去世了。大头你知道，她是个很有个性的人，大概是因为人漂亮吧，嗯，有几分姿色的人都很骄傲，什么都不放在眼里。我刚开始追她的时候，她也不把我放在眼里，后来呢，我终于走到了一起。我们的婚姻让很多人羡慕不已，都说是郎才女貌天作之合什么的。我们呢，也是彼此欣赏，如胶似漆。结婚后她对我很好，好得真让人都有点不好意思了……

但是后来，她的脾气大变了，我们常常为一点小事闹得不可收拾。我以为她是心里有了别人。这样闹了两三年，我们就分手了。那时候，我觉得自己很失败，心灰意冷，毕竟一起走过了那么多年，我们婚前就是磕磕绊绊，得来不易啊，闹到这一步还是挺让人心酸的。

离婚后，她自己主动搬了出去，说是怕睹物伤情。她说得对啊，我住在那座老房子里，看见她养的小金鱼、绿萝，看到我们曾经共同创造出来的一切，时常黯然神伤，心里有说不出的悲苦。

和我离婚后，她也没有再结婚。大约又过了一年半时间，她就去世了，是乳腺癌。我去医院看过她两次，做了切除手术，又是放疗化疗，人已经变得不成形，头发也掉光了，脸色白得没一点血色，只有一双大眼睛闪着亮光。我看到她那样子，心痛不已，千言万语却不知从何说起。我拉着她冰凉的手，希望她坚强一点，好好活下去。她望着我，很勉强地笑笑，淡然说道：“我知道自己的病，恐怕是没得救了，不过也不遗憾，毕竟在这红尘中走过一遭，有那么多美好的回忆，已经够了。”

离开她的病房，我的泪水禁不住夺眶而出。我们结婚很晚，连个孩子都没留下，这对一个即将离世的女人来说，实在是太残酷了。她的坏脾气大概也是因为得了病的缘故吧？可是那时我们却缺少了沟通，什么也不明白。她总是给我提各种要求——肥皂别平放在盒子里，不穿的衣服收拾起来，不要在客厅里抽烟……但我却全部忘在了脑后。她呢，就因为这些事大发雷霆。一开始我们还吵，后来就是沉默，再后来就是彼此视而不见。唉——恋爱中的年轻人哪里会料想到这些呢？

黎姿儿神情专注，眼圈儿又红了，“秋叔，大姐她好可怜啊。”

人都是可怜的，赤条条来到这世上走一遭，又赤条条地去，美的丑的高贵的低贱的富贵的贫穷的都化为乌有。我有时想起她笑吟吟的样子，鲜活得仿佛触手可及，但她早已化为一缕青烟了。

那一阵我很消沉，无精打采，魂不守舍，什么事都提不起精神。有一天，我们研究所的所长来找我，说是要我去葡萄牙的亚速尔群岛参加一个国际古生物保护方面的大会。其实，那些会年年都在开，也没啥新意。我知道所长的意思，无非是让我去散散心，排遣一下心头的苦闷。但一想到那么遥远的地方，要坐十几个小时的飞机，中途还要转机，我心头就发怵。

我对所长说："谢谢！我真不想去。"所长说："季节很好啊，暮春时节，正是花红柳绿的。你把唐嫣也带上，让她长长见识。"唐嫣是两年前刚分进所里的博士，很活泼的一个姑娘。临了，所长对我说："你还是再考虑一下吧，下周一给我回话。"

所长走了，唐嫣笑眯眯地走进我的办公室。她给我掺了茶水，双肘撑在桌子上，手掌托着脸，说："秋叔，去吧，我还没出过国呢。求你了。"我实在不忍心拒绝小唐，一个刚踏进社会的小姑娘。周一的时候，我给所长说，我想好了，还是去走一趟。

办好签证，我们是从北京出发。我们的航班要在伊斯坦布尔中转，而且还是"红眼"航班。这让我十分懊恼。在航站楼里吃了一碗红烧牛肉面，看看时间，离登机还有两个多小时，我就请小唐去泡了个脚打发时间。唐嫣躺在按摩椅上，对我做了个鬼脸，"秋叔，你真是太有才了。"

登机后，我们找到座位，小唐在前一排，我是后排靠过道的位子。我前后看看，这架空客 A330 基本满座了，但我旁边的位子却空着，我心里盘算着，要是没人正好让小唐挪到后面来坐。毕竟是十几个小时的航程啊。

但临近起飞时，一个穿着米色短风衣的女人出现在机舱的过道上。她左手挽着一只坤包，右手拉着一只大皮箱，步履轻快，仿佛在走台步。她径直走到我的身边，看了看手里的票，停下了脚步。我闻到一缕熟悉的香水味儿——“浪凡光韵”。这是我唯一知道的一款香水。她朝我笑了笑，“实在抱歉，来晚了。”我起身帮她把箱子放好，侧身让她落座。她微笑着，向我点了点头，表示感谢。

飞机起飞后，这位女邻座脱掉风衣盖在身上，眯着眼睛睡了。那时我也觉得很疲倦，但睡不着。她身上的香水味儿丝丝缕缕，仿佛从遥远的地方飘来，悄悄钻进我的鼻孔，挥之不去。那股香味儿让我觉得亲切而美好。我和先妻刚结婚时，我曾经陪着她进商场买过一次香水。在众多的品牌中，我一下就为她选定了这款香水，淡雅清新，若有似无，一点也不张扬，这很适合她的职业，也适合她的气质。她也很喜欢这款香水。这款香水如同她的影子一般，只要空气中飘过一丝气味，我就知道她来了。后来，每年她的生日，我都会为她买两瓶这个牌子的香水作为生日礼物，直到我们婚姻终结。

我睡不着就不断向空姐要酒喝。这是法国的航班，法航的空姐漂亮大方，乌黑的眼睛，挺直的大鼻梁，身形丰满，笑靥迷人，在机舱里迈着一字步，简直就是风姿绰约，仪态万方。闲着无聊，我又从旅行包里掏出速写本，为我的女邻座画了一张速写——长发盖住了半边脸，长长的睫毛，小巧的鼻梁，身上盖着风衣，一双修长而丰腴的手搭在上面。我大概喝了三杯威士忌，我的女邻座醒了。她揉了揉眼睛，又捋捋齐肩的栗色直发，朝我赧然一笑，说道："实在是，太困了。"

她看着我手里的杯子，"你没睡一会儿。"

我看着她，抽了抽鼻子，"睡不着啊。你也来一杯?"

她摇了摇头，说："哦，我不喝烈酒。你一点都不困?"

我说："怎么不困呢。"

她疑惑地看着我，"嗯，怎么啦?"

我看看她，说："你用的是浪凡香水吧?"

她一下来了精神，"你懂香水?"

我说："我哪懂香水，只不过是先妻曾经用过这个牌子。"

她愕然地盯着我，"先妻？你是说……"

我说："对，先妻，她已经去世了。"

她低下头，"哦，实在抱歉。"

我说："没什么，已经有些日子了。"

凌晨三点，飞机在伊斯坦布尔降落。唐嫣起身伸了个懒腰，回头对我说："秋叔，要停一个半小时呢。"我们收拾行李下飞机，走进候机楼，我们在一家星巴克坐下休息。唐嫣说她想去转免税店，我让她先看会儿行李，我去吸烟室抽支烟回来替她。抽完烟回来，唐嫣给我叫了一杯咖啡，说："秋叔，辛苦你了哈，我去转转。"

我坐在星巴克的小圆桌前，感觉肚子有点空，叫了一块芝士蛋糕。喝着咖啡，吃了一块蛋糕，感觉精神了不少。

干坐着还是无聊，就拿店里的画报闲翻。全世界最雷同的建筑恐怕就是机场了，不仅外观相差无几，内部装饰布局也大体相似。坐在凌晨的伊斯坦布尔机场大厅，似乎与成都、北京也没有什么不同。如果非要找出一点区别，那就是在这个处于东西方交会处的机场里，时时都有各种不同的香水味儿和脂粉味儿扑面而来，这种气味有时会让人沉醉，给人带来很多的臆想，充满了迷离和浪漫的气息。

快到登机的时间了，唐嫣和我的女邻座说说笑笑地朝我走了过来。我望着她们，感觉有些诧异。唐嫣走到我身边，递了一块巧克力给我，“秋叔，这是辛媚阿姨买的。”然后就很调皮地笑了笑。我接过巧克力，朝我的女邻座机械地点了点头。我们带上行李，排队登机，我和唐嫣排在后面。唐嫣小声对我说：“刚才辛媚阿姨还在问我，说为什么没见到你呢。”我的目光越过晃动的人头，落在了前面那一头栗色长发上，嘴里“哦哦”地应付着小唐。

我替辛媚放好行李。她又脱掉了风衣，月白色的薄毛衣勾勒出她凹凸有致的身形。她拿起纸巾扇了扇，扭头对我说：“好热。你没转转？都坐几个小时了。”

我说：“没啥兴趣，喝了杯咖啡。”

她说：“小姑娘和你一起的？还挺可爱。”

我看着她，说：“她叫唐嫣，两年前分到所里的博士生。”

她说：“是这样啊。你研究什么呢？”

“嗯……恐怕你不会有兴趣吧？恐龙初螈飞鱼无脊椎动

物，桫椤树蕨类植物，还有冰川地质断层……你有兴趣吗?”

“嗯，不了解。不过听来倒是挺有趣的……一开始我还误会你了。”

“误会？误会什么呢?”

“我以为你是搞艺术的呢。”

“让你失望了吧?”

“哪里啊，只不过是这又有了某种神秘感。”

“你叫辛媚，还是赵辛楣，在《围城》?”

她瞥了我一眼，笑道：“我不是男生啊，我就叫辛媚，不是什么赵辛楣。我也是早就跳出《围城》了。”

她把风衣放在腿上，让自己坐得舒服一点，说：“你们是出公差对吧?”

我说：“是啊，在蓬塔德尔加达，有个国际交流大会。”

“啊，那地方我知道，挺优雅也挺安静的地方。”

我扭头看看她，说：“你走的地方挺多吧?”

“是啊，我这人大概就是劳苦奔波的命吧，先是在北非干了几年，去年才到的葡萄牙。”

“哦，是这样。你做什么工作?”

她望着我，脸上露出了调皮的微笑，“猜一猜?”

我说：“艺术家……外交官……嗯，访问学者?”

她哈哈大笑，“我做国际贸易，生意人……失望了吧?”

我也笑了，“哪里，只是出乎意料啊。”

飞机突然剧烈地抖动起来，乘客中有人发出了尖叫声。

飞机广播说，大家不要惊慌，这是强气流。我看看辛媚，她很平静地端坐着。我说："你倒是一点不紧张啊。"她说："紧张什么呢？有一次我都差点写遗书了，不过还好，平安无事。"我说："真是勇敢的人，令人佩服啊。"她说："你别打趣我了，只不过是心大，随遇而安罢了。人有时候真是完全不能够左右自己的。我这样成天飞来飞去，只能听天由命了。"

我放松身体，把头往椅背上靠了靠，让自己坐得妥帖些。我说："北非一定是挺有趣的吧？"

她也把座椅调整了一下，很舒服地躺着，笑道："我在埃及待了几年。有一次，一个朋友约我见面，说要谈个业务。我按惯例上午九点就去了，结果他十二点才来，也不解释。我问他为啥晚了这么长时间才来，他嘻嘻笑着说：'怎么啦？这很正常啊。'"

我笑了起来，"他这是逗你玩儿呢。"

她也笑了，说："哪里嘛，后来我才知道他们真的是这样，约人不说时间。有时办一件事一等就是一天。真是的，把我搞得一点脾气都没有。"

"嗯，这倒是挺有趣儿的。"

"不过呢，那样悠闲自在的日子确实是还挺好的。"

我看看时间，还有一个多小时就到里斯本了。不知怎么搞的，一下觉得心里竟然有些莫名的惆怅。我沉默不语。她扭头看看我，说："你怎么啦？不舒服了吗？"我坐直身体，望着她说："没有啊，很愉快。说实话，没有你，这一路还真不知有多寂寞啊。”

她微笑着说：“是吗？我现在倒是想喝一杯了。你呢？”

我说：“正合我意。你喝什么？”

她爽快地说：“红酒吧？”

我摁了呼叫器，一会儿，空姐就迈着一字步走了过来，我要了两杯红酒。

我们举杯碰了一下，互致吉祥。她晃了晃杯子，看看酒色，然后呷了一小口。我喝了一口，感觉一般。我问她：“你挺懂酒？”

她说：“应酬而已。倒是喝得多了，就喝出一点心得。”

我说：“我也常喝，但不懂酒，特别是红酒，喝不出好坏的。”

“这边的红酒总体上都是不错的。里斯本的红酒也好，价格还便宜，你可以好好品尝品尝。”

“我喜欢喝，却没有一个人喝酒的习惯。”

她笑吟吟地看着我，“喝个酒都需要人陪着吗？”

“那倒不是，只是觉得一个人喝酒像是被社会抛弃了一样，太没有气氛了。”

“啊，原来是这样啊。”

飞机广播又响了，提醒乘客飞机已经开始下降，系好安全带，不要随意走动。我们把杯里的酒都干掉了，收起小桌板，将身体靠在椅背上，我们都没有再说话。

飞机在里斯本降落，我们收拾好行李走出舷梯。走到候机大厅，我和唐嫣因为还要转机去蓬塔德尔加达，唐嫣去办理中转了。我把辛媚送到大厅门口，拦了一辆的士，把她的行李放进汽车后备箱。我从包里掏出速写本递给她，说："未经允许，给你画了张速写，做个纪念吧。这一趟旅程很愉快。再见了。"

她很愉快地接过本子，笑道："是吗？真高兴啊。"

那时候，我真想上去紧紧地拥抱她，但怎么也迈不动步子。我们四目相对，一时竟找不出话说。她腾出右手，伸向我，说："还是再见吧。"我们握了一下手，她就转身拉开车门坐了上去。她放下车窗，朝我挥了挥手。的士启动了，转眼间就从候机大楼的高架桥上拐进了机场大道，消失在来来往往的车流中。

黎姿儿瞪大眼睛，看着毕秋林大声说："太遗憾了，秋叔！就这样结束了？"

我笑道："这个故事恐怕不会这么简单吧？"

毕秋林说：

是啊，我那时也是觉得心里空空落落，甚至都觉得没必要再飞下一站了。我呆呆地站在那里，目光散漫，突然觉得四周一片寂静，车流人流像电影默片迭现，世界仿佛静止了一般。

唐嫣不知什么时候站在了我的身边，她低声说："走吧秋叔。"我一下回过神来，和她一起返回了候机大厅，直奔安检闸口。

飞机到达蓬塔德尔加达时，已经是中午了。我和唐嫣简单吃了一点东西，就各自回房间休息了。我躺在床上，很快就进入了梦乡。一觉醒来，天已黄昏，身体还有些沉，头也疼。起身冲了个热水澡，下楼去闲逛了一趟，吃了份通心粉，喝了一扎啤酒，又回房间了。第二天上午是大会交流发言，我把准备好的材料从电脑里调出来，大致浏览一遍，想了想是否有可能出现意外的环节，便合上了电脑本。我又给唐嫣打了个电话，她明天给我做同声传译。她也正在熟悉文稿，我简单叮嘱她两句，就早早地上床休息了。

第二天的大会很顺利，我的交流发言也算是成功吧。大会茶歇时间，主办方安排了两个小节目，有一个弦乐四重奏《土耳其进行曲》，还有一个童声合唱《欢乐颂》。听到孩子们的歌声，我突然有一种莫名的感动，甚至几度哽咽。我走出会场，在门厅的餐台上冲了杯咖啡，又吃了一块蛋糕，然后去室外抽烟。

唐嫣兴奋地跑过来，举起双手和我击掌，高声说："祝贺你，秋叔，我们成功了！"我当然很高兴，说："也要祝贺你啊，节奏感很好，很漂亮的翻译。"唐嫣有点不好意思地笑了。

我们正聊着，身后传来一个女人的声音，"我也要祝贺你们，真是太棒了！"我转过身，一个颇有波希米亚风情的女人笑吟吟地站在我的面前。唐嫣"哇"地大叫一声，扑上去，抱住她，"辛媚阿姨，你怎么来了！"辛媚笑道："想你们了啊。"

我看着她的网眼毛衣大摆裙，真是不敢相信这是昨天那个温婉知性的女人，说：“你真是让人脑洞大开快速穿越啊。”她看着我说：“不欢迎吗?”我笑道：“不是不是……你是怎么找来的?”辛媚说：“这还不简单，你说说看，今天这个岛上有几场国际会议?”想想也是，很简单的问题啊。她又说道：“其实呢，我在这边也是有点业务的，趁着这个机会也就来了。”

按照大会安排，下午是科普活动，在室外的港口面向公众的宣传。辛媚说：“我来吧，我熟悉这里……不过，我对专业术语不是很熟悉。”我说：“这还不容易，小唐是这方面的专家啊。”中午吃饭时，她们简单交换了一下意见，算是做了一点准备。回到宾馆，辛媚在我隔壁开了一个房间。

下午，主办方安排我们在港口的码头边的小广场做宣传。这是个人流聚集的地方，背后是岛上的大教堂，黑色的火山岩石柱和尖塔，白色的墙面，线条简洁，颇有些徽派建筑风味。海面上停泊着大大小小的游轮，在遥远的地方，海天一色，雾霭蒙蒙，那些山头一样慢慢移动的黑色影子，是大西洋上的货轮。辛媚换了一身白色西装，系了一条蓝色围巾，向来往的人群散发宣传资料，我和唐嫣在展台向游人分发一些小纪念品。不多工夫，我们的展台前就聚集了一大圈人。大家提着我们的小灯笼，欣赏那一排易拉宝招贴画。辛媚用她娴熟的英语向围拢的人群介绍我们的恐龙、花灯、井盐和美食，大家都兴致勃勃，不时发出啧啧的赞叹。等她讲完，大家热烈地鼓起掌来，辛媚春风满面，躬身致谢。

我不禁由衷地赞叹她，“讲得太好了，看不出你还是一个出色的演说家。”辛媚露出一脸羞涩的表情，“真的吗?不许说假话啊。”我说：“是啊，你可比我们强太多了。是吧，小唐。”唐嫣笑眯眯地说道：“辛媚阿姨，你完全就是一个专家呢。”辛媚一脸兴奋地搂着唐嫣，“小唐的话我信。”

我看看时间，刚好4点钟。我说，我们去喝一杯，庆祝一下吧?’辛媚说：“那好啊。不过，在这里我算东道主，今天你们得听我安排。”我愉快地说：“嗯，荣幸之至。悉听尊便。”

辛媚在海边找了一家海鲜店，我们坐在廊檐下的平台上。一个皮肤黝黑的小伙子为我们一人上了一杯柠檬水，辛媚拿起桌上的菜单点餐。她点了一份烤鱿鱼，又点了鱼片沙拉、黑椒牛排、海鲜饭。然后叽叽呱呱向小伙子说了一通话。小伙子走了，我问她说的啥，她说：“我让他烤熟一点，再拿一瓶年份红酒来。”我笑道：“真是让你破费了。”她也笑了，“我也是好长时间没在岛上喝酒了。遗憾的是，这里的菜没有麻辣。”

酒醒好了。辛媚起身斟了三杯，说道：“举杯吧，我要祝贺你们圆满成功!”唐嫣说：“也祝贺辛媚阿姨圆满成功!”我说：“对。还要祝贺我们美好的相遇。”三只杯子碰在一起，发出了清脆的声响，我们都干掉了杯中酒。

那餐饭我们吃得很愉快，海鲜饭很合我的胃口，令人难忘。辛媚说：“你们以后怎么安排？”

我说：“明天我们要去西班牙，马埃斯特地质公园有个学术交流活动。”

辛媚幽幽地说：“是这样啊……我明天一早去办点事，然后也要回里斯本了，正赶上有个合同要签。”

那时候，我心中犹如打翻了五味瓶，有万般滋味，却不知道从何说起。我举起杯，对辛媚说：“那就祝我们都平安顺利吧。”

吃完饭天气尚早，我们三人就沿着环岛路散步。天空中堆积着浓重的乌云，在层层乌云的缝隙之间，一缕金色的阳光投射出来，把黑色的海面镀上了一层金色，大海在深深地呼吸，重拙而沉稳，一层层的海浪从远方铺展过来，撞在黑色的防波堤上，激起一排排雪白的浪花，仿佛是一个巨人露出的细密的牙齿。

走了一段路，唐嫣悄悄对我说，她想一个去走走。我看看她，不置可否。她又对辛媚说：“辛媚阿姨，我就不陪你们了，我想个人去转转。”然后，她向我举起右手，使劲握着拳头，又冲我眨眨眼，“秋叔，加油啊。”说完，她就一路小跑离开了。我望着她快活的身影——真是一个聪明伶俐的好姑娘啊。

大概是因为饭点上吧，环岛路上人很少，也很安静。我和辛媚慢慢踱着步子，除了海水的潮汐声，和偶尔经过的观光马车马蹄踏在地面的“嘚嘚”声外，再没有任何声音了。说实话，那一刻我真是有一种恍若隔世之感。在我的人生规划中，我从来没有幻想过这一幕。我在结婚前，以为我这一辈子就只会爱一个女人，结一次婚。我和先妻结婚前，真是恪守成规，在大街上连手都不敢牵，生怕被人看见。后来，有一次她到我的单身寝室，室友们都知趣地回避了。那一次，我拥抱了她，亲吻了。那时候，我就在心里发誓，这一辈子非她不娶了。而她则以为，这一辈子也只能嫁给我了。说实话，那时候我们对婚姻嫁娶是充满自信和分寸感的，两个相恋的人，只要是拥抱过，亲吻过，就不会再改变了。

辛媚用手拢了拢被风吹散的长发，说："真是好时光啊，我已经好久没这样放松过了。"我看看辛媚，清凉的海风吹动着她的衣衫，栗色长发飘向脑后，露出精致而光洁的脸。而此刻，我的心中却充满忧伤。我想起先妻和我走在家乡小河边的情景，那时候她也曾是那样青春美丽，感觉她每一个细胞都充满活力，谁承想，一个人是那么脆弱，一转瞬就消失了，化作一缕青烟飘然而去。

辛媚说："这么些时间了，你就没想过婚姻的事？"

天空中乌云翻滚，光线渐渐黯淡下来。有一种暴雨将至的预感。我说："也想过，可还是没有信心啊。"

辛媚侧着脸看着我，说："这是为什么呢？"

我说："我已经害怕婚姻了。"

辛媚停下脚步，望着我，说："害怕？"

我抬起头，望着眼前长长的环岛路，说："人的一生太漫长了，我真不知道我的热情能维持到哪一天。我和我的先妻曾经是那么相爱，后来却彼此厌倦了。她是那样关心我，每天都嘱咐我，告诉我怎样保重身体有利于健康，怎样做一个更完美的人。而我却一直是我行我素，抽烟喝酒，吃肥肉，懒惰散漫，不讲卫生也不求上进。渐渐地，我对她的关心爱护厌恶至极，甚至觉得很虚伪。而她对我也是恨铁不成钢，一副痛心疾首的样子。我们开始为一些鸡毛蒜皮的事吵架，双方都在试图改变对方。但无济于事，到最后我们都懒得吵了，彼此漠视，形同陌路。”

海上的风吹过来，带着浓重的海腥味，气温也越来越低了。辛媚双手抱着肩，若有所思地说：“你就没有想过改变一下?”

我说：“也不是没想过，每一次闹完矛盾都后悔，心说要克制自己，不要吵了。但是，哪里改得了啊，江山易改，本性难移啊，几十年了，我们谁也改变不了谁。”

我们默默地走着，一段时间里谁也没说话。远方的天空中传来隐隐的雷声。路上的游人越来越少了。观光马车嗒嗒地从身边驶过。海鸥呱呱地掠过头顶。

我对辛媚说：“我们坐一会儿吧。”

我和辛媚在路边的长椅上坐下，我掏出烟点了一支，“你是什么……时候开始独身生活的呢?”

辛媚说：“也有两年了吧，刚开始空虚得不得了，后来事情多，也就慢慢淡忘了。”

我笑道：“嗯，能看出，你是一个坚强的人，已经解脱开了。”

辛媚说：“也不是。我呢，其实也是一个完美主义者，凡事都希望比别人做得好一点，包括婚姻。离婚后，才真正反思自己，毛病很多，就像你说的你的妻子一样，那些毛病我也有。”

我把目光从远方收回来，看着她说：“是啊是啊，难道天下女人都是一个样的吗?”

辛媚笑了笑，说：“天下男人也是差不多吧?”

雷声越来越近，有零星的雨点洒落了下来。我对辛媚说“我们回去吧”，她点点头。我们起身站在路边，挥手招了一辆马车。刚上车，密集的雨点就“毕毕剥剥”地狂泻而下，在地上溅起密密的水泡。老车夫“叭叭”地挥了两鞭，那匹青鬃马就扬起四蹄一路狂奔，马车在积水的大路上划出一道白色的水雾。狂暴的雨点打在马车的篷布上，发出“噗噗”的闷响，海风呼啸，吹得辛媚的长发飞舞。突然，天空拉开一道闪电，一个惊雷在我们头上炸开，她浑身一哆嗦，紧紧地靠在我的身上。我伸出手抱着她的肩，感觉她在瑟瑟发抖。她紧紧地依偎在我的怀里，我们情不自禁地相拥着，滚烫的嘴唇贴在了一起……

到达旅馆，我们都是全身湿透了。我回房间洗了个热水澡，换了件松软的睡衣，又冲了杯热咖啡喝下，身上开始暖和起来。我打开阳台的门，雨已经停了，清冷的海风吹了进来。站在阳台上，点了一支烟，很舒服地吸起来。天空高远，透出淡淡的辉光，环岛路上灯火朦胧，大海的呼吸又平稳了，航标灯在海上随波起伏摇晃，静谧的海湾里泛起点点波光，港口的游船挤在一起，有节奏地轻轻晃动着。

旁边的阳台上透出了橘黄色的亮光，辛媚她应该是还没睡吧。我站在阳台上，凝视着遥远的天际线，心中一片澄澈，既无怨尤，亦无挂碍，真是一个令人难忘的美好夜晚啊。抽完一支烟，辛媚房间里的灯光熄灭了。我注视着她黑洞洞的窗户，心里有些空落。我不知辛媚在今夜有什么样的想法。我回到房间，却是一点睡意也没有。我坐在沙发上，打开电视，又冲了杯咖啡，想着满脑子漫无边际的心事，直到第二天天光微明。

第二天中午 11 点，我们一起去了机场。辛媚一早去办完事，回来同我们一起出发了。机场不远，20 多分钟就到了。唐嫣去办理登机手续，我和辛媚站在候机厅外说话。辛媚说，她每年有一半的时间在国外，一半在国内，有时一个人也是挺寂寞，希望有个家。我知道她的意思，但我不敢肯定，自己是否有勇气再一次全身心投入地去爱一个人，会不会有那种定力和信心。我默默地吸着烟，眼光落在机场的塔台上。

我对她说："你是个很好的女人，一定会有你的幸福。"

辛媚的脸上洋溢着幸福的笑容，说："我适应能力很强的，或许可以适应四川的辣椒花椒。"

我目光游离，不敢直视她，"你可以适应麻辣，但不一定能适应烟味闲散邋遢……还有不求上进。我们俩加起来都快一百岁了，改变是很难的啊。”

黎姿儿大叫起来：“秋叔，你怎么能这样呢？”

“是啊，你也是人到中年了，”我看着毕秋林，说，“你不该辜负了一个好女人。”

毕秋林说：“对，那时唐嫣也这样对我说。我的内心充满了矛盾，有时想，与其今后去辜负，不如现在就辜负了。”

黎姿儿说：“你们后来就没有联系了吗？”

毕秋林顿了顿，说：“也算是有吧。其实我们彼此都没有要对方的联系方式。大约过了一个月，我收到一份礼物，我打开一看，是一只柏木的雕花烟斗，附有一张短笺，写着一句话：‘愿君快活赛神仙。’我知道是辛媚寄来的，那一刻我的心里真是充满喜悦。我也给她回赠了一瓶香水。后来收到她的短信：‘香水收到了，是我欢喜的味道。可惜碎了，办公室里至今香犹在。’”

黎姿儿望着满地金黄的银杏叶，深深叹了口气，“真的是太遗憾了，秋叔。”

毕秋林摇了摇头，说：“或许这就是我们的宿命吧。好了，不说这些了。走吧，我招待你们喝一杯去。”

▼

秋风辞

Z站台

快下班的时候，我接到一个陌生女人的电话，约我晚上八点，在花园酒店的咖啡厅见个面。这个电话让我觉得有点意外，谁能这么冒失又自信？这反倒让我有些不知所措。我侧身看看办公室的楼道，所有的门都关上了。我问她是谁，她说见面就知道了。她说完时间地点，又说请务必赏光，这是一个老朋友的邀请，不要让一个多年的老朋友失望。

我从出版社里出来，一路彷徨，不知何去何从。我还是搞不清楚，是谁在向我发出邀请。从声音上听来倒是挺文雅的一个女士，但她究竟有何目的？还是一个纯粹的仰慕者？还是恶作剧，抑或想敲诈点什么？如果有什么歹意，也不该选择在酒店的咖啡厅。我想了很久，脑子里还是一桶糨糊。

正是下班的高峰期，路上车流滚滚，行人脚步杂沓纷乱。行道树上的金桂花在深秋的傍晚散发出甜蜜的香味儿。

我深深地吸了一口气，感觉心情舒畅。我想，我不应该辜负了这个迷人的夜晚。正走着，又收到她的短信：“大哥，你真的忘了二十年前的事了吗？那个宁静的小镇，碧绿的溪水，还有一个无助的女孩。”我的心头紧了一下，瞬间身体里有一股暖流窜动，难道真的是她吗？

1998年初春，社里派我到一个边远的小镇挂职。那时候我还年轻，刚参加工作没几年，对一切都充满向往，心里老是躁动不安。老社长对我说：“你没有什么负担，到基层去看看，对你以后创作是有好处的。我呢，也差不多要退休了，以后还得靠你们年轻人啦。”老社长的话让我有些感动，我望着他那颗花白的头，很豪气地说：“社长，我都听你的安排。”

我去的是樊镇，一个鸡鸣三省的小镇。先到了县城，第二天一早从县城出发，长途客车在破烂的县道上跌跌撞撞地走了半天，来到了一条水流湍急的江边，汽车开上趸船，用绞车拉到了对岸，又在挂壁公路上走了一个多小时，才到达我的目的地樊镇。我坐在车上，望着寂静的大山心里充满惆怅。我想，要是让我在这里生活一辈子，那该有多么可怕啊。

来接我的是乡里的文书。文书说他姓樊，书记和乡长都到县里开会去了，由他负责安排我。这个小镇在大山的中间，一条碧绿的小溪把小镇分成两半。走过摇摇晃晃的索桥，乡政府就在一座挺大的寺庙里。进了大门，穿过院坝，上了一个长长的台阶，就是庙里的大殿，也是乡里的会议室。我被樊文书安排在大殿旁边的一间大屋里。房间很高朗，被隔成了两个小间，外面是办公室，里面是寝室。一道光从门外投进来，房间看起来还整洁。樊文书说，缺啥就找他。我看看房间里，棉被蚊帐写字台热水瓶都有，就说不需要什么了。放下行李，抽了根烟，就和衣倒在床上睡着了。

正迷糊间，樊文书来叫我吃晚饭。在乡政府吃晚饭的人不多，今天是米饭和洋芋粉蒸肉。樊文书说，吃完了不用交钱，自己在小黑板上写个数，吃了几两饭就好了，到月末一起算。吃完饭，我在镇上闲逛了一圈，青石板的路面磨得水洗一般清亮，小街两旁是高檐斜顶的青瓦房，沿街的店铺虚掩着，卖些笋干耳子，但一个买主也没有。镇上很安静，榨油坊里散发出来的油枯焦香味儿弥漫在空气中，如幽灵一般。走到场尾，四周就是寂静的大山。我折身回来，站在索桥上，望着河谷里碧绿的溪水，趴在索桥上抽了支烟。抽完烟，把烟头弹进奔腾翻滚的溪水里，就回去睡觉了。

第二天，乡政府给我开欢迎会。寺庙的大殿里稀稀拉拉坐了三十几个人。书记说："欢迎小谷乡长来我们乡上挂职。"书记也姓樊，他蹲在大殿石桌子后的条凳上说话，"以后呢，大家要多关心谷乡长，人家一个城里人来这里也不容易。"他又简单说了几句，就问，"老冉你有啥鸡巴说的没有？"我看见坐在角落里一个剪了齐平刘海长辫子的姑娘抿嘴笑了起来。老冉其实不老，是乡长，长得年轻文气，他应声说："没啥说的了，按书记的意思办。"之后，又扯了些工作上的事。书记就说："好嘛，那就干伙食。"走在路上，我问樊文书："乡上姓樊的多吗?"樊文书说："多。冉乡长是外乡调来的。我们这个樊镇，大都姓樊，对面山上有块平坝子，传说是过去樊哙练兵的地方。"我"哦"了一声，"坐角落里那个长辫子的姑娘姓啥?"范文书说："她呀，姓卢，叫卢佳惠。不爱和人说话。也是外迁来的，不是本地方人。"

吃饭是在镇上一个叫水米子的饭馆，书记、乡长、几个副乡长、人大主席、文书和我，刚好一桌人。那天酒喝得有点多，又急，我一下桌就脚打偏偏站立不稳了。樊文书把我扶回寝室，我倒在床上就睡了过去。醒来时天已麻黑了，写字台上放了一碗饭和一碗菜。我觉得口干，提起水瓶摇了摇，只有几滴水空响。我拿了水瓶去食堂打水，食堂里的人已经走了。拎着空水瓶回屋，刚要进门，对面一间屋子的门开了，那个长辫子的姑娘笑眯眯地看着我，说："你酒醒啦。"我点点头，支吾了一声。她说："我房间里有水。"她接过我手中的水瓶，转身进了屋。一会儿她从屋里出来，把水瓶给我，笑着说："他们喝酒都厉害得很，你喝不赢他们的。"我头痛欲裂，挤出一丝苦笑，接过水瓶说："谢谢你啊。"

我虽说挂了个副乡长，实际也没什么事干。乡上的人也知道，我就是来走走过场，待一年就会回去的，所以大家也都很客气，也很宽松。闲了没事，就写写字，看看书。卢佳惠是乡上的广播员，早晚放放广播，有时也通知村上开会，广播找人。一天，她来给我送文件，我正在临钟繇的《荐季直表》，她睁大了眼睛，“哇，写得太好了，就像印的一样。”听她这样说，我还是有点小得意。就说：“你也可以学啊。”她说：“我不行，手笨得很。但我就是很喜欢字写得好的人。”我对她说：“听说对面山上是樊哙的练兵场，你有空带我去看看吧。”她很高兴，说：“好啊好啊。”

乡上的干部，大多数住在本乡农村，下班后都回家住，只有远一点的和外乡的干部住在乡上。到了周末，乡上基本上就没啥人了。周六的下午，卢佳惠约我去爬山。从乡政府出来，穿过镇上的索桥，在一幢民房后就是上山的路。这条羊肠小路像是很久没人走了，杂草野藤丛生，爬了差不多一小时，才到山顶大坝。昨晚下过一场阵雨，在温暖的阳光下，山野里弥漫着花草清香的气味儿。山上没有什么东西，平坝里全是一块一块的水田，秧苗刚刚封林，叶片上挂着透亮的露珠，很茁壮的样子。坝子倒是不小，容得下千军万马。我们瞎转一通，坐在一座古墓边休息。那是一座清代古墓，墓碑一边剥蚀了，一边用颜楷大字写着“仙寿恒昌”之类的话。卢佳惠说：“过去我们这里有井矿盐，很多地主老财家资万贯。”我说：“你祖上也是很有钱的吧？”卢佳惠说：“我们是外来户，我爷爷是公社里的人，后来当过乡长，我爸爸也在乡上当农技员，我们家没钱。”我点了根烟。天上有一只苍鹰在云端盘旋。远处的一座大山裸露着黑铁一样坚硬的岩石，一面被阳光照得金光闪闪，一面阴沉幽暗。我对卢佳惠说：“你看那只鹰，你想过飞出这大山吗?”卢佳惠耷拉着眼皮，手指上绞缠着野草说：“我能干什么呢?”抽完烟，我说：“我们回去吧。”我撑起身，跳到古墓下的田埂上，不料脚下一滑，滚进了水田里，弄了一身泥水。卢佳惠站在上面弯着腰哈哈大笑，她说：“没有告诉你，下过雨的田埂又湿又滑，要慢点走的。”

我们回到乡政府，刚进大门，就遇见了冉乡长，他盯着我看了看，满脸狐疑。我朝他点了点头，算是打过招呼了。卢佳惠说：“谷乡长不会走田埂，摔进水田里去了。”说完，又哈哈地笑起来。我回到寝室，换下衣服，用水抹了一把脸，卢佳惠提来一桶热水放在门口，让我先洗个热水澡。我觉得有些难为情，她说：“快去洗吧，顺便把脏衣服给我。”吃过晚饭，卢佳惠把我沾满泥污的衣裤洗了，又给我熬了一碗姜汤让我喝下。她说：“山里早晚温差大，一不留神就感冒了。”

我的身边突然响起一阵汽车的喇叭声。一辆公交车猛然刹住，车轮在柏油路面发出刺耳的啸叫。司机从驾驶窗里探出头来，“你干啥？走路不长眼睛?!”我抬起头，红绿灯早已变成红色了。我一怔，赶紧加快步伐，跑过斑马线。站在釜河大桥上，定下神来，点了一支烟。深秋的河水像一条碧绿的丝练，平静地流淌着。岸边的紫薇花一团团的粉色花朵摇曳生姿，这应该是它们最后的亮色了。天快黑下来了，路人脚步匆匆，我看看四周，没有人注意我。

入伏以后，乡上更安静了，大家都不想在大热天干事，能拖的就拖一拖。我每天上午就在办公室看书写字，有时也给县里写个调研报告之类的东西。下午没事，就约樊文书到溪水里去洗澡冲凉，用拖网捕鱼。捕到鱼，就在河滩上架起火烧烤来吃。碧绿的溪水来自山里的地下溶洞，清澈见底，却寒冷刺骨。虽说是炎夏酷暑，还是不能在溪水里待得太久。大暑的时候，涨过一次洪水，随着轰隆隆的雷雨声，山鸣谷应，滚滚山洪奔腾而至，转瞬之间就漫过了索桥，裹挟着树木枯草，发出万马奔腾般的咆哮。小半天的工夫，暴雨骤停，洪水退去，溪水又变得温顺可爱，明亮的阳光透过云层，发出万道金光。一切又恢复到原来的样子。

整整一个伏天，我有一多半的时间都待在了河滩上。每天陪我的除了樊文书，偶尔还有几个乡上的年轻人。卢佳惠来过一次，我们正在烤鱼晾裤衩，见到她朝我们走来，大家东躲西藏乱作一团。卢佳惠远远地看了我们一眼，就转身回去了。以后她也再没有来过。有时我躺在河滩上，看着天上游走的白云，心想，要是真让我学习陶渊明，这样散淡过一辈子也是不错的啊。卢佳惠开始看书了，她让我给她推荐书目。我带的书不多，就顺手拿了两本给她，有时她也拿些读不懂的地方来问我。她变得爱说了，脸上天天都洋溢着笑容，走起路来灵巧又轻快，她似乎要把内心的喜悦传递给每一个人。

水稻开镰的时候，丁家村发生了一起斗殴事件，一个村民因为争晒坝，用篾刀把人砍伤了。早晨，冉乡长来到我的办公室，让我带队下去处理一下。又说，丁家村每年公粮都交得不好，提留收不起来，顺便也督促一下。我知道丁家村，三十几里全是山路，不好走。他见我面有难色，接着说道："我让樊文书陪你一起去，吃住都已经叫村里安排好了。"我听他这样说，也没有什么好推辞的了。第二天我就和樊文书一起到了丁家村。在丁家村住了十来天，听村里人说东道西，张家长李家短，二十几户人家挨个走了一遍，反反复复几次，总算是把问题解决了。

回到乡上，已是临近国庆了。卢佳惠见了我高兴得像个孩子。她说："马上就是国庆节，你们城里咋过国庆的？"我说："开个联欢会，大家一起唱歌跳舞，表演节目。"她仰头看着我说："好啊好啊，我们也搞个联欢会吧。"我想这应该不是什么难事，就找了个机会给樊书记说："今年国庆中秋挨得近，搞个联欢会大家高兴一下吧。"樊书记说："可以啊，顺便把'三干会'也开了。咋搞呢，你们去弄，要花多少钱你给我说一声就行了。"晚上，卢佳惠来找我，让我教她跳舞。其实，我也是一个三脚猫，我们数着拍子跳了几曲，她居然跳得有模有样的了。我说："你还真是有这方面的天赋啊。"她低着头说："是吗？我真的会跳舞了？"她抬起头看着我，脸一下红了，"不信你，骗人的。"说完，一扭头跑了。

我和卢佳惠、樊文书一起找了几个年轻人，在乡政府的院坝里布置了一个简易会场，托人在县城里买了些星星灯挂上，一切就像模像样的了。下午，乡上召开乡村组“三干会”，晚上大家一起聚餐。院坝里摆了六张八仙桌，每桌都是了四大盆，水煮杂鱼、回锅肉、洋芋粉蒸肉，还有一盆南瓜汤。喝的是场上水米子餐厅自己烤的高粱酒。乡村里少见这些喜庆场面，大家站着划拳喝酒吃菜，都显得很兴奋。樊书记端着酒碗过来敬酒，他的脸膛黑红，举起酒碗对我说：“我们喝一个！还是你们年轻人板眼多，整欢喜了的。”节目开始，樊书记站在台上说：“今天这个会开得巴适，大家情绪高，以后还要经常干，我们乡政府还是要创新嘛，有点活力嘛。”下面响起一片掌声。我悄悄看了卢佳惠一眼，她满脸通红，很卖力地鼓掌。舞会开始了，乡上和村里的老同志基本散去，找地方喝茶打长牌去了。冉乡长从我身边走过，我说：“冉乡长，你不和大家一起跳舞?”他讪讪地说：“我不会我不会。”我坐在会场旁边抽烟，看着满场喜悦的同龄人，心里颇有点成就感。第二曲开始，卢佳惠来请我跳舞。我们走进舞场，随着音乐节奏挪动步子。她仰头望着我，说：“要是天天都像这样就好了。”我笑了，哪可能呢。她说：“你要是不走就好了。”她脸上的表情天真又甜蜜，让我有一种不忍直视的心痛。我一时语塞，木然地挪动着步子。我真没想过要在这里留下来。我的心里充满矛盾，又有一种深深的忧伤。她见我没说话，也不再说话了。她的身子微微发抖，脚下的步子有些零乱。我紧紧握着她的手，我们一时都陷入了沉默。正在这时，灯光突然熄灭，音乐声也停了。全场一片安静。过了一会儿，才有人高声叫嚷起来："糟了糟了，停电了。"电工跑出去忙了半天，满头大汗跑回来，沮丧地对我说："不是停电，保险被人抽了，找了半天没找着。"

樊镇的第一场舞会就这样中道崩殂。

国庆后不久，我接到老社长的电话，要我马上回去。我说："不是说好一年的吗？"他说："情况有变，年底前刊物要改版。我翻年就退休了，有些事我想给你交代一下。"我说："乡里我对他们怎么说？"他说："这些你不用管了，社里会给县上乡上打招呼。"

晚上，我约卢佳惠在河滩见面。我把我要回去的消息告诉她，她很吃惊，她说："不是说开年才走吗？"我把事情的来龙去脉给她详细说了一遍。她低着头站在那里，手指绞着衣角沉默不语。我的心里一阵慌乱，很不是滋味儿。我对她说："你放心，我会回来看你的。"她没有说话。我说："你也可以来看我啊，到时候我带你四处转转，吃遍城里所有美食。"她默默地往前走，我追了上去，抱住她的双肩。"你看着我，说说话呀！"她仰头看着我说："大哥，你不要忘了我！"在清冷的月光下，我看见她泪流满面。我把她使劲抱在胸前，亲吻着她的头发、额头，"不会的不会的。"

第二天上午，我没有见到卢佳惠。吃中午饭时，还是没有见到她。我问樊文书："卢佳惠上哪儿去了？"他告诉我："一大清早就跟冉乡长到丁家山去了。"我的心里惆怅不已，像被掏去瓤子一样。等到下午三点，还是没见他们回来。我搭最后一趟返回县城的班车走了。

走到花园酒店，还差二十分钟才到八点。我在酒店的咖啡吧找了个靠边的位置坐下。服务员送来一杯柠檬水，说："先生需要点啥？"我说："等会儿再说。"正是晚餐的时间，这里没有几个人。我的眼前又浮现出那个健康、快乐，沉默时让人心痛的卢佳惠。二十年过去了，她现在是什么样子呢？下雨了，窗外有几辆车驶进酒店大门。我看了看表，差几分钟八点了，该是卢佳惠来了吧。一会儿，咖啡吧门口有人进出，但是她没有出现。望着窗外的蒙蒙细雨，我有点失望。难道她不来了吗？

这时，一个身着卡其色西装黑色筒裙的女人朝我缓步走来。她微笑着走到我的座前，坐了下来，说："抱歉，让你久等了。"我有些恍惚，她高高绾起的发髻和矜持的微笑，这不是卢佳惠。她见我走神，说道："怎么，不像了吗？"我说："要走在大街上，我真是不敢认了。"她笑了起来，"你倒是没咋变，一副冷峻落寞的样子。"我也笑了笑，"你喝点啥？"她说："我要咖啡。"我点了一杯咖啡一杯茶。

她放下手包，仰头看着我说："本来说和你一起吃个饭的，结果被一些杂事耽误了。"这时候，她乌黑的头发和眉宇间的表情又像过去那个卢佳惠了。我说："没关系，现在吃也不晚啊。”她说：“好啊。我就住在这间酒店，要不，我们就在房间里叫个套餐吧。”对她的安排我没有意见，甚至很愉快，就说：“嗯，悉听尊便。”这时候，她的手机响了。她看了一下，朝我笑笑，“不好意思，我接个电话。”说完，她听着电话走到一边去了。我看她接着电话不时看我一眼，有些欲言又止的样子，就起身上了一趟卫生间。洗完手，我在洗手间的镜子里看见我两天没刮的胡子和凌乱的头发，觉得有些后悔。早知今日，我还是该收拾一下，不该让她瞧见我这副落魄的模样。

她住的是一个套间，从窗户望出去，是南湖公园，风景很美。我们坐在阳台上，她举起酒杯说：“怎么样，为我们二十年后的重逢干杯！”我们酒杯碰在一起，干了杯中酒。喝了几杯，她的脸有些微微泛红了，她松开发髻，用手捋捋刘海，笑着说：“还是原来那个样子吗？”我说好像差不多吧。“差不多，”她大笑起来，“你的意思就是差了很多吧？说说，你这些年过得怎样？”我干了杯中的红酒，说：“不太美妙啊。”她说：“你说好来看我的，咋没来呢？”我说：“我去了，你已经不在那里了。”她说：“你啥时候去的？”

“大概是一年半后吧，我去樊镇找过你，待了两天，一直没见着你。问乡上的人，他们都说不知道你去哪儿了。樊书记退休了，冉乡长也调走了。你知道，我当年离开樊镇那天，我一直等到下午，你去丁家山都没回来，我是带着满腹伤感离开的。汽车开到中途，我有好多次都想下车回去找你的，可是我还是没有勇气。回到社里，我就协助老社长搞刊物的改版工作。写报告，开论证会，专家座谈会，确定印张版式，设计封面，找领导名家题字，一通忙活下来，就是半年过去了。我给你打过几次电话，要么没人接，要么你不在。后来我想，等忙完手里的事，就去找你。到第二年夏天，老社长退休了。他退休前，把我提到了副主编的岗位上。我们主编也是快到点的人了，业务工作全丢给了我，他只负责终审。那时候，我们刊物很穷，逢年过节吃顿饭发个慰问金都困难。我就想用刊物找点钱。正好，外面来了一个文化公司，愿意给我们二十万，出四期增刊。我想，有了二十万，刊物一年的基本运行费用也差不多了。我把这事向主编报告，他说‘你还是向社长说吧’。我去给社长说了，他也不置可否。你知道，那些年，刊物外包的事也多的是。我想，不置可否就是默许。唉，还是人年轻了，光有拼劲没有脑子，我就擅作主张地签了协议，把刊号给了对方。他们先打来了十万，编辑部上下都高兴，好好聚了一下，都夸我能干。不料那年正赶上全国的‘扫黄打非’，稽查队在街上的地摊上随手薅了几本杂志，都是些《浴盆里的女尸》《我的男宠》《现代版金瓶梅》之类的东西。谁知道那批书里就有我们刊物的刊号。追查下来，说起来，这件事谁也不知道也没责任。我当然也不能推给主编和社里，就自己全部兜下来了。最后，处理结果下来，我被撤了职，刊物停业整顿。对我来说，撤职事小，对刊物的处理事就大了。我成了全编辑部的罪人。”

卢佳惠两眼专注地望着我，“后来呢?”我点了支烟，望着烟雨朦胧的南湖，有了一种从未有过的轻松畅快。“后来，后来我就无事可干了，前途也觉得黯淡。我就请了一个创作假，去那个遥远的小镇找你。汽车行驶在那些熟悉的山路上，我觉得心里特别踏实、亲切。那时我想，如果你愿意，我可以留在那里生活一辈子。到了镇上，已经下午两点多了。我走到乡政府，到你住的那间房前，敲了半天门，没有人。乡政府里没几个人，我向他们打听你的消息，他们都满脸疑惑地看着我，摇头说不知道。晚上我又去乡政府，还是没见到你。我在镇上住了一晚，想第二天再去找你。在那间简陋的旅舍里，望着窗外黑沉沉的大山，我心里不知有多难受。我像一匹野狼，受了伤，只能在漆黑的夜里独自舔伤口。好不容易熬到天明，我一早就跑到乡政府，终于找到了樊文书。他吃惊地看着我说：‘你怎么来啦?’我问起你，他垂下头，说，‘她出了点事，辞职走了，去哪里了不知道。’我问他出了什么事，他也不说，只是劝我早点回去。我走到河滩上，头脑里乱成一片。我在河滩上躺下，碧绿的溪水在我眼前摇晃起来，仿佛要把我淹没，我觉得呼吸急促，浑身无力。到了下午，我已经失望至极，也再没有勇气去找你了，就坐最后一趟班车返回了县城。”

卢佳惠双眼含泪，端起面前的酒杯和我碰了一下，说：“我们干了吧。”她放下杯子，“想知道我的故事吗?”我看着她，点了点头。她说：“我本来打算把这些事烂在肚子里，一辈子都不告诉别人的。但是，我要告诉你，因为我不想对你有任何保留。”

自从你走后，我觉得日子过得都没有光彩了，我觉得心头压抑、难受。但我没有勇气去找你，我们差距太大，不在一个层面上。我不知道在夜里哭醒过多少次，望着天上游走的月亮，我默默许愿，让它带个信给你，来吧来吧，快来看我吧。但是，等待我的除了失望还是失望。从春到夏，从夏到秋。那时候我想，你大概是已经把我忘了，或者遇见了更好的人，恋爱了结婚成家了。我夜里常去河滩上，听着哗哗的溪声，有时真想纵身一跃，一了百了。

后来有一天，冉乡长叫我到他的办公室去，他让我给县上写一个汇报材料。我说我不会写。他说：“学嘛，谁是生来就会的呢？我可以教你嘛。”他见我不吱声，拉住我的手说，“你写好了，就有转为正式干部编制的机会。”我紧张得心里“咚咚”直跳，挣脱他的手说：“我真的不会写。”他从藤椅上站起来，在文件柜里拿了几份文件递给我，说：“照着写，写完给我，我再帮你改改。”

我那时还是想转移一下注意力，就试着写起来。写完后交给他，他看了很高兴地说：“写得不错嘛。我再给你润润色，然后你抄一遍就可以报上去了。”那时，我也是挺高兴，有了一点小小的自信。后来他就经常叫我去做些事情，有时也带我一起下乡。你走后的第二年秋天，有一个周末，他没回家，在办公室加班，就叫我去给他帮帮忙，抄写一下稿子。抄完稿子，他说“真是多亏你帮忙，我请你喝杯酒吧”。说完，他在床下拖出一个纸箱，里面有几瓶白酒，还有几袋盐焗花生。他用茶杯倒了两杯，要我陪他一起喝。我说我不会喝，他说没事，一喝就会了。喝了一会儿，他就抱住我亲我。我很害怕，我想叫，但我叫不出来，我觉得全身绵软，张不开嘴。就那样，我们有了第一次。事后，我很伤心，坐在床上默默流泪。那时候，我在心里恨过你，怨过你。他说：“你不要怕，不会有人知道……以后我会对你负责的……过一段时间，我回去离了婚就娶你。”从那时起，他就经常不回家，让我去陪他。一天晚上，我们正在他的寝室里缠绵，门外响起了剧烈的砸门的声音。他老婆带了几个人，砸开了房门，把我们堵在了屋里。第二天，这事就在镇上传开了。

我紧紧握着手里的酒杯，喉头哽咽，问道：“后来呢？”她端着酒杯伏在栏杆上，看着雨雾中的湖景说：“后来他调走了，降了职，到另一个乡当了副乡长。他也没有和他老婆离婚，一家人又在一起和好如初相敬如宾了。我也没有再找过他，他也没有找过我，好像一切都没发生一样。后来想想也是啊，人生苦短，何必纠缠。不过，所谓祸福相依，谁能料想得到呢？就在他调走的当年，大概是冬天吧，一天晚上他喝了酒，骑着摩托车回家，在经过粮站的一段下坡路时，撞上路中间的一块大石头，连人带车飞了出去，人撞在路边的高墙上，当时就死了。也是在那件事后不久，我辞职离开了樊镇。”

她一口干掉了杯中的红酒，微笑着看着我，“事情就这样，精彩吗?”她在我身边坐了下来，放下酒杯，双手捂着脸号啕大哭起来。“不！不！我的青春我的憧憬我的梦想……所有美好的一切，从那时起就全毁掉了……毁掉了，你知道吗? 那时我是多么怨恨你啊!”

我说：“你别激动，平静点好吗? 是我辜负了你。”她哭了一阵，又抹了把泪，才抬起头看着我，说：“事情过去这么多年，现在我才突然明白，你是多么好的一个人啊!”我说：“你别这么说，是我对不起你……你辞职以后去哪儿了，这么多年没音讯。你回过樊镇吗?”

她说：“也是一言难尽啊。我当年兜里揣了张身份证，五百块钱就登上了南下的列车。两三年时间里，就在广州、深圳、海口到处转，车间操作工、公司文案、餐馆服务员，啥子工作都干了。前三年春节都没回过家，一个人躲在冷冷清清的公寓里看春晚，外面的爆竹声响彻云霄，我的心却沉入了幽深的谷底。端着泡面，泪水流下来，和着泡面的滋味又酸又涩。这些年，生活教育了我，也成就了我。你，就是我的启蒙老师啊。也算皇天不负，打拼了七八年，我才终于有了自己的一个小公司……哎，说起这些，真累呀！……这些年你就一个人过?”

我说：“十年前就结婚了，过了几年，大家都觉得无趣，就离了。现在也习惯了，无牵无挂的日子也很好啊。”

“唉——”她长长地舒了一口气，“我们的故事都讲完了，该舒舒服服洗个热水澡了。”

躺在床上，我问她：“你能多待几天吗?”她搂着我的脖子说：“我不能多陪你了。刚到酒店，家里就来了电话，催着要我赶快回去了。不过，我有时间会来看你，我会想你的。”

我说：“我知道……或许这就是一个了结了吧。”

她看着我，幽幽说道：“如果实在过得不如意，可以到我那里去。庙虽小，但足以容身。”

我点了支烟，电视里一群俊男靓女正在做游戏。主持人在卖力煽动，台下观众喜笑颜开。二十年，一切好像都变了样。时间改变的不只是山河大地，还有我们彼此。

第二天，我醒来很晚。房间里静静的，她的旅行箱和个人生活用具都不见了。她已经走了。我回味着她那些熟悉的动作和表情，想来她也该是阅人不少了吧。洗漱完毕，我看见化妆镜台上有一个信封，一个酒店的信封。打开信封，里面是一张银行卡，还有一张小纸条。纸条上是她写的一行字：“看你睡得很香，没忍心叫醒你。银行卡的密码是你的生日。”

走出酒店，街道上早已是繁荣兴旺的景象了。我给单位打了个电话，请了假不去上班了。走过釜河大桥，站在桥上抽了支烟。望着滚滚奔流的河水，一扬手，那张卡便飞进了滚滚清波之中。

2023 年 8 月 7 日

▼

站台

一

一列火车进站了。

卸下了长长的闷罐车厢，车头缓缓向前驶去。过了岔口，又倒回来停在靠边的轨道上，从钢铁肚子里卸出带着烟火的煤渣。卸完煤渣，汽笛一声长鸣，雄壮的车头喷着浓浓的烟雾，继续向前滑行到水塔，停下来加水。一群半大的孩子冲上铁轨，去抢没有烧尽的煤炭花。年轻的火车司机斜倚在机车的窗口，头上戴着蓝色工作帽，脖子上围着雪白的毛巾，在渐渐散去的烟雾中露出了快活的笑脸。

在我们这座小城，有两个火车站，一个北站，一个南站。

北站是客运站，南站是货运站。两站相隔大约二十里路。北站永远都是嘈杂的，混杂着浓浓的汗味儿和各种食物的气味。旅人们疲惫不堪，歪斜在长椅上打盹发呆。穿着深蓝色制服的车站员工来回穿梭，个个威严板正。戴着红袖标的女人低着头打扫着永远也扫不干净的候车室。到处都有觊觎别人钱包的眼睛和乞讨的脏手。南站就不同了，这里的人要少得多，到处弥漫着飘散不尽的尘烟，站台上堆满篷布遮盖的货物。通往站台的路已经破烂不堪，用煤渣填平的坑洼里积起了乌黑的脏水。长着蜻蜓一样大眼睛的机车喘着粗气进出站台，发出沉闷的吼叫。站台四周都散发出冷冷的钢铁的气息。在离开站台几百米的地方，是一排高大的仓房和货场，到岸的货物在仓房周转一下，就在货场装车发运。货场上的搬运工三五成群地坐在仓房下，抽烟讲荤段子，货主一到，就一哄而上开始装车。他们个个身材健壮，肤色油亮。

火车司机从高高的机车驾驶室里攀着铁护栏跳了下来，站在碎石路基上点了一支烟，很愉快地吸了一口。司机姓李，叫李宗良，他长得壮硕黝黑，五官却周正得很。他望着那一群抢煤炭花的孩子，目光开始搜寻。看了一阵，好像有点失望，他收回了他的目光。他半闭眼睛，觑着那一轮快要落山的太阳，油汗的脸上镀上了一层金光。他觉得很愉快，明天他休息，也许可以办成一件大事。

李宗良不是本地人，他的家乡在千里之外的一个小镇上。他们的小镇，都没见过火车，连听说过火车的人都很少。李宗良在部队当了几年兵，转业到地方，成了一名铁路工人，后来又开上了火车，这不仅成了他们李家的光荣，甚至一个小镇都觉得很光荣。可惜，父亲已经死了，没有福气看到他今天的伟大成就。现在，家里只有一个老娘和一个弟弟。他想，如果事情顺利的话，也许春节就可以带着未婚妻回老家了。那时候，一家人围坐在火塘边，铁鼎锅里炖着腊肉洋芋和萝卜，未婚妻满面娇羞地坐在火塘边，老娘会高兴得合不拢嘴。然后呢，再带着漂亮的未婚妻在镇上走一遭，让人羡慕眼馋。父亲辛苦了一辈子，眼看就要享福了，却被一场肺病夺去了性命。说来这也是一个人的命吧。父亲看不到漂亮贤惠的儿媳，实在是一件令人遗憾的事。

现在，李宗良看啥都好，逢人就想笑，他把他见到的所有人都当亲人了。

第二天，李宗良吃过早饭，在车站的公共浴室舒舒服服地洗了个热水澡，网兜里提了一条烟，换了一身挺括的中山装出了门。这身衣服他平时舍不得穿，那是他花了一个月的工资买的，一套烟色条纹的纯毛料中山装。李宗良慢慢地走下站台，一路跳跃着穿过几排闪着银光的铁轨，欢天喜地朝黄家店走去。

二

穿过铁路一百多米就是黄家店。这是一家小杂货店，主营日杂烟酒酱油豆瓣。小店的门口搭了凉棚，卖茶水饮料。黄家店门口天天有人在那里打牌下棋，吃瓜子闲聊，是一切好消息和坏消息的发源地。那些横飞的唾沫和粲花妙舌，可以在短短的时间里颠覆所有是非曲直，成为一只无形的翻云覆雨手。

阿三今天不读书，吃过早饭就去黄家店了。看了一阵打牌下棋，有点提不起兴趣，又蹲在货柜前看手枪。阿三的大名叫关学军，已经十一岁了，正上小学三年级。因为长得黑瘦矮小，大家都叫他瘦鬼阿三。令人奇怪的是，瘦鬼阿三却有一个白净漂亮的姐姐。阿三不爱去学校，没事就爱往黄家店跑。阿三今天也没去捡煤炭花儿，他去黄家店看人打牌下棋，蹲在地上看玻璃货柜里面的东西了。货柜里有玩具汽车，左轮手枪，纸炮，还有文具盒、作业本。玩具车在地上摁住往后划拉一下，一松手就会往前开，很神奇。但阿三最爱的是左轮手枪，漆黑锃亮。如果有一版纸炮，左轮手枪就会打得啪啪响。阿三就想他就是李向阳，太威风了。

李宗良兴冲冲地来到黄家店，老板娘黄仙姑正嗑着瓜子和茶客们扯闲篇，远远看见李宗良来了，脸上显出了一点尴尬。她吐掉嘴里的瓜子皮儿，拍了拍手，还是笑盈盈地招呼李宗良。黄仙姑虽说人到中年，依然有些风韵，老茶客们都说她长得像仙女一样。当然，这既是夸赞，更是谄媚。无非是想在一个中年寡妇那里得到一点男人希望的好处。在那些年，人们都过得饥寒困顿，黄仙姑的日子却是轻松快活的。她那仆从一般的男人享受不了女人的艳福，早早地死去了，剩下这个仙女般的寡妇在黄家店独自招摇。

李宗良走进黄家店，满面春风地和黄仙姑打招呼。他从荷包里掏出两双肉色的连裤袜，递给黄仙姑，“一点小意思，刚托人在上海带回来的。”黄仙姑笑得一脸灿烂，“哎哟，那咋个要得嘛，又让你花些银钱。”李宗良说：“你穿了试试，丝滑冰爽，巴适得很，质量更没得说的。”黄仙姑说：“那就多谢你啰。”李宗良说：“客啥气。你帮我挑两瓶酒，我们这就去关大靴家。”黄仙姑面露难色，“哎呀，宗良啊，今天怕是不行了。”李宗良说：“上次不是说好今天去的吗？咋又不行了呢？”黄仙姑眨巴着眼睛说：“有点小问题。以后我慢慢给你摆嘛。”李宗良说：“你看我今天是专门来办这个事的，咋子又不行了嘛。你给他们家提没提这个事啊？”黄仙姑说：“说是说了，他家老汉儿还有点犹豫不决的。”李宗良说：“那他咋说的嘛？”黄仙姑说：“他也没说要得，也没说要不得，反正含糊起的。你晓得那个老汉儿，说话黏黏糊糊的，是个闷龙。”李宗良说：“那我们还是去，没明确表示反对就算是默认了嘛。”黄仙姑看看拗不过李宗良，刚才又收了人家的礼，也就不好再开腔了。

李宗良又掏出钱来，买了两瓶酒，称了一斤花生糖，就让黄仙姑陪他一起去姑娘家。黄仙姑虽然很不情愿，还是只得硬着头皮跟李宗良一起去。黄仙姑和茶客们打过招呼，一把抓住坐在门口的瘦鬼阿三，“你也该回家了，我们一起去看你姐姐去。”阿三不想走，黄仙姑在玻璃罐里摸了一把花生糖塞给阿三，“快走快走，别磨磨蹭蹭的。”阿三就起身跟他们走了。走在路上，黄仙姑就说：“李师你真是有眼力，明芳姑娘又漂亮又能干，哪个娶了她就是修来的福。”李宗良说：“是啊是啊，还得仰仗大姐周全才是。”两个人一路闲话，忽然黄仙姑惊叫道：“哎呀，糟了糟了，我锅头还炖起肉的。你们先去，我回去收拾一下就过来。”李宗良说：“那我们等你，你搞快点转来。”黄仙姑期期艾艾地应承着，一转身往回跑了。

李宗良和阿三坐在路边闲聊。李宗良说：“阿三，你姐姐在家不?”阿三摇了摇头说：“不知道。”李宗良说：“你爸爸在家没有?”阿三点了点头，“这会儿就在家了。”两个人在路边无聊，李宗良就开始抽烟，阿三抓了一把石子砸路边的白蝴蝶和小野花。

一支烟抽完了，黄仙姑还没回来。李宗良有点慌神，沉不住气了，他怕去晚了找不见人，就让阿三陪他一起先走。于是，两个人沿着铁路朝关大靴家走去。

三

阿三的姐姐关明芳在北站卖冰棍，她卖的是果味儿的棒冰。她今天的生意不错，一箱冰棍只剩下十几只了。明芳看看天色，太阳就要下山了，她想等最后一趟从省城开来的列车到达后，上车去把剩下的冰棍卖完，顺便就搭车回家。车站的人都熟，不会查她的票。二十分钟后，一列绿皮火车进站了。明芳背着冰棍箱子上了车，刚走了两节车厢，剩下的冰棍就卖完了。明芳走到车厢的连接处，放下箱子休息，全身一下感到轻松了。她掏出手绢抹了把汗，望着窗外往来的人流觉得心里很愉快。

关明芳初中毕业后，在家耍了几年，一直也没工作，就在家里做些家务，照看弟弟。本来她有两个弟弟，大弟弟有先天性的心脏病，一年四季嘴巴乌青，不敢运动，医生说容易猝死。也不读书，成天就东挨西站地闲耍。那时候妈妈还在，因为妈妈也有心脏病，妈妈最疼这个生病的孩子。可是，天不怜见，大弟弟刚满十岁就死了。后来，才有了这个瘦鬼阿三。但是，瘦鬼阿三却要了妈妈的命。有心脏病的妈妈在生下阿三后就死了。爸爸站在妈妈的床前，眼睛红肿。妈妈却笑了，她对爸爸说："我本来就是有命不长的人，给你留个后，我也就心满意足了。"爸爸觉得对不起妈妈，从那时起就一直单身。关明芳一年年长大了，就显得有些落寞，也没个人一起说说话，成天郁郁寡欢的。爸爸看出一点意思了，就对她说："你也不要着急，过两年我退休了，你就顶我的饭碗，去站上上班，安安心心过日子。要是闲得慌，就去做点小生意，日子会好混些。"爸爸就拿了一点本钱，让明芳去批发冰棍卖。果然，明芳从此就显得开朗了许多。

汽笛一声长鸣，列车开动了。明芳就坐在冰棍箱上休息，她只能坐一站就要下车。列车的速度慢慢加快，汽笛长鸣，车轮和铁轨碰撞出"哐啷哐啷"的声响。明芳现在回去，还要做饭，当然不是现做，只要把剩下的饭菜热一热就可以了。赚了几块钱，然后早早地回家，这是她一天最愉快的日子。关明芳憧憬着爸爸退休了，她到站上工作，休息的时候，换上干净漂亮的衣服和小姐妹们一起逛街，看电影。那样的日子该有多美啊。关明芳正在冥想出神，从前面车厢里走来一个一头卷毛的年轻人，嘴里吹着口哨，眼睛四下张望。他走到关明芳的身边，觑着眼看了她一阵，说“来根冰棍”。关明芳认得这个人，是北站王调度的儿子，一个混混，无事就在街上瞎转悠。关明芳不想搭理他，把头偏向一边，说：“卖完了。”卷毛王说：“卖完了？你骗我的吧，让我看看。”说着就来拉关明芳。关明芳一甩手站了起来，“说卖完了就是卖完了嘛。”卷发王说：“我就要看看。”卷发王说着话，就伸手在明芳胸前挠了一把。关明芳又气又急，大叫起来：“你，耍流氓，坏蛋！”两人正扭扯在一起，从车厢前面又走过来两个年轻人。走在前面的是个皮肤黝黑的小平头，他一只手背在身后，一只手揣在兜里。他的后面还跟着一个小个子。平头乜着眼看着卷毛王，说：“你他妈在干啥呢?”卷毛王回头看了他一眼，说：“我们谈恋爱，关你屁事啊。”那人也不搭腔，抽出身后的皮带便朝卷毛王一顿乱抽。卷毛王头上渗出一股血来，他一下蒙了。小平头的手并没停下，皮带扣雨点般落在卷毛王的头上。跟在小平头身后的小个子上来照着卷毛王一阵乱踢。卷毛王抱着头蹲在地上，大声吼叫“打死人了——出人命了！”这时，火车开始减速了。小平头住了手，拉起呆在一旁的关明芳，说：“快快，我们快跑。”

三个人跑了几节车厢，列车驶过南站，在前面一个四等小站停了下来。他们跳下火车，朝一片小树林跑去。那是一片人工苗圃，有一大片一人多高的桉树林，经常有谈恋爱的男女来钻林子。跑进林子里，平头对明芳说：“没事了，你回去吧，卷毛不敢来骚扰你了。要是再来，你就给我说，看我不把他狗日的打残废。”明芳惊魂未定，喘着粗气说：“廖黑哥，你们也小心点。”平头说：“我们没事，放心吧。”说完，关明芳背着冰糕箱子回家去了，廖黑娃和小个子一起朝小树林子深处跑去。

四

李宗良和关明芳认识，也是很偶然。那天，关明芳去黄家店买盐巴，顺便还黄仙姑的一只搪瓷缸子——那是她爸爸从黄仙姑那里盛肉菜回家用过的。关明芳来到黄家店，正巧遇见李宗良坐在门口喝茶。李宗良抬眼一见关明芳，全身触电一般定住了，粉白的圆脸，两条乌黑的长辫子，丰满的腰肢，这是李宗良在梦中才遇见过的样子。李宗良目不转睛地盯着关明芳，痴痴的样子让关明芳在一回头的瞬间瞧了个正着。李宗良一下红了脸，低下头假装吹盖碗里的茶沫子。关明芳看着他那难为情的样子，“扑哧”一下笑出声来。关明芳买完盐，和黄仙姑聊了几句，把搪瓷缸子放在柜台上就走了。这时候，有人喊黄仙姑收茶钱。李宗良看见柜台上的搪瓷缸子，一纵身跳了过去抓起就跑。追到铁路边，终于追上了关明芳。他把搪瓷缸子递给她，说：“你的瓷缸忘拿了。”关明芳看着满脸通红，喘着粗气的李宗良，又抿着嘴笑了。她的脸在笑，眼睛也在笑。李宗良呆立着，完全看傻眼了。这时，一列火车隆隆驶过，巨大的声音和气浪淹没了所有的一切。关明芳调皮地瞥了李宗良一眼，就扭着腰肢走了。李宗良站在碎石路基下面，望着关明芳渐渐远去的背影，心里暗暗发誓，这辈子就是非关明芳不娶了。

黄仙姑回到店里，给茶客们续了一道水，又坐在柜上嗑瓜子。她太了解那个关大靴的脾气，她不想去讨没趣。一周前，李宗良拿了两斤开司米线，求黄仙姑帮忙说媒。看在礼物的分上，她马上就答应了下来。过了两天，黄仙姑去找了关明芳的爸爸关大靴，把李宗良的托付的事给他讲了。关大靴穿了一双大头靴子在屋里走来走去，就是不说话。这让黄仙姑感到很不安。关大靴长得又高又瘦，一年到头都是穿着一双大靴子，靴子成了他的形象，也成了他的名字。关大靴不说话，黄仙姑憋得难受，呆坐一阵，说："大靴子，拿支烟给我烧。"关大靴掏出烟来散了一支给黄仙姑，两人就坐在桌子边抽闷烟。抽了两口，关大靴终于说话了："我看这事还是以后再说。"黄仙姑说："明芳明年就满二十了，你还要等好久嘛。未必然你还要让她在家里当老姑娘啊。明芳没有妈，我是把她当亲生女儿看的。再说，多个人多张嘴，明芳嫁出去了，你也少些负担嘛。"关大靴说："他一个火车司机，成天东跑西跑，明芳跟了他，他管得了谁呢？你不晓得，那些火车司机野，板眼多得很的。"黄仙姑说："他开火车方便嘛，随时都可以来看你。再说，人家有钱，好孝敬你嘛。”关大靴梗着脖子说：“你稀奇，你跟他好去，我才不稀奇呢。”黄仙姑一听就恼怒了，“咦，你这人才怪啊。闷龙不放屁，放屁臭死人。不嫁就不嫁，关我个屁事。真是个狗咬吕洞宾，不识好人心。”

黄仙姑气鼓鼓地离开了关家，就盘算着如何给李宗良回话。事情还没想出个所以然，今天李宗良就急匆匆找她，要登门求亲了。这实在是让黄仙姑感到为难。

在离车站不远的地方有一片干打垒的红砖房，那里就是关大靴的家。他家在最西头，门口砌了一个小花台。已是仲春的时节，一丛大丽花开得正艳。李宗良看见那些粉色的花瓣，就想起明芳白白的脸，他的心“咚咚”地狂跳起来。他和阿三走进关大靴的家门，关大靴正坐在饭桌边补他的那双大靴子。李宗良把烟酒递上，自我介绍说：“我叫李宗良，是黄仙姑介绍来的。这是我托人在上海买的一条大中华。都说这烟好抽。”然后又简单说了自己的工作。关大靴坐在饭桌边，一直埋头干他的活计，完全没有搭理李宗良，好像他这个人不存在一样。李宗良觉得很尴尬很不是滋味儿，不知道说些什么，走也不是，坐也不是，很无奈地傻站在门边。过了一阵，李宗良掏出烟来敬了关大靴一支，关大靴也没搭理他。李宗良把烟放在桌子上，说：“这靴子太破了，早该扔了。”关大靴用剪刀剪断线头，把靴子扔在地上，站了起来。李宗良终于鼓起勇气说道：“我和明芳的事，行还是不行，你老还是说句话吧。”不料关大靴跳了起来，“啥子行不行？你是哪一个？莫名其妙，来这里指使我，尽说些不着调的话。有你这样的吗？”李宗良的脸红了起来，嗫嚅着说：“不是，我只是问问你老，我和明芳的事你答应不？”“你和她有啥事？”关大靴抓起桌上的烟酒扔出门外，“还答应，答应什么？我又不欠你啥子。滚！”李宗良没有想到关大靴会对他这样凶，着实吓了一大跳，他侧着身子跳出门来，站在路边发愣。

正僵在那里，黄仙姑来了。她捡起地上的烟酒，说“这是干啥子嘛，好端端地发这么大的火。人家是来提亲，又不是来寻仇，出手不打笑脸人，这样凶干啥子嘛”。关大靴怒道：“不要以为有几个钱就不得了，老子不稀罕。”黄仙姑说：“男大当婚，女大当嫁。人家是诚心诚意的，要不要得，你好好说嘛，哪有这样不通人情的道理呢。”关大靴气呼呼地掏出烟来点上，又坐在饭桌边不说话了。“良言一句三冬暖，恶语伤人六月寒。还没见过你这样的人呢。”黄仙姑见这样呛下去不是个正经，就对李宗良说：“算了算了，今天也跟他说不清了。我们走吧。”说完就拉着李宗良走了。

五

今天一早，关大靴就因为工作上的事和站里闹得不愉快，李宗良上门说起他和关明芳的事，一下就惹得他肝火上冲。关大靴自从老婆死后就没再找女人，他一门心思想着挣钱养家。明芳在他的眼里，还是个孩子，还从没想过她要谈恋爱，要出嫁。关大靴还有个担心，明芳出嫁以后这个家靠谁来操持？他和阿三怎么办？当然，作为父亲，对女儿的出嫁心里总是不情愿的，这种不情愿可以找出千百个理由。不过，关大靴也有他自己的打算，他还是对一个女人有兴趣，这个女人就是黄家店的黄仙姑。黄仙姑不到五十就死了男人，开着一爿小店，有些积蓄，也没什么牵挂，他觉得这样的女人和他是般配的。他现在得了黄仙姑这样一个妇人的好处，他想他以后还是要给她一些好处的，那样就彼此不亏欠了。他有一儿一女，黄仙姑只有一个儿子，他们都是不缺钱的人。如果结了婚，大家互相不“扯蒜苗”，终归是肥水不流外人田。关大靴不爱说话，但在心里有自己的打算，他想着以后老了，动不得了，他和阿三终归要个人照应。儿女能留在身边最好，实在不行，就得靠黄仙姑了。黄仙姑的想法却不一样，她只想和关大靴过二人世界的日子，儿女最好都出去自立门户，大家彼此不沾染。她一个人把儿子盘大，也是不容易。现在，她就想守着她的一爿小店，过几天安闲有滋味的日子。至于她和关大靴的事，那还得悠着点，慢慢来。

关大靴本来也是铁路工人，因为腿上受了伤，被派到货场管仓库。他管仓库的收货发货，还管着一帮搬运工人。关大靴每天早上出工，都会给搬运工人打一圈烟桩。一包烟散完，简单吩咐几句，就算招呼打过了。那一阵已经有不少人开始做生意了，车站上来往的货物很多，收货发货都想利索一点。关大靴当然知道如何对付那些心急如焚的货主。手里的一点小小的权力，给关大靴带来了很多吃香喝辣的机会。一条烟一瓶酒是很平常的事，逢年过节或者误了饭点，吃个饭或是给点钞票也算是再正常不过的事。就是对于那些跑货运的卡车司机，关大靴也是有办法的。他可以指挥装车的搬运工人做点手脚，让司机们吃点苦头，然后呢，知道尊重他这个不太起眼的仓库管理员。如果有不买他账的卡车司机，只要关大靴一个眼神，那些搬运工人就能心领神会地给他们出点难题。搬运工会把前排的货物堆得又高又松，货车开出站，在路上一个急刹车，装满玉米或大米的麻袋就会从那辆解放牌卡车的车头上滚落下来洒满一地。司机气得咬牙切齿，又出钱找工人来重新装车收拾一遍，费事又费钱。大货司机就会恨恨地说："关大靴，总有一天老子会让你狗日的好看。"关大靴却不以为然，这样的人他见多了。货场的人都知道关大靴的阴损，没人敢得罪他了。所以，关大靴收点小钱也就显得稀松平常了。大家都知道关大靴有钱，但他从来没有个有钱人的样，常年穿了一身工装，一双翻毛大头靴子。刮风下雨，就在工装外套一件蓝色的大褂。关大靴没有休息日，天天在货场上转悠，仿佛幽灵一般。中午，会去镇上的小饭馆吃饭。关大靴有自己的原则，中午不喝酒。炒腰花、炒猪肝、生爆肥肠是他最爱的家常菜，有时候呢也吃一碗豆花饭，再喝一碗葱花骨头汤，关大靴就会吃得很舒服很过瘾。

不过，最高兴的事还是到了晚上，通常他要去黄家店会会他的老相好，再喝上一杯。傍晚，黄家店的客人散尽了，关大靴耍耍哒哒慢慢踅摸过去。他手里提了一个菊花背心袋，里面装着在镇上切的半斤卤猪头肉。黄仙姑坐在柜台后面，远远地看见关大靴来了，就起身关门。她把一扇一扇的板门扣上，只留一扇不关。黄仙姑把店子里的货柜挪了挪，拉开折叠的小方桌，又在酒坛子里打了两提烧酒，只等关大靴的到来。

关大靴进了屋，放下手里的卤菜，就坐在桌子边抽烟。黄仙姑在厨房里又弄了两样小菜，两个人就开始喝上了。喝过几杯，黄仙姑说："你不该对人家李宗良那么凶。我看这个人还是可以的，人也本分，又有钱，找了他，明芳也不吃亏。"关大靴说："我就看不惯他那样，像是有好不得了的样子。"黄仙姑说："这就是你轴性，我看人家就没有小看你的意思。"关大靴便不说话了，低头喝闷酒。过一阵，关大靴说："我看黑娃还不错，干脆让他们两个凑成一对——年龄也合适。"黄仙姑说："那咋子要得啊，让外人说起不好听。"关大靴说："有啥子不好听，我和你成一对，两个娃儿成一对，这才叫肥水不流外人田。"黄仙姑嘴里喷出一口酒来，"你这个闷龙，不晓得你脑壳里头想些啥子，又不是做生意，还买一送一的。"说罢，又叹口气，"明芳这姑娘，长得又乖，又懂事，我看着就喜欢。黑娃太野了，就怕明芳降不住，以后要吃亏，日子不好过。"关大靴望着黄仙姑，心里充满感慨，这个女人是真对明芳好啊，也是有远见的。其实，他说这话也不过是说说而已，并未当真。

他放下酒杯，说：“要不，我们把事先办了，孩子的事等他搁一下再说。”黄仙姑说：“哪有父母急吼吼地把事搞在子女前头的道理啊。”两人有一搭无一搭地闲话，酒也是一口一口地慢慢往喉咙里浸。

酒都吃得差不多了，黄仙姑的儿子廖黑娃推门走了进来。见了关大靴，打了个招呼就进里屋去了。黄仙姑又追过去问黑娃吃过饭没有，黑娃说吃过了。娘儿俩在屋里嘀咕一阵，黄仙姑笑眯眯地走了出来。两人又喝了几杯，说了些话，关大靴说：“今晚我就不走了。”黄仙姑说：“那不行，儿大女成人的，让人看见多不好。”关大靴哂笑一回，说：“你那点东西再好稀奇，还不是我的。”黄仙姑抡起拳头砸了他两拳，“不要脸。”两人干了杯中的酒，关大靴从蓝色大褂的胸兜里掏出一条“旗红梅”交给黄仙姑，说：“你拿着抽吧。”黄仙姑收了烟，把关大靴送出了黄家店。关大靴往干打垒的红砖房摇了回去，嘴里咿咿呀呀哼了一段《别洞观景》：

江山如画就，
稻禾遍田畴。
站在船头观锦绣，
千红万紫满神州。
侍儿且把船桨扣，
好让流水送行舟。
…………

六

李宗良这段时间心情很低落。心中预演了多少遍的激动人心的场景瞬间化为泡影，相亲不成，反被奚落羞辱了一番。李宗良躺在床上睡觉，想忘掉那些事情，但无论如何都睡不着，头脑反而越来越清醒。李宗良就出门闲逛，他情不自禁地走到了那一片干打垒的红砖房，他在心里暗暗许愿，希望能再次见到关明芳，如果明芳同意，他就带她私奔。但他一次也没见到关明芳，却意外地见到过两次廖黑娃。廖黑娃的眼睛像X光一样在他的身上搜索，一点也不友善，这一点他是真切感受到了。

李宗良越想越觉得憋屈。明明说得好好的，事到临头又变了卦。他找黄仙姑问了几回，黄仙姑都说是关大靴不同意，李宗良不晓得是哪里得罪了关大靴。李宗良觉得是黄仙姑没有把话给关大靴说清楚，请她再去说说，黄仙姑让他不要着急，再等等。这天吃过午饭，李宗良又来到黄家店，他要了个三花盖碗，坐在门口喝。瘦鬼阿三坐在货柜前，他两眼盯着货柜里的左轮手枪出神。李宗良把阿三叫过来，“是不是想要一把？”阿三看着他，没有吭声。李宗良说：“想要我给你买一把。”阿三还是不说话。李宗良说：“我给你买一把手枪，你帮我做一件事，好不好？”阿三说：“做啥子？”李宗良说：“晚上把你姐姐约出来。”阿三说：“你想干啥？”李宗良说：“不干啥，就说说话。”阿三点了点头。李宗良给阿三买了左轮手枪，又买了一版纸炮。他对阿三说：“我吃了晚饭就在站台那边等，你把你姐姐带过来就好了。”

晚上匆匆忙忙吃了几口饭，李宗良就在站台边等待明芳的到来。李宗良想起明芳粉白的脸和丰满的腰肢，心里就有些激动。他又反复琢磨那几句见面时要说的话，然后自个儿念叨一遍，觉得很满意。李宗良偷偷地笑了。但是，他在站台上转悠了几遍，直到天黑下来，还是没见到姐弟俩的影子。站台上亮起了昏黄的路灯，照着他孤单的身影。这条铁路是一条南行的出海通道，但是还没有和前面的路连通。再往前面一百多公里，那里有一个大煤矿，煤矿边还有一座劳改农场，路到了那里就不通了。晚上也没有列车经过，四周显得特别冷清，远处偶尔传来一声犀利的尖啸，让人心头猛然一惊。李宗良的内心也是一片枯寂，如同这冷清的站台。他的心里充满了失望，是阿三没给他姐姐说，还是关大靴不让明芳出门，他不得而知，但他预感到他们今晚是不会来了。他想好的一整套的话要对明芳说，看来今天也是派不上用场了。

李宗良点了一支烟，在站台上徘徊。他暗自发誓，抽完这支烟，再不见他们到来，就回去睡觉。就在这时候，他看见远处一个小小的身影朝站台走来。他迎了上去，来的正是阿三。阿三告诉他，他把话给姐姐说了，姐姐说天都黑了就不来了，以后有机会再说。

阿三掏出那把左轮手枪递给李宗良，说：“枪还给你。”

李宗良接过手枪，对着路灯“啪啪”地扣了两下扳机。

他把枪还给阿三，说："很好。枪你还拿着，找机会你再给我约一次。"

阿三接过手枪，点了点头。

远处传来一声汽笛，一辆巡道车开了过来。车厢里开着明亮的汽灯，阿三看见有三个人在车上。一个年长的工友向李宗良招手，"宗良，一起去耍不?"李宗良知道，他们是去南段巡道检修的。李宗良问阿三："一起去耍吧。"阿三点了点头。李宗良跳下站台，在下面用手接住阿三，然后拉着阿三一起上了巡道车。上了车，大家问李宗良带个小孩干啥。李宗良向大家介绍说："这是我朋友的弟弟。"他们打量了阿三一番，说："就是你那个女朋友的弟弟?"李宗良笑了笑，"啥女朋友，八字还没一撇呢。"那个年长的人又说："早点下手噻，我们还等到吃你的喜糖啊。"李宗良说："一定一定，到时候我请大家都去。"

巡道车一路向南开去，雪亮的灯光照出两条蜿蜒不断的银线。阿三觉得很神奇，他不知道这条路有多远，通向何方，但一定是和眼前不一样的地方。阿三的班上有一个从上海转来的女同学，穿着粉红色的连衣裙，丁字小皮鞋，说话咩声咩气的。从身边走过去，身后有一股甜甜的味道。阿三对她很喜欢。阿三想，远方就是很甜美很洋气的吧。阿三显得十分兴奋，眼睛一刻不停地四处看，他不想错过眼前的好光景。李宗良说："安逸不?安逸以后我又带你耍。"阿三说："安逸。以后我就跟着你走，我还要跟姐姐说，让她也一起来。"李宗良满意地笑了。

巡道车走一段又停下来，几个巡道工就下车，在铁轨上敲敲打打，然后继续前行。时间长了，阿三就觉得有点难受了，两条铁轨像箭一样向他射来，让他心里发慌，想吐。好在这时巡道车停了下来，工人们拿出一只卤鸭，一包盐水花生开始吃酒。李宗良掰了一只鸭腿给阿三。鸭腿的味道很好，阿三吃得津津有味。吃完鸭腿，李宗良又抓了一把花生给阿三。阿三吃完花生，就实在撑不住了，两眼打架。李宗良把阿三抱在一个铁皮工具柜上睡觉。阿三躺在工具柜上，李宗良把衣服脱下盖在他的身上。一会儿，阿三就睡着了。阿三做了一个好梦，他梦见了穿丁字皮鞋的女同学，他们手拉着手去上学，在黄家店买花生糖，下了课又去钻小树林……阿三脸上露出了笑容。不知过了多久，阿三迷迷糊糊地听见有人说话。

“这个事简单，你把生米做成熟饭就行了。那个时候，她老汉儿不同意也得同意。”

“对的，哪天把她约出来，弄到那个小树林，趁机就把事办了，到时候不怕她不嫁给你。”

…………

“你狠不下心就不好整了。怕个屎哇，到时候结了婚，哄一下，买点东西给她就解决了。”

“她老汉儿说是很有钱啊，在货场上吃麻了的。这个婆娘娶得，长得又好看，屋头又有钱。是我，咋子都要弄到手。”

“哎呀，实在不行，把脚筋给她挑了，看她还咋子，到时候只有乖乖地跟着你。”

…………

阿三翻了个身，感觉小肚子憋得痛。阿三听见李宗良喊他：“阿三，你醒了？”

阿三揉了揉眼睛，说：“我要屙尿。”

李宗良把阿三抱下铁皮柜。阿三站在巡道车的门口，对着漆黑的夜空滋出了一泡热尿。

七

廖黑娃和小个子四毛尾随着一个高个子男人进了候车室。男人的肩上扛了一个大帆布包，手里还提着一个旅行包，看样子是一个长途旅行的客人。他正站在售票窗口边，看墙上的列车时刻表。小个子四毛悄悄挨了过去，廖黑娃站在四毛的身后，眼睛观察着四周的动向。一会儿工夫，四毛得手了，他一转身，把钱包递给了黑娃。黑娃接过钱包，和四毛分开跑了。两个人已经跑出几十米，扛包的男人突然醒悟过来，大喊“抓贼抓贼”。这时，廖黑娃和四毛早已经跑出来候车大厅了。

关明芳在站外的广场上卖冰棍，看见廖黑娃从车站里跑出来。一会儿，一个扛包的高个子男人跟着追了出来。她的心“咚咚咚”地狂跳起来，她怕黑娃被抓住，被暴打一顿。这样的场面她见过，黑娃被三四个人群殴，打得鼻青脸肿，嘴里淌着血在地上蜷缩成一团。她不敢看那种场面，吓得背过脸去抹眼泪。关明芳和廖黑娃从小一起长大，黑娃帮她打那些欺负她的人，她从家里带出来的东西也分给黑娃吃。他们长大了，不经常在一起了，但黑娃还是帮她打架。后来，明芳就常听人说黑娃在北站摸荷包，是个三只手。明芳很气愤，当面就和人吵了起来。吵完架，明芳去问黑娃，是不是摸人家的荷包，黑娃支支吾吾说没有。明芳就放心了，告诉他，不能干那些缺德事。她看见过一个卖菜的女人因为被人摸了荷包，在铁路上卧轨自杀。火车碾断了女人的双腿，血流满地，鸡油一样的黄色脂肪还在跳动。明芳远远地看了一眼，几天都吃不下饭。后来有一天，明芳又看见了黑娃被人追打，她终于再不相信黑娃的鬼话了。她非常失望，她再也不想和黑娃有任何往来了。她见了黑娃就躲，但黑娃好像并不在乎，还是像从前那样，见她被人欺负，就会出手相助。明芳还是听不得别人说黑娃的坏话，但现在她不和人吵了，假装没听见，从旁边绕开走了。明芳后来又劝过黑娃几次，黑娃也一次次表示不再偷了，但他的誓言犹如清风，眨眼就飘散了。现在，关明芳看见眼前的一切，觉得又气又急又怕，心里痛苦不堪。她终于明白，他们不是一路人。

下午三点多，明芳的冰棍就卖完了。时间还早，不能等末班火车回家了。明芳就到汽车客运站去等郊外班车。她在站外吃了一碗黄栀子凉粉，辣得她撮着嘴直唏嘘。明芳背上冰棍箱子去乘车。正等着，卷毛王手里拿了一支红玫瑰，身后跟着两个人朝她走来。卷毛王笑嘻嘻地走到明芳的面前，把花递给明芳。说“我们交个朋友吧”。明芳吓了一跳，说“谁和你交朋友，走开”。卷毛说：“何必呢，抬头不见低头见的，你长得这么乖，不要朋友就是浪费资源了。”说着，把手里的玫瑰花塞在了明芳的手上，“送你一朵玫瑰花，我要诚恳地谢谢你……”明芳把花扔在地上，“你走开，再不走我就要喊人了。”卷毛说“喊人，你喊哪个？你的保护神不在这里。我们耍朋友，他也管不着”。说着，卷毛又伸手在明芳的胸前摸了一把。明芳大叫起来，车站里一个戴红袖标的执勤人员走了过来，大声呵斥道：“你们要干什么？”卷毛回头瞪着“红袖标”说：“我们是耍朋友的，关你屁事。”明芳趁着混乱，冲出人群，赶紧几步挤上了开往南站的公交车。

八

立了秋，人们的日子更闲了。黄家店最近也有了些新的传闻，说李宗良和关明芳恋爱不成，要霸王硬上弓，要先奸后娶，实在不行就挑断她的脚筋，不怕她不从。茶客们说得活灵活现，眉飞色舞。黄仙姑提了炊壶去续水，板起脸说：“李宗良是个正经人，你们这些人不要打胡乱说。”

茶客们不以为然，“正经个屁，正经人还打这样的坏主意？”

“你在场啊？你亲耳听见了？”黄仙姑毫不客气地说，“我看你们这些人就是无事生非，唯恐天下不乱。”

“不是我说，是车站上的人说的。”茶客也不示弱，“阿三也在场，不信你们问问阿三。”

众人的目光开始四下里搜寻，令人遗憾的是阿三今天不在黄家店。大家觉得很气恼，这个成天在黄家店晃荡的阿三竟然不在。更重要的是，这个平常谁也看不上眼的瘦鬼阿三，今天要作为重要证人的阿三，居然还不在。有人说，刚才还看见他，可能是上货场上去了。话音一落，有好事者马上就自告奋勇地跑了出去，上货场找阿三去了。

七月流火，九月授衣。时令已近中秋，早晚已有了一些凉意。午后的太阳虽说没有伏天那样灼人，但依旧是让人感到有些闷热。知了的歌声有气无力，黄家店的茶客们却情绪高涨。他们喝着茶，一边闲话，一边耐心等待着阿三的到来。他们个个脸上喜气洋洋，毕竟今天的话题是有趣的啊。不多工夫，有人就把阿三提溜了回来。大家兴奋起来，马上有人拿了张小凳子，让阿三坐在茶客们中间，然后开始盘问他：

“阿三，你说，李宗良是不是说要和你姐去钻小树林?”

阿三看看众人，一脸茫然。

“阿三，你说，他是不是说要把生米做成熟饭?”

阿三还是傻坐着，还是一脸茫然。

一个年长的就急了，“你们说这些，他一个小娃娃懂个屁呀。”

“阿三，李宗良是不是在打你姐姐的坏主意？想搞大你姐姐的肚皮?”

黄仙姑厌恶地骂道：“你们一群大人，对一个小孩说这种话，真是太不要脸了。”

但是，没人搭理她。众人的眼光充满期待，直直地盯着阿三，希望从他的嘴里掏出一些他们感兴趣的话来。

阿三还是不说话，睁着一双大眼睛看着众人。四周也是一双双睁得大大的满怀期待的眼睛，阿三目光游离地看看四周，又看看黄仙姑，然后垂下圆圆的脑袋，用脚尖刨地上的泥土。

黄仙姑说：“你们别逼问阿三了，一个小孩，他懂啥子，你们真是无聊得很。”

有人说道：“哎，这个阿三，跟他老汉儿一样，也是个闷龙，几闷棒都打不出一个响屁来。”

又有人说：“阿三肯定是被李宗良收买了，他肯定知道的，就是不肯说。”

于是，有人就使出了绝招，“阿三，你说了我们给你买炒花生吃，香得很啊。李宗良就是个大坏蛋。”

黄仙姑说：“李宗良是个正派人，你们别背后乱说人家。”

“黄仙姑，你也是被李宗良收买了吧？你不说话，没人把你当成哑巴。”

黄仙姑骂道：“胡说八道。你们就晓得拿点小恩小惠收买孩子。”

“阿三，你不要听黄仙姑说。我们给你买炒花生吃。你就说，李宗良是不是要调戏你姐姐，是不是还要挑你姐姐的脚筋？不说，点个头也可以。”

阿三还是不说话，也不点头。众人急了，“阿三，这是个重大事件。你不说，我们就报告铁路派出所，喊他们来审问你。到时候，你说也得说，不说也得说。”

阿三低下了头。四下里一时静了下来。众人又满怀期待地等着阿三，他们相信，阿三这回是害怕了，扛不住了，要招供了。

突然，阿三抬起头，眼里蓄满泪水，大声吼叫起来：“你们走开，走开。我不知道，什么都不知道。”说完，阿三跳了起来，挥舞着拳头冲出人群跑了。

茶客们大失所望，纷纷摇头，“哎，这个阿三，毕竟是太小了，太不懂事啊。”

九

李宗良跑了一趟西安回来，就听到社会上一些风言风语，说他和关明芳不清白，乱搞男女关系。所到之处，李宗良看见人们看他的都是异样的目光，这让他很不自在。李宗良渐渐地有了些愤怒，却找不到发泄的地方。他百无聊赖四处瞎转，他在心里想，还是尽量避一下嫌，这段时间少和关明芳接触，但脚步还是情不自禁地转到了明芳住的那一片干打垒的红砖房。他希望见到明芳，希望一诉他苦闷的衷肠。但他每一次都失望，不知是明芳在有意躲着他，还是机缘不巧，他每次休息的时候都没能见到她。李宗良到黄家店去找黄仙姑，黄仙姑只是叹气，让他再等等，她说她要找个合适的机会才会给关大靴说。李宗良又让阿三去约他姐姐，约过两次以后，阿三就不肯了，也不说为啥，就是不肯。但是，阿三还是给李宗良带来了好消息，姐姐说让他放心，以后有机会她会来见他。李宗良又高兴又着急，除了在黄家店喝茶闲坐，就是在明芳家附近转悠。实际上，李宗良已经从阿三的话中，分明地感受到关明芳的心里是有他这个人的。但恋人的心就是这样，永远都是魂不守舍，永远都是没个定准。

一天傍晚，李宗良正低着头走路，突然前面有两个人拦住了他的去路。他抬头一看，原来是廖黑娃和小个子四毛。他们大大咧咧地站在李宗良面前，廖黑娃说："你成天在这里瞎转悠啥呢？"

"我在这里散步。"李宗良觉得他的话没道理，"我在这里散步碍着你们啥子事了？"

"你少装疯卖傻的。我问你，你是不是说要搞关明芳，还要挑断她的脚筋？"

"这是哪一个胡扯蛋打胡乱说的？我没说过！"

"茶馆和镇上都有人说，你还敢不承认？你这是在伺机作案吧。"

"一派胡言，我和明芳耍朋友，我怎么会去伤害她？"

"耍朋友，人家家里答应你了吗？"

"……还没答应，我们正在谈。"

"没答应还谈个屎。"黑娃朝地上吐了口唾沫，用手指着李宗良，说，“给老子马上消失，从此以后不要让我看到你，你也不许再骚扰关明芳。”

李宗良说：“你们没权利说这个话。我就不走了，又咋啦?”

“我最后警告你一次，马上滚蛋!”

“我不走，你们想干什么?”

话音刚落，廖黑娃挥拳就朝李宗良脸上砸去。李宗良躲闪不及，脸上挨了重重的一拳。他觉得眼睛一下花了，踉跄几步，稳住身子，冲上前去，和廖黑娃扭打在一起。小个子四毛抄起一根铁撬棍，冲上前来，照着李宗良的腿上狠狠地砸了下去。李宗良一阵剧痛，倒在了地上。廖黑娃和小个子四毛看了李宗良一眼，李宗良躺在地上脸色苍白，五官扭曲。四毛扔下铁棍，和廖黑娃一起转身跑了。

十

关大靴今天中午破了例，喝了二两高粱酒。上午刚开工，一个货主找他说好，午饭前必须发完三车货，买主已经找好了。货主怕关大靴放黄，又额外给了他五百块钱。关大靴就和搬运些拿言语，打了个烟桩。一泼搬运还是肯出力，紧赶慢赶到中午一点，终于把三车玉米发完了。到了吃午饭的时间，搬运些要关大靴办招待，关大靴爽快地答应下来。大家觉得有些意外，关大靴说兄弟伙的活儿干得巴适，办个招待是应该的。众人不知道的是，昨晚的一夜快活至今让关大靴回味不尽。昨晚他在黄仙姑的店子里歇了，没有回他的干打垒红砖房。女人的一夜温存让他浑身舒坦心满意足，这是他多年以来和黄仙姑迈出的重要一步。现在呢，关大靴好像又找回了恋爱的感觉，什么事都想通了，儿女的事他也不想多管了，只要他们自己欢喜，他要为他和黄仙姑的事多多着想了。他想着他和黄仙姑，那个温柔体贴能说会道的漂亮女人在一起的幸福生活，心里就已经抽枝发芽开花了，然后唱唱嘘嘘哼起了小曲来。人一高兴话就多，关大靴和一帮搬运嘀嘀咕咕一路闲话，朝镇上的小餐馆走去。

一行人走进小餐馆，关大靴大大方方地点了几个老板的拿手硬菜，又要了两瓶高粱酒。头发油亮的店老板从厨房里跑了出来，在围裙上搓着手，说："老关，你这是太阳从西边出来了啊，搞这么大的台子。"关大靴说："少说那些，老关今天高了兴，捡新鲜的东西上些来，大家整欢喜。"众人都快活起来，说这次老关会处事，整巴适了。酒菜上桌，众人开整。酒喝到兴头上，大家就拿他和黄仙姑的事开涮。关大靴也不恼，笑眯眯看着大家，说："你几爷子是鸡巴梆硬，荷包寡空，就晓得说些没用的废话。"大家也笑，说："老关你不要歪，上了场合才见真功夫。你一个爆蔫老头儿，不要关键时候成了'阮小二'啊，活活浪费了一个漂亮婆娘。"关大靴说："这个事情，你们这些青勾子娃儿就不要管了，老子是老将军出马，一个顶俩。"众人哈哈大笑，又一起干了一杯。突然，有人转移了话题，说道："老关，都说你有钱，到底攒了好多钱啊?"关大靴一愣，这是一个敏感话题，他提起杯子喝了一口酒，说："我还不是跟你几爷子差不多，屎钱没得，鸡巴梆硬……看看进了几个钱，你们又喊老子办招待。"众人又笑起来，"老关，假打假打。"喝完酒，关大靴又让店老板儿加了个菠菜豆腐汤醒酒。酒饭吃足，众人才摇摇晃晃各自散去。

关大靴回到他的干打垒红砖房，已是日头偏西。关明芳和阿三都不在家。关大靴哼哼唧唧骂了几句，"咕嘟咕嘟"灌了一缸隔夜茶，觉得身体有些疲倦了，就和衣倒在床上睡觉。睡了一阵，迷迷糊糊听见外面有人在叫关明芳。支起耳朵听了一回，越听越不是味儿。他妈的，这不是明摆着羞辱人吗?关大靴忍不住了，起身抄起门后的一把叉头扫把冲了出去……

十　一

李宗良的小腿骨断了。他在医院里接好骨头，打了石膏，医生给他开了住院。李宗良给单位请了病假，在医院住院休息。过了两天，车站派出所的老焦提了一兜苹果来看他。老焦是个老公安，也是车站派出所的所长。李宗良和老焦是老朋友了，老焦经常让李宗良出差时给他捎带些东西，两个人关系不错。李宗良让老焦坐下，掏出烟来敬了老焦一支。老焦把烟拿在鼻子上嗅了嗅，笑着说："这里让抽吗?"李宗良也笑了，"我倒是忘了这一茬。"

老焦人精瘦，嘴唇干裂，一说话呵出一股浓浓的烟味。他说：“伤得重不重?”

李宗良指了指缠着纱布绷带的腿，笑笑说：“没啥大事，小腿骨断了，休息两天就好了。”

老焦说：“哪有那么简单，伤筋动骨三个月。是不是廖黑娃干的?”

“我都说了没啥大事，老焦你就别管了。”李宗良看老焦满脸疑惑地看着他，又说道，“有点小误会，我能处理好，你就不用操心了。我会好好处理的。”

老焦喝了口水，“听说你和关大靴的女儿关明芳在耍朋友？现在进展如何?”

李宗良有点害羞了，讪讪地说道：“嗐，八字还没一撇呢。她爸爸不同意。”

“老关那人，轴得很……”老焦两眼死死盯着李宗良，那种带有警察职业习惯的眼神让李宗良感觉心里有点发毛。沉默了一阵，老焦终于说出了一句让李宗良无比震惊的话：“你知道吗？关大靴死了。”

李宗良撑起身子，吃惊地看着老焦，“这怎么可能。前不久还见过他，身体挺好的。”

“昨天晚上死的。”

“好好的一个人，怎么突然就死了?”

“现场勘查说是洗澡的时候煤气罐爆炸炸死的……不过，我看没那么简单。”

李宗良惊恐地问道：“难道还有人谋害他?”

老焦说："死得挺惨，头都炸烂了。我在地上发现有没烧尽的鞭炮碎屑。我怀疑有人故意纵火，把煤气罐引爆了。"

李宗良目瞪口呆，"……那你们抓……抓到凶手了吗？"

老焦面无表情地看着李宗良，轻描淡写地说道："还没有。很多人都有嫌疑……包括你。"

"我？简直是天大的笑话。我怎么可能去害他？"李宗良激动得差点跳了起来，小腿又是一阵剧痛，他语无伦次地说道，"我，究竟，为什么要害死他？!"

"你当然有理由，因为他不同意你和关明芳谈恋爱。"

"这事都已经过去好几个月了。况且，况且关明芳和我……并没有矛盾。"李宗良没有说出他让阿三从中传话，关明芳私下给他许下的那些诺言。

老焦不动声色地看着李宗良，脸上有了微微的笑意。"当然，你没有作案的可能性。关大靴是你和廖黑娃打架的第三天晚上死的，那时候你在医院。我问过医生了，就凭你这条断腿，十步路都走不了。"

李宗良长长地舒了一口气，说："你这么说还差不多。真是吓我一大跳。"

"廖黑娃也有嫌疑。"老焦看着李宗良，像是在询问他，又像是自言自语。

"廖黑娃不可能，他们两家的关系你是知道的。"

"是啊，正是因为关大靴和黄仙姑之间的关系，他才有嫌疑。"

“你们当警察的都是些啥思维？不可能，我还是觉得不可能。”

老焦没有接李宗良这个话茬，两眼盯着他问道：“你觉得还有哪些人有嫌疑？”

李宗良一脸无辜地说：“你问我，我问谁？你说这些，我是真的不知道。”

“听说老关这人很有钱？”老焦犀利的目光朝李宗良射过来，让他感觉自己就是那个要图财害命的歹徒。李宗良感到心里一阵一阵地发虚。

李宗良说：“我也听说他有钱，但我看他那样——吃不成吃，穿不成穿的，哪有个有钱人的样子啊。”

老焦看了看手表，说“好吧，你安心养伤。我就是随便问问。我还有事，先走了”。

十　二

离开李宗良，老焦去找了黄仙姑。下了一场秋雨，地上有些积水。老焦在泥泞不堪的货场公路上跳着走路，穿过货场和铁路，不远处就是黄家店了。今天的茶客不多，黄仙姑正坐在柜台上发呆。

黄仙姑见了老焦，脸上的表情显得有些尴尬，她给了老焦一支烟，说：“你要买点啥东西？”

老焦说：“不买啥，找你有点事。”

黄仙姑吃了一惊，“你找我？”

老焦点着了火，使劲抽了一口，说：“你说呢，不找你找谁?”

黄仙姑疑惑地看着老焦，“你这话是啥意思?”

老焦说：“你别紧张。我们到屋里面说去。”

来到里间，老焦让黄仙姑虚掩了门，问道：“廖黑娃去哪里了?”

黄仙姑说：“我不知道，三天晚上都没回来了，今天大半天也没见着他的影子。”

老焦说：“他和小个子四毛跟李宗良打架，李宗良腿上挨了一铁撬棍，打骨折了，你知道不?”

黄仙姑摇了摇脑袋，说：“我……不知道。”

“我刚和李宗良谈过了。他还在医院里躺着，腿上打着石膏呢。伤得挺重，看来要住些时间。”

黄仙姑说：“他们年轻人打架，这和我有啥关系呢?”

“和你没关系?”老焦说，“你是不是他妈吗? 子不教父之过，孩子出问题，当爹妈的敢说没关系?”

黄仙姑有点难堪了，倒腾着手里的烟，怔怔地望着老焦，说道：“黑娃这娃儿从小野惯了，我也不是不管，是管不住。我一个寡妇，有什么办法呢?”

“好了，不说这个了。”老焦不说话了，自己掏出烟来点了一支，使劲抽了两口，说，“关大靴死了，你应该知道吧?”

黄仙姑听到这话，浑身哆嗦了一下。她这下有点着急了，她最怕有人把她和关大靴的死联系到一起，她觉得这里面有些说不清道不明的原因。毕竟，他们有过一段，这是尽人皆知的事。早些时候，就有人说她是图关大靴的钱，实际上关大靴为人抠搜得很，她也没得到过关大靴什么好处。但是，她知道没有人会这么想，一定认为她是从中得了好处的。她哆哆嗦嗦地说："这事我也是今天才听说。你说……怎么会这样，一个人自己洗个澡就死了？"

老焦说："不是自己洗个澡就死了。我看另有隐情。煤气罐爆炸了，把他炸死了，惨得很。现在案情也没个头绪。今天找你，就这。事情就是这么个事情，情况也就是这么个情况。"

黄仙姑有些不知所措。她又掏出烟来散了老焦一支，"你不会是来怀疑我吧？我会为了图财去害死他？"

黄仙姑说完这话就后悔了，她这么说不是不打自招吗？她悄悄看了看老焦，老焦似乎并没有太在意她的话。两眼虚眩着，仿佛在想心事。过了一会儿，老焦说："昨天有陌生人来过你这里吗？"

黄仙姑想了想，说："昨天傍晚，快吃晚饭了吧，来过一个年轻人，买了一包'旗红梅'。"她见老焦一直盯着她，又说道，"那是关大靴拿来给我的，我没舍得抽，就拿来卖了。"

老焦说："这人有啥特征没有？"

黄仙姑说："也没啥特点，二十来岁，头发有点卷。"

老焦听了，也不置可否，站起身来，说："我还有事，先走了。记住，黑娃要是回来，立即报告。如果联系上了，就让他自己赶快来投案自首，把问题说清楚。”

老焦出了黄家店，就朝那一片红砖干打垒去了。他心里明白，李宗良和黄仙姑都不可能是凶手，但他们应该知道一些情况。他来到红砖干打垒，在关大靴的房前屋后转了两圈，关大靴家搭出来的那一间偏房屋顶全炸塌了，只剩一堵矮墙。他在地上仔细搜寻了一遍，捡到两个新鲜的烟头。

老焦走了，黄仙姑关了店门。她想起三天前，关大靴提了半斤卤猪头来和她一起喝酒说的那些话，不禁心里一阵酸楚。

关大靴和她一边喝酒一边说：“现在我也想通了，明芳的事由她自己去做主，管不了那么多了。我是想，我们两个的事找个合适的时间也办了，免得人说闲话，我也安心。”那时候她的心里是充满喜悦，她还暗自庆幸，这个死轴性子终于开窍了。现在想来，真是人之将死，其言也善哪。想到关大靴就这么不明不白地死了，自己以后连个说体己话的人都没有了，黄仙姑禁不住暗自啜泣。她觉得她的美好希望不在了。

那一夜，黄仙姑和关大靴说了相识以来最多的话，说得黄仙姑心里暖融融的，满眼都是柔情。那一夜，廖黑娃没有回黄家店，关大靴也没有回他的红砖干打垒。

十　三

关明芳其实是很喜欢李宗良的，见过一次之后，这个男人就在她的心里扎下了根。她甚至想到，以后结了婚，一家人可以坐着火车去旅行，那是多么开心多么愉快的事啊。关明芳是个实在的人，她看人的标准也实在。他觉得，李宗良人厚道本分，工作单位也体面，收入也好。唯一缺点就是经常在外面跑，以后家里的事照顾不到。这一点，和她爸爸关大靴的看法倒是一致的。她一直在心里祈祷，希望爸爸尽快答应他们的婚事。

但是，前些天发生的事让她猝不及防，痛苦不堪。她完全没有想到廖黑娃会和小个子四毛去打李宗良，爸爸也在一夜之间突然死去了。这事闹得沸沸扬扬，站上、镇上议论纷纷，各种猜测不断。她好像成了祸水，成了坏女人。这事她解释不清。这让关明芳觉得很委屈，心里也感到痛苦万分。现在，她无依无靠，想去找李宗良，又觉得难为情，更怕李宗良恨她，不愿意见她。关明芳在家里整天魂不守舍，脑袋里一片混沌。这天吃过午饭，关明芳还是背上冰棍箱去了北站。

那天傍晚，廖黑娃见李宗良瘸了腿，脸色苍白，躺倒在地，知道下手重了，拉着小个子四毛落荒而逃。当天晚上，他们就爬上一列北上的运煤车逃走了。两个人在车上睡了一夜，列车翻过了秦岭，眼前是一片昏黄，山上草木都枯了。列车在一个陌生的小城停下，给南行的特快列车让道，他们俩跳下运煤列车，沿铁路线跑了。两个人在这个陌生的小城闲逛了两天，身上就没钱了。他们去火车站准备“吃点皮”，发现那个地盘早已有人霸占了，没敢下手。两个人又去了菜市场，他们的形象太惹眼，引起了人们的警觉，也没有机会下手。实在饿得熬不下去，两个人在半夜里掰弯一户人家的铁窗条，翻进屋里，偷了剩下的半锅鸡汤吃了，又连夜爬火车跑了回来。他们在北站下了车，找熟人打听李宗良的伤情，听说只是骨折了，住在医院里，没有生命危险，两个人这才放了心。打算在北站再混几天，等风声稍稍过去一点再回家。

老焦一大早接到北站打过来的电话，他们说，廖黑娃和四毛出现在北站了。老焦就换了身便装，带了两个人到北站。老焦在候车大厅和车站广场转了一圈，没发现廖黑娃和四毛的踪影。他看看表，离北上的列车到来还有一段时间。在候车大厅的门口，他看见了卖冰棍的关明芳。他来到关明芳的面前，说：“姑娘，来一根冰棍。”

关明芳认得老焦，打开箱子给了老焦一支，说：“焦叔，不要钱。”

老焦说：“姑娘，你认识我？”

关明芳说：“知道，我爸给我说起过你的。”

老焦说：“你爸，你爸是谁？”

关明芳的眼圈一下就红了，“他死了，被煤气罐炸死了。”

老焦一惊，“你是关大靴的女儿关明芳？”

关明芳点了点头。

老焦说："哎，我正到处找你呢。姑娘，你告诉我，你爸死的那天，你咋不在家呢?"

关明芳说："那天我没有坐末班火车到南站，就沿着铁路一直走回家去的。到家里天已经黑了，我看见家门口围了很多人，走拢才知道是我家里出了事。当时我都吓蒙了，全身瘫软，不知道怎么办。后来公安局的人来了，里外看了看，又问了我一些情况，他们就撤回去了。过了两天之后，局里有人来通知我，说我爸是洗澡时煤气罐爆炸，被炸死了，让我节哀，照顾好自己。"

老焦说："真是人有旦夕祸福啊。那天你咋不坐车回去呢?"

关明芳面有难色，想了一会儿说："我怕有人找麻烦。"

老焦说："谁要找你麻烦?"

"就是北站的卷毛王，基本上每天都会来找我麻烦，我很怕。"关明芳把事情的前因后果说了一遍。

老焦掏出零钞，说："姑娘，不要太难过，我们会抓住凶手的。你也是小本生意，收着吧。"老焦又问，"你见到黑娃没有?"明芳说： "没有。我也是刚来。"老焦就说"好吧好吧，不耽误你做生意了，我去别处转转"。老焦走了，关明芳一下明白过来，老焦这是来抓黑娃和四毛的。但她无论如何都不相信，黑娃是害死爸爸的凶手。她还是在心里祈祷，希望他们别来车站，别让老焦撞上，赶快逃走吧。

三点五十分，有一列北上的快车经过。这时，车站广场上出现了熙熙攘攘的人群，有人开始往候车大厅走了。关明芳这时的生意特别好，一会儿工夫，就卖出去一多半。就在她准备找客人零钱的时候，她一瞬间看见了黑娃和四毛，他们正和准备检票进站的人挤在一起。明芳的心都快从嗓子眼里跳出来了，她不能招手也不敢喊，她死死盯着他们两人，希望他们回头看见自己，明白她的意思，赶快逃跑。但是，嘈杂拥挤的人流淹没了她所有的努力，他们没有回头。黑娃和四毛还在使劲往前挤——他们在寻找下手的机会。忽然，两人转过身，挤出人群开始往站外跑。还没跑到门口，人群里突然冲出两个年轻人，他们猛扑上去，把廖黑娃和四毛摔翻在地，反剪了双手，各自从腰间掏出手铐，把两人铐上了。

廖黑娃和四毛被带回派出所，老焦当晚就分别审讯了他们。老焦对黑娃说："怎么样，事已至此，就别整那些没用的了吧。我不想为难你们，你们也别为难我，好吧？"廖黑娃和四毛都是老焦的常客，他们都知道老焦，便如实招供了。老焦看了一下，两人的口供完全一致。两人遂以故意伤害罪和扒窃罪被正式拘捕。

十　四

一九八三年的九月十九号，是周一，亲戚家的人都上班去了。卷毛王在亲戚家住了十几天，就有些耐不住性子了。那天，卷毛王看见关大靴家发生连环爆炸，房顶都炸飞了，吓得瘫软在地。他知道这一次闯了大祸，连夜逃到外地亲戚家躲去了。过了几天，没有听到什么动静，就托人在市里打听消息，听说公安局最后给案子定了性，是关大靴洗澡时把煤气罐引爆，自己炸死了。卷毛王听到这个消息，松了一口大气。打算再过两天，过了中秋节，等事情淡化些再回家。那天晚上，他独自出去寻了一家川菜馆，炒了两个菜，一个人喝了半瓶酒，然后摇摇晃晃回到亲戚家里蒙头大睡。半夜里睡得正香，房门被撞开了，进来三个人，从被窝里把他抓了出来，按在地上，铐上手铐连夜带走了。

卷毛王被三个便衣押送到火车北站，下车后随即又被转送到看守所。第二天，刑警大队两名干警即对卷毛进行了审讯。以下是公安机关对卷毛的讯问笔录：

讯问笔录

讯问时间：1983 年 9 月 20 日 9 时 30 分至 12 时 10 分。

讯问地点：××市××区刑警大队

讯问人：×××（签名）×××（签名）

被讯问人：×××（签名）

工作单位：无　出生日期：××××年×月××日

文化程度：初中　住址：××市×××区×××街道××号

户籍所在地：××市×××区×××街道

身份证号码：××××××××××××××××××

问：我们是×××公安局的×××，×××。现在依法向你进行讯问，你要如实回答问题，对与案情无关的问题，你有拒绝回答的权利，你听清楚了吗？

答：听清楚了。

问：你对办案人员有要求回避的吗？

答：没有。

问：你的基本信息？

答：我叫×××，社会上都叫我卷毛王。要满二十三岁了。初中毕业，待业在家，没找到工作。家里还有父母亲和一个姐姐。家住在××市×××区火车北站××街道××号。

问：现在你把作案过程如实交代。

答：报告政府，我晓得我有罪，希望你们宽大处理我，我老实交代，绝不敢有半点隐瞒欺骗，哪个龟儿子才乱说。但是，我有一个请求，我老实交代问题，希望政府能够宽大处理我。行不？

问：你必须端正态度，老实交代。不能讨价还价，知道吗？说，继续说。

答：我知道我知道。其实，我是真心喜欢关明芳的，儿说半句假话。每次看到她，心里就像猫儿抓起一样。我才天天去寻她，想和她耍朋友，结婚。但每次她都对我不理不睬，一说话就顶得我出不到气，但我还是喜欢她。有时候想牵她一下，摸一下她的手，她就大喊大叫，活像我要吃了她一样，其实我是真心喜欢她，哪个儿豁。讨厌的是那个廖黑娃，狗日的灾贼假充啥子正神，要当护花使者，整得老子……对不起哈，我不是骂你们的。整得我一天到晚躲躲闪闪，提心吊胆的。后来听说关明芳和一个火车司机谈恋爱，我心里就更着急了，心想不能让那只癞蛤蟆吃了天鹅肉。我就天天去缠到她，希望她答应我。俗话说，好女怕囚夫嘛。后来，我听到说廖黑娃和四毛打了那个火车司机，打断了腿，廖黑娃也逃跑了。这下把我就高兴惨了，心想这下机会来了。那天，我估计关明芳卖完冰棍回家了，就坐末班火车去了南站。到了关大靴住的那片红砖房，我就在他们家门口喊。喊的是……“关明芳出来耍朋友”，后来又喊“关明芳我爱你，关明芳我的老相好”……我正喊得口干舌燥，关老头拿了一把叉头扫把冲了出来，照着我就是劈头盖脸一阵乱打。我被他打昏头了，愣了好久才回过神来，我撒腿就开跑。跑了一段路后，关老头追不上了。他就站在那里乱叨，叨我妈，叨我妹，又叨我们祖宗八代。我都没跟他一般见识，我想我以后还要做他的女婿，不能把关系搞得太僵了。我就让他叨，叨的风吹过，这点肚量我还是有的。后来他叨累了，就回屋去了。我又悄悄溜回去，躲在门边听屋里的动静。听了半天，屋里也没啥动静，我就想关明芳是不是不在家里。我就在他们家后面的偏房边上坐了一会儿，抽了两支烟。

问：是不是这两支？（讯问人举起一个塑料袋）。

答：我不知道。

问：我们在偏房边上捡到的，是你抽的吗？

答：应该是吧。

问：抽的什么烟?

答：带嘴儿的“旗红梅”。

问：好吧，接着说。

答：后来，我就听见屋里有哗哗的水声，是关老头在洗澡，关老头还在哼小曲。我是想吓吓他，就掏出身上的鞭炮点燃了扔进屋里。我跑到一边等着看热闹。只听见“嘭”的一声响，接着又是“轰”的一声巨响，关老头家的偏房就炸飞了。当时就把我吓惨了，我瘫坐在地上发了一阵呆，才反应过来，起身爬起来跑了。回家后，偷了点钱和粮票，就坐当晚的火车走了……事情的经过就是这样，哪个龟儿子才乱说了半句。我悔过，诚心诚意地悔过，我希望政府能够宽大处理我……能给我一条生路，让我重新做人……

十　五

一年后，李宗良和关明芳结了婚。李宗良就让关明芳和阿三搬到了自己的单身宿舍里来住。后来，有了小孩，那一间房子就显得太小了，白天在家里都转不开身，夫妻间要办点事，完全就没地方，也没机会。李宗良很苦恼。过了几年，李宗良换了单位，从铁路系统调到了市物资局给领导开车去了。因为在领导身边工作，李宗良的收入还是不错的，办事也更方便更靠谱了。李宗良和关明芳的日子就开心了许多，脸上成天笑呵呵的。

不久，单位给李宗良分了个两居室，虽说改善了不少，但还是太小，连厨房加起来也就五十来个平方米。阿三也大了，眼看就要谈恋爱结婚了，住在一起有些不方便，也不是长久之计。这让李宗良和关明芳都觉得是个问题。阿三初中毕业后，就没再上学，李宗良托人给他找了一个临时工混时间。关明芳很高兴，她觉得李宗良这事做得很好很正确，虽说找的钱不多，但这些都是小事，关键是不能让阿三闲着到社会上去学坏。

到了一九九五年末，李宗良单位搞集资建房。老房子可以抵面积，超过的部分用现金购买。李宗良和关明芳两人合计了一下，如果要个一百平方米的房子，还要找补几万块钱，家里的存款是不够的。但还得想办法，否则就只有一辈子窝在这小房子里了。两口子一狠心，用李宗良老家的房子搞了个抵押贷款。

新房子分下来，两口子欢天喜地准备搬家。收拾完毕，破破烂烂的东西装了两车。看着空空荡荡的旧家，两口子感慨万千，地方虽小虽破，却陪伴他们度过了最温馨最美好的时光，每一件家具，甚至一条线、一根针，都是他们用自己的劳动和汗水换来的。从一无所有，到一个完整的家，其中的艰辛真是一言难尽。想起这些，关明芳眼里充满泪水。李宗良搂着关明芳的肩膀，心里也是感慨良多。李宗良安慰她，最困难的日子都过去了，以后会越来越好。关明芳就笑了，她相信李宗良的话，她认为李宗良一直以来都是个靠谱的人，说话也是算数的。

这时候，他们的目光落在了屋角的一双大头皮鞋上。这是关明芳的爸爸关大靴穿过的那双翻毛皮鞋，从干打垒的红砖房搬家的时候，关明芳特意留下来做纪念的。关大靴死了，只剩下这双鞋，其他的东西都扔掉了。这双鞋也没人穿了，一直放在屋角里。现在又要搬新家了，关明芳捡起这双鞋，想着爸爸在世时没享过多少福，临了还死得那么惨，心里很不是滋味。李宗良就劝她，扔了吧，这么多年都过去了，免得睹物思人。关明芳手里拿着这双沉重的皮鞋，反复看了几眼，她发现厚厚的鞋底已经断线开裂了，从缝隙里露出东西来。关明芳用力一扯，鞋底扯掉了，里面掉出一个折叠起来的塑料纸袋。打开塑料纸袋，里面是一小片折叠起的旧报纸，报纸里有一张存折和一张小纸条。她又扯开另一只鞋，也是一张塑料纸包着的一片旧报纸，里面还是一张存折。打开存折一看，两口子目瞪口呆，买房的钱是足够了，还绰绰有余。关明芳把两张存折紧紧抓在手里，用力贴在自己的胸前，两行热泪扑簌簌地滚落下来。

后记

这本《站台》与上一本《我们的时光》，两个小说集中间相隔了十六年。

十六年里，所写的文字也是不少，但与文学挨得上边的并不多，小说更是一篇也没写过。那些文字几乎都是为了“稻粱谋”，现在都变成了单位的存档资料。值得欣慰的是，那些文字大多还是说实话谋实事的，也为我们这座城市多少带来一点益处。作为一个工作了四十年的公务人员，我觉得问心无愧。

2019年，对我来说是人生的一个转折——转任非领导职务。工作上的事少了，有了更多的时间来读书写作。那一年，用半年时间写了一本《自贡景物志》。那是一本用散文笔法写成的关于自贡历史文化、城市发展、个人经历的简明读物。一开始是在公众号上推出，篇幅较短，图文并茂，很受读者的喜爱。后来又在报纸上连载，一些官网也转载，产生了广泛的影响。我曾戏言，那二十万字给我带来的声誉，比我以前写的近百万字都要大得多。可见现代网络媒体的影响力之巨大。

2020年春，新冠疫情突然降临，给我们的日子带来前所未有的影响。人们的工作、生活、学习、交游都变得不一样了。那年春节，三岁的小孙女从成都回到自贡，因为疫情不能出门，她伏在窗前望着公园里凋零的树木，自言自语地说："等疫情完了，我要去看迎春花，看小鸟觅食，买一个粉色大恐龙回家。"看见一个天真无邪的孩子变得落寞，那时候我的心里有说不出的酸楚。那一段的禁锢和不自由，让我有了大把集中的时间读书思考。我想，我应该用手中的笔，记录一点我们这座有着千年井盐开采历史的城市，记录一点人们在陷入困顿和泥淖时的挣扎，记录一点我们对美好明天的愿望和期许。这是一开始的想法，但写到后来却有点不由自主了，十几个中短篇小说写下来，内容还是显得有些驳杂。当然，书一经写出，尽管作者敝帚自珍，但对于成败得失，有几分姿色，这主要取决于读者的看法，与写作者关系不大了。

或许每一个写作者心中都有一个梦，一个关于传奇故事的梦，那些奇异跌宕的情节，云谲波诡的世事沧桑是那么令人神往。多年以来，我们是那么景仰托尔斯泰、雨果、梅里美、大仲马，遗憾的是，对于大多数写作者来说，这只是一个梦，或者说是一个对自身的沉重打击。我们的人生，我们的过往，我们的想象力，一切都是那么凡俗。我们每天面对的是一日三餐，油盐柴米，是庸常的日子，高翔的羽翼常常被拉回鸡零狗碎的现实。所以，大多数人都只能写日常。写日常太多了，这让写作者很尴尬，难以出新，难以出圈。

我也只能写写庸常的生活。而且固执地喜欢日常，喜欢那种有人生况味，有烟火气的东西。我很羡慕传奇，却固执地喜欢契诃夫、川端康成、沈从文，喜欢关注现实的作品，喜欢有温度的作品，喜欢语言有味儿的作品，对搞笑、穿越、无厘头难以接受。但是，这种想法在现实面前却是屡屡受挫。好比一桌人都在插科打诨，信口开河，说荤段子的时候，一个人老是要正襟危坐，讲一点古今皆然的大道理，这显得是多么不合时宜啊。然而，我们曾经是那么崇尚浸染着人文情怀、洋溢着光明正义、奔流着青春热血的文学，那些优秀的经典作品曾经让我们热泪盈眶，让我们彻夜难眠，这一切仿佛在一夜之间就消失了。今天的人们都在嚣嚷着求新、求变，要先锋，要穿越，要搞笑，否则就是保守、落后、不高级。贴近性成了迎合，成了搔首弄姿。闲暇无事，喜欢去逛书店，过去因为书少，找一本好书很难，现在因为书多，找一本好书也难。我时常说服自己读一些当下流行的流行书，但那些无逻辑、无生活、幼稚低能、敞风漏气的东西实在让人难以卒读。我对写日常的坚持还有一个动因，就是想为后人留下一些当代人生活的场景。王右军尝言：“后之视今，亦由今之视昔。”今天，人们总想通过那些尘封的典籍，一窥前人的生存状态，我想，后人大概也应该有这样的想法。

但是，不得不承认，这是一个快节奏的时代，一个浅表阅读的时代，一个读图的时代。人们已经丧失了阅读的耐心、阅读的快感、阅读的品位，变得焦躁不安、变得急功近利、变得良莠不分。高架桥上的汽车尾灯从早到晚红成一片，人们在为赚钱、买房、上学、就业、升职、约会、看病而奔波劳苦。安静地坐下来，喝一杯清茶，读一本好书已经显得很奢侈了。这样的状况何时是尽头？我经常想起渔夫和旅行家的寓言，滚滚红尘，莽莽乾坤，人生的终极目的在哪里呢？

一般来说，一个写作者在四十岁以前都还没有完成他的代表作，就很难有大出息了。这不是悲观，是事实。雨果写《巴黎圣母院》二十九岁，托尔斯泰开始写《战争与和平》三十五岁，芥川龙之介、川端康成写《罗生门》《伊豆的舞女》都只有二十多岁，一出道即是巅峰，让人惊叹不已。莫泊桑、契诃夫、巴尔扎克四十多五十岁就已经去世了。我也是差不多三十多岁时就写出了第一本小说集的多数作品。年轻时的作品也许不成熟，但有冲劲，有激情，有感动。人过中年，泪腺干枯，心如古井，也许阅历更丰富，技法更娴熟，但少了飞扬的青春和激情——这应该是一个作家最可悲的事情。这样说来真是让人有些气馁。好在，文学除了为人类的文明添枝增叶做贡献以外，还可以安妥凡人之心，大大的作品安妥大大人，小小的作品也可以安妥小小的人。最少，还可以安妥我们自己，让自己活得有那么一点期待，有那么一点美好，有那么一点柔情。

2022年夏，我们经历了一场空前的高热和干旱，大江大河断流，湖塘湿地干涸，大树枯死倾覆，人们在高温酷暑中挥汗如雨、艰难度日。与这些比起来，文学又算得了什么呢？所以，文学的眼界和视野应该更宽更高更远，关注我们的环境，关注我们身边的人，关注动物植物，关注那些弱小生灵，关注人世间的悲苦，这一切都是重要的，也是必要的，这样的文学当然也是有价值的。一年过去了，小区里那些枯死的鹅掌又长得繁密茂盛，行走在这个斑斓的深秋时节，一切都令人怀想，一切都令人喜悦。世界在变，但无论如何，美好的时刻终将要到来。

今天，这本小说结集出版，我要真诚地感谢曾经给予我帮助的朋友们，他们古道热肠，不计得失，坦荡无碍。要感谢那些曾经为我的这些小说刊发付出过辛劳的编辑们，他们不仅有慧眼，还有热情和耐心。在写作和出版都不容易的今天，他们的工作格外令人尊重和景仰。当然还要感谢我的“刚粉读者”，你们的阅读和肯定对我来说，就是最大的鼓舞和无上的光荣。

2023年9月30日于自流井